Ritzi Mitzi

Historischer Wien-Krimi

Von Josef Volsa

Ritzi Mitzi

Historischer Wien-Krimi

Von Josef Volsa

Impressum:

Bibliografische Information der Deutschen Nationalbibliothek: Die Deutsche Nationalbibliothek verzeichnet diese Publikation in der Deutschen Nationalbibliografie; detaillierte bibliografische Daten sind im Internet über dnb.dnb.de abrufbar.

© 2020 Josef Volsa

Herstellung und Verlag: BoD – Books on Demand, Norderstedt

ISBN 9783751924726

Inhaltsverzeichnis

Eine kleine Einleitung

In diesem Roman wimmelt es von historischen Anspielungen, Ausdrücke aus dem *Rotwelsch* – also der Gaunersprache – und dem Wienerischen. Ich habe daher alle Eigenwörter im Glossar am Ende des Buches zusammengefasst. Es empfiehlt sich, diese Zusammenstellung vorher zu lesen, um dann nicht im Lesefluss unterbrochen zu werden.

Es war mir ein Bedürfnis, vier für jene Zeit typischen Speisen, die auch in der Geschichte genannt werden, im Anhang für Sie als Rezepte mitzuliefern. Vielleicht hat ja jemand unter den Leserinnen und Lesern Freude daran, diese alten Köstlichkeiten nachzukochen.

Alle Personen wurden frei erfunden. Eventuelle Ähnlichkeiten sind daher rein zufällig und kein Hinweis auf lebende oder verstorbene Personen. Wenn historische Persönlichkeiten genannt werden – wie etwa ein Polizeipräsident oder ein bekannter Komponist – dann nur, um die Handlung dieser fiktiven Geschichte zu stützen. Dies gilt auch für Orte und Häuser aus der besagten Zeit.

Kapitel 1

Er baute sich fast drohend vor Nagy auf. »Machen Sie doch mal wieder sauber, Herr Nagy. Immerhin zahle ich dafür, dass ich hier ein Zimmer habe. Das Geschirr ist dreckig und die Küche ist ein Saustall.«

Nagy hatte keine Lust, sich zu streiten. Entweder war er heute Nacht irgendwie verdreht im Bett gelegen oder das Wetter wechselte sich. Es war ihm nicht möglich, jedes Mal die Gründe zu erkennen, warum seine Kriegsandenken Schmerzen bereiten. Ansonsten könnte er Maßnahmen treffen, um den Ausbruch der Schmerzen zu verhindern. Mal schmerzt es mehr, mal schmerzt es weniger. Heute schmerzte wieder jede einzelne Bewegung, jedes einzelne Verdrehen des Oberkörpers.

Nagy beschloss, die Diskussion abzukürzen: »Wenn Sie ein Problem mit Ihrem Zimmer haben, suchen Sie sich ein anderes. Da Sie bereits vier Monate darin wohnen, kann ich es nun bereits viel teurer weitervermieten. Anwärter gibt es genug. Ich mache den Dreck nicht, weil ich sowieso kaum zu Hause bin.

Außer Ihnen als möblierten Herrn, der das Zimmer bei mir gemietet hat, gibt es noch vier andere Bettgeher. Hier wird eben gelebt und nicht nur geputzt.« Es waren verrückte Zeiten. Armut, Wohnungsnot, Hyperinflation. Der Krieg hatte die ganze Gesellschaft in einen riesigen Topf geworfen und einmal umgerührt. Der Adel hatte sein Geld mit Kriegsanleihen verloren. Genauso war es dem gehobenen Bürgertum ergangen, das dem Hof nahestand und bei dem es als patriotische Pflicht angesehen wurde, solche Anleihen zu zeichnen. Der Adel musste nun arbeiten. Etwas, dass er nie erlernt hatte. Andere wiederum haben sich durch irgendwelche Geschäfte am Krieg bereichert. In Wien wird sowohl gefeiert als auch geweint.

Nagy holte sich Brot und *Liptauer* aus der Küche, zog sich seine Schuhe an und ging. Er verließ nahezu fluchtartig die Wohnung. Er hielt es nicht mehr aus, hier zu sein. Sein Vater hinterließ ihm diese riesige Mietwohnung aus besseren Zeiten. Aufgeben konnte er sie nicht, da er hier den Friedenszins zahlte. Ohne seine Mitbewohner, die ihm sein Leben finanzierten, indem sie das Mehrtausendfache dessen, was er an Friedensmiete hinlegte, für einen Bettplatz oder ein Zimmer bezahlten, könnte er sein Leben nicht finanzieren. Die kleine Kriegsinvalidenrente reichte bei weitem nicht aus. Er war nicht gebaut, um gemeinsam mit anderen Menschen zu wohnen. Aber in Zeiten wie diesen musste er sich eben irgendwie mit der Situation arrangieren.

Aus dem Haus im Raimundhof ging er auf die Mariahilferstraße.

Schräg gegenüber lag das Kaufhaus Gerngroß. Die Waren konnte er sich sowieso nicht leisten. Seit dem letzten Monat waren sie schon wieder um ein Vielfaches teurer geworden.

Ihm waren zu viele Leute hier. Daher ging er in den Esterhazypark. Einfach mal ein wenig allein sein. Jetzt im Mai waren die Temperaturen warm genug, um sich eine Parkbank zu suchen, auf welcher er dem Tag zusehen konnte, wie er verstreicht.

Dieser Krieg machte alles kaputt. Europa, Wien, und ihn mitsamt seinem Leben.

Es war einer der ersten sonnigen Tage in diesem Jahr. Die Wiener waren auf den Beinen, um ein wenig Frühlingsluft und Sonne zu tanken. Der Park war voller Leute. Mütter mit Kindern, Kriegsinvaliden, so wie er und das eine oder andere Pärchen. Zum Kotzen dieser Anblick. Er schleppte sich zu einer Parkbank, setzte sich, klappte sein *Mercator* aus und machte sich sein Brot mit *Liptauer* zurecht. Das Messer fühlte sich gut an in der Hand. Es begleitete ihn durch den ganzen verdammten Krieg. Fast jeder seiner Kameraden hatte solch ein Messer. Er hatte sogar zwei davon. Bei dem Gedanken an das zweite Messer wischte er sich verstohlen mit dem Ärmel über sein Gesicht und griff dann an seine Brust, um das zweite *Mercator* zu erspüren, welches er an einem Lederband um den Hals unter dem Hemd trug. Es griff sich fast weich an, so unter dem Stoff des Hemdes.

Es wurde ihm zu viel. Er hielt die Menschen hier im Park nicht aus.

Besonders die glücklichen Pärchen, die hier schmusten, vergnügt waren. Die hier Hand in Hand gingen und so offensichtlich versuchten, all diesem Wahnsinn der Zeit zu trotzen. Die sich weigerten, diesen Irrsinn zu sehen, in dem sie alle lebten. Er beschloss, sein Brot fertig zu essen und dann ein wenig durch die Gumpendorfer Straße zu spazieren, bis der Tag vorbei war. Er freute sich schon auf die Zeit, in der er in der Lobau schlafen konnte, um seinen Untermietern aus dem Weg zu gehen.

Langsam schlurfte er in der Gumpendorfer Straße an den Geschäften und Häusern vorbei. Da nach kurzer Zeit die Schmerzen in seinem linken Fuß und dem linken Knie immer stärker wurden, kehrte er im Sperl ein. In einer Ecke trank er die nächsten drei, vier Stunden einen kleinen Braunen und las die Zeitung. Dieser Tag wird auch vergehen, dachte er sich. Hoffentlich bald. So wie jeder andere auch.

Immer wieder kehrst du Melancholie, O Sanftmut der einsamen Seele. Zu Ende glüht ein goldener Tag.

Kapitel 2

Dieser Depp hatte offenbar seinen Schlüssel vergessen. Harald, sein Bettgeher, kam zu dieser Zeit immer von seiner Nachtschicht zurück. Er war es vermutlich auch, der nun wie verrückt klopfte und ihn aus dem Bett holen wollte. Ein Blick auf den Wecker zeigt ihm, dass es erst kurz nach 8:00 Uhr war. Der Kerl kann etwas erleben. Traut sich so einen Radau zu machen.

Nagy begab sich, so schnell sein schmerzender Leib dies zulassen konnte, zur Tür und öffnete. Gleich darauf schreckte er zurück. »Marek!« Mareks massiger Körper füllte die ganze Tür aus. Wie damals trägt er eine zu kleine Kleidung, weil es anscheinend nach wie vor schwierig sein muss, in dieser Größe etwas Passendes zu finden.

Er bückte sich, um durch die Tür zu kommen, fiel Nagy um den Hals und begann, wie ein kleines Kind zu weinen. Hilflos hing dieses Riesenbaby an ihm. So hilflos, wie sich auch Nagy in diesem Moment fühlte.

Ihm schnürte es die Brust zu.

Nicht allein wegen der Schmerzen, die dieser Granatsplitter nach wie vor verursachte, der in seinem Bauch steckte, den sie ihm im Lazarett damals nicht rausschneiden konnten. Er fühlte sich plötzlich zurückversetzt auf den Monte San Michele am 19. Oktober 1915 und hörte wieder den Lärm, das Schreien, die Schüsse, sah seine Kameraden, das Blut und die Verletzungen klar vor sich. Zwei Tage davor haben sie die Italiener im Nahkampf abwehren können. Immer noch sieht er in seinen Alpträumen den Italiener vor sich, den er mit dem Bajonett an der Halsschlagader getroffen hat, als dieser sich auf ihn gestürzt hatte. Jener Bursch war vielleicht 19 oder 20 Jahre alt gewesen, hatte Eltern, vielleicht eine Freundin oder eine Frau gehabt, die allesamt großer Hoffnung gewesen sind, dass er gesund wieder nach Hause kommen werde. Sein Gesicht, als der Bursch Nagy angegriffen hatte, zeigte Furcht und Unsicherheit. Als Nagy ihn getroffen hatte, sah ihn der junge Mann ungläubig und mit großen Augen an. Das Blut spritzte aus dem Hals und der Soldat war gleich tot. Er hatte keine Zeit, sich um ihn zu kümmern. Dazu tobte der Angriff zu gewaltig. Aber dieses Gesicht wird er nie vergessen. Er verschoss viel Munition während des Krieges. Vorzugsweise in Richtung des Feindes. Ob er traf, wusste er nicht. Er wollte es auch später nie wissen.

Aber dieses eine Leben hatte er ausgelöscht, während er diesem Mann in die Augen sah. Direkt und unleugbar.

Zwei Tage nach dem Angriff hatte er immer noch keine Zeit, seine Uniform zu wechseln.

Das Blut klebte nicht nur sprichwörtlich an ihm und erinnerte daran, dass er Menschenleben beendet hatte. Seine Uniformhose war nur unzureichend von seinem Kot gereinigt und er stank entsetzlich. Er schämte sich für diese Körperreaktion, aber sie war nicht zu verhindern gewesen.

Am 19. Oktober rollte dann eine neue Angriffswelle an. Der Artilleriebeschuss dauerte schon Stunden an, die Italiener feuerten aus allen Rohren. Die Artillerie schoss zurück. Nagy und seine Kameraden versuchten die Köpfe, so gut es ging, unten zu halten und sich nicht aus den Schützengräben zu bewegen. Wenigstens musste er auf diese Weise niemanden eigenhändig töten oder beim Sterben zusehen. Da geschah es. Eine Granate schlug in die Rückwand des Schützengrabens ein. Von den vielen hunderten oder tausenden Granaten, welche die Italiener abfeuerten, erwischte diese eine Granate jenen Winkel, mit der sie direkt in ihre Stellung flog und sich dann an der Rückwand des Schützengrabens in ihre Bestandteile zerlegte. Ludwig, der neben ihm stand, war sofort tot. Ein Teil der Granate zerfetzte dessen Gesicht. Nagy wurde durch zahlreiche Treffer verletzt und blutete aus mehreren Wunden.

Sein Ludwig war tot! Sein geliebter Ludwig.

Nagy kroch, soweit es ihm mit seinen Verletzungen möglich war, zu ihm und umarmte den leblosen Körper. Er wollte nun umarmend liegend mit ihm sterben. Vor wenigen Tagen und Stunden waren sie einander näher gekommen. Mit dem Herzen und dem Körper.

Er war seine erste große Liebe. Ohne Ludwig erschien sein Leben nun sinnlos und nicht mehr lebenswert.

Durch den Blutverlust war er kurz vor der Ohnmacht, als er wie durch einen Schleier Marek sah. Dieser Büffel von einem Mann warf Nagy wie einen Sack über seine Schulter und trug ihn durch den Hagel aus Kugeln, Granatsplittern und Erdbrocken zum Lazarett. Er spazierte über das Schlachtfeld. Es wirkte, als ob ihn das nicht interessierte, welche Hölle rund um ihn herum im Gange war, ihn all das nicht beträfe und ihn nicht verletzen könnte.

Nagy war die Tage danach nicht ansprechbar. Sein Ellbogen des rechten Armes, der linke Fuß, das linkes Knie und seine linke Hand waren immer noch von den Granatsplittern beeinträchtigt, schmerzten und sind kaum zu gebrauchen. Sein kleiner Finger an der linken Hand war absolut gefühllos, irgendwelche Nerven unwiederbringlich zerstört. Ein Splitter steckte außerdem als Andenken an Italien immer noch in seinem Bauch zwischen den Gedärmen. Er konnte damals nicht operiert werden, im Lazarettzelt am Schlachtfeld. Bei allen möglichen Bewegungen bereitete es auch später noch Schmerzen und es bestand die ständige Gefahr, dass irgendwann der Darm dadurch verletzt werden könnte. Irgendein Faustschlag in den Magen oder ein Sturz und dieses Stück Stahl, dieses Souvenir aus Italien, würde ihn töten. Einfach langsam innerlich verbluten lassen.

Marek stand nun – so viele Jahre später – als gebrochener Mann weinend vor ihm. »Marek, was ist passiert?« »Mitzi ist weg.« Er erinnert sich dunkel daran, dass Marek damals voller Vaterstolz von einer kleinen Tochter erzählt hatte.

»Komm doch erst mal rein. Ich mache eine Flasche Branntwein auf.« Sie setzten sich in die Küche und Nagy holte von seinen geheimen Vorräten in seinem Zimmer einen Obstler, den er entkorkte. Währenddessen beobachtete Nagy Marek. Er hatte ihn noch nie in Zivil gesehen. Damals schon war ihm die Uniform viel zu klein gewesen. Dieser riesige Mann hatte nicht viele Möglichkeiten, Kleidung in seiner Größe zu bekommen. Zum Schneider gehen und sich etwas anfertigen lassen, könnte er sich wohl nicht leisten. Er kannte Marek als einen Menschen, den nichts umwerfen kann. Er ließ den Krieg genauso wie die Schikanen der Vorgesetzten stoisch über sich ergehen. Jetzt saß er hier wie ein Häufchen Elend und kippte einen doppelten Schnaps nach dem anderen wie Wasser in sich hinein. »Erzähl mal, warum bist du da. Und wie zum Teufel hast du mich gefunden?« Marek sah Nagy mit verweinten Augen an: »Mitzi ist weg. Einfach so. Die Polizei unternimmt nichts. Sie ist doch ein anständiges Mädchen und verschwindet nicht so einfach.«

Nagy hatte in ihrer gemeinsamen Zeit bei der Isonzoschlacht niemals erlebt, dass Marek irgendetwas aus der Ruhe gebracht oder aufgeregt hätte.

Er war immer komplett entspannt und in sich ruhend gewesen. Selbst im ärgsten Bombenhagel hatte man den Eindruck gehabt, dass ihn das ganze Geschehen komplett kalt gelassen hätte. Ihn nun so zu sehen machte ihn plötzlich fremd für Nagy. Als er Nagy damals gerettet hatte, ging Marek übers Schlachtfeld, als ob er sich im Wiener Prater befunden hätte. Nagy glaubte, sich zu erinnern, dass nicht mal Mareks Atem schneller geworden war.

»Marek, dann erzähl halt mal! Wie ist das passiert?« »Sie kam vor einer Woche einfach nicht mehr heim. Einfach so. Ich war bei der Polizei aber die unternehmen nichts. Weil ich wusste, dass du ja bei der Polizei bist, habe ich nach dir gesucht. Tag und Nacht. Bei der Polizei haben sie so getan, als ob sie dich nicht gekannt hätten. Ich habe dich aber trotzdem gefunden. Nárcisz, hilf mir. Du bist mir das schuldig. Ich habe doch sonst niemanden mehr.« Bei den letzten Worten begann er wieder zu weinen.

Wenn Marek wüsste, dass er Nagy mit seiner Rettung keinen Gefallen getan hatte. Er wäre lieber in Italien in der Schlacht gestorben, um mit seinem Ludwig vereint zu sein. Nagy verstand nicht, warum Ludwig sterben hatte müssen und er das Recht bekommen hatte, weiterzuleben. Er fühlte sich schuldig.

»Marek, ich bin nicht mehr bei der Polizei. Ich bin ein Krüppel. Nach der Sache in Italien ist mein rechter Ellenbogen nur mehr unter Schmerzen zu bewegen. Mein linker Fuß ist gefühllos und mein linkes Knie schmerzt ständig.

In meinem Bauch steckt noch dieser Splitter, der bei jeder blöden Bewegung Schmerzen macht. Irgendwann wird mich dieses Teil umbringen. Dieser Granatsplitter sitzt irgendwo in meinen Gedärmen und kann nicht entfernt werden. Wenn ich mich bewege, bewegt er sich auch immer leicht mit und tut mir weh, verstehst du?«

Nachdem Nagy sich einen doppelten Obstler nachgeschenkt und runtergekippt hatte, erzählte er weiter: »Nach meiner Zeit im Spital wollte ich meinen Dienst antreten. Der Amtsarzt stellte jedoch eine Exekutivdiensttauglichkeit fest. Die Voraussetzungen für meine Beamtenpension hatte ich noch nicht. Bei der Hyperinflation bist du mit einer Beamtenpension sowieso eine arme Sau. Ich lebe nun von dem Wenigen, das ich als Kriegsveteran bekomme. Und von dem Geld, das ich von dem möblierten Herrn und meinen Bettgehern erhalte. Meine Wohnung fällt noch unter den Friedenszins. Ich zahle also die Miete, die vor dem Krieg fällig war und kassiere das Mehrtausendfache dessen von den Leuten für deren Untermiete. Ich hasse es aber, wenn ich meine Wohnung teilen muss, wenn Leute in meiner Wohnung sind. Weißt du, Marek? Eigentlich will ich alleine sein und mich mit niemanden auseinandersetzen müssen. Aber ohne meinen Einkünften von ihnen könnte ich nicht überleben. Ich brauche halt das Geld.«

Marek blickte ihn hoffnungsvoll an. Dabei senkte er den Kopf und schaute Nagy von unten herauf an. Auf Nagy wirkte er wie ein Dackel: »Hilf mir, Nárcisz! Mitzi ist mein Ein und Alles.«

Nagys Interesse war eher gering. Aber andererseits hatte Marek doch sein Leben gerettet und seines dabei aufs Spiel gesetzt. »Erzähl mir halt von deiner Mitzi!«, meinte Nagy und schenkte Marek und sich einen doppelten Obstler nach. Mareks Körper richtete sich auf. Offenbar schöpfte er Hoffnung: »Mitzi ist meine kleine Tochter. Ihre Mutter starb bei der Geburt. Es war schwer für mich. Ich musste mich um die Fleischhauerei kümmern und Geld verdienen. Mitzi unterstützte mich schon als Kind, kochte mit sechs Jahren, nähte und hielt die Wohnung in Ordnung mit acht Jahren.

Mitzi ist inzwischen 23 Jahre alt und schon war immer ein liebes, braves Kind. Als ich in den Krieg musste, wurde sie von meiner Verwandtschaft aufgezogen. Es gab nie Probleme. Sie war gut in der Schule und die Lehrer lobten sie. Sie redete nie zurück, wenn ihr etwas nicht passte. Später fand sie dann in einem Schuhgeschäft eine Stelle als Verkäuferin. Auch von ihrem Arbeitgeber her gab es nie Beschwerden. Sie übte dann zu Hause vor dem Radio, die Radiosprecher nachzusprechen, um unseren tschechischen Akzent wegzubekommen. Sie verleugnete ihre Herkunft komplett und investierte viel Zeit ins Üben, damit man ihr nicht anmerkte, dass sie Tschechin ist. Mir erklärte sie, es wäre wichtig, wegen der Kunden. In letzter Zeit ging sie am Abend immer aus. Sie war aber jeden Morgen wieder da. Ich habe es ihr gegönnt. Wir haben sonst nicht unbedingt viel Spaß im Leben. Letzten Montag kam sie nicht nach Hause. Sie ist spurlos verschwunden. Einfach weg.«

»Am Montag ist Ostermontag. Aber am Dienstag gehe ich mit dir zur Polizei. Mal sehen, ob ich was machen kann.«

Marek stand auf und schrie Nagy an: »Nein! Wir müssen gleich was unternehmen.« »Marek«, sagte er, »beruhige dich. Vielleicht ist sie bis dahin doch wieder zurück.«

Als entwich alle Luft aus ihm entweichen, sackte Marek auf seinem Stuhl zusammen: »Mitzi ist seit Kurzem zuckerkrank. Sie hat ihre Spritze mit und eine angebrochene Packung mit Ampullen. Dieses Zeug ist da drinnen, Isolitin oder so – diese Medizin, die sie sich ständig nach dem Essen spritzen muss.« Nagy sah ihn an: »Was bedeutet das konkret? Ich habe zwar irgendwas davon in der Zeitung gelesen, aber keine Ahnung mehr was.« Marek wirkte verzweifelt: »Es begann im letzten Jahr. Sie war ständig müde, fühlte sich schwach. Sie hatte immer großen Durst und musste häufig aufs Klo. Sie roch seltsam nach Lack oder so. Das wurde immer schlimmer und daher brachte ich sie zum Arzt, da ich mir große Sorgen um sie machte. Der stellte fest, dass sie zuckerkrank ist. Gott sei Dank wurde gerade die Medizin, die sie braucht, entwickelt. Dieses Mittel Insolitin gibt es noch nicht so lange. Vorher wäre die Diagnose ein Todesurteil gewesen. Sie ist recht eigenwillig und verantwortungslos, was das Spritzen betrifft und deswegen kümmere ich mich, dass sie die richtige Menge spritzt, wenn sie isst. Da sie es nicht ernst genug nimmt oder auch nicht ernst nehmen will, habe ich das übernommen.

Wir haben ausgemacht, dass sie nichts isst, wenn sie unterwegs ist und keinen Alkohol trinkt. Das mit dem Alkohol hat irgendwie mit dem Zucker zu tun. Der Arzt verschrieb ihr gegen den Hunger Herointabletten. Wenn Sie zu wenig spritzt, beginnt sie zu zittern, zu schwitzen, und wirkt krank. Spritzt sie zu viel, kann sie in Ohnmacht fallen und sterben. Ich musste ihr schon zweimal Zuckerwasser einflößen, um dieser Wirkung von diesem Inso... Iso..., dieser Medizin eben, entgegenzuwirken, wenn sie zu hoch dosiert war. Ihre angebrochene Packung reicht vermutlich für einige Tage, sofern sie vernünftig ist, regelmäßig spritzt und dabei die Menge gut berechnet. Wenn wir sie dann aber nicht rechtzeitig finden, stirbt sie.«

Lange war es her, dass Nagy das letzte Mal in der Polizeidirektion gewesen war. An diesem Abend war es also wieder so weit. Gemeinsam mit Marek stand er vor der Polizeidirektion am Schottenring 11. Seine Polizeikarriere war nicht so verlaufen, wie es sich sein Vater für ihn gewünscht hätte. Nagys Familie war nach Wien gekommen, weil dem Vater eine Beamtenposition in Wien angeboten bekommen worden war. Nagy war ein Einzelkind. Die Mutter konnte nach seiner Geburt keine Kinder mehr bekommen. Sie verstarb, als er acht Jahre alt war. Sein Vater war streng und legte Wert auf Disziplin, auf Manieren und eine ausgezeichnete Schulbildung. Seine Erziehung bezeichnete Nagy im Nachhinein weniger als Erziehung, sondern eher als Drill. Nagy hatte sich nur einmal getraut, sich seinem Willen zu widersetzen.

Sein Vater wollte, dass er studiere, Nagy selbst aber strebte eine Karriere im Polizeidienst an. Die Bedingung des Vaters war, dass Nagy zumindest eine Karriere als Offizier zu machen habe.

Nagy hatte die Ausbildung mit Auszeichnung bestanden und wurde in den Kriminalbeamtendienst übernommen. Es war im Jahr 1913, als er ein Mitglied des Hofes beamtshandelte, der eine Prostituierte würgte. Ihr wurde das Zungenbein gebrochen. Sie trug durch die Misshandlungen auch andere schwere Verletzungen davon. Nagy wurde von den Vorgesetzten nahegelegt, die Berichte und Einvernahmen zugunsten des Täters umzuschreiben. Das widersprach allen Prinzipien, die Nagy hatte, für die er lebte und Nagy lehnte daher ab. Kurz darauf fand er sich im Innendienst wieder, wo er Akten schlichten musste. Gerüchten zufolge, gab es eine Weisung des Polizeipräsidenten. Aber das wurde nie bestätigt. Nagy legte nicht viel Wert auf diese Gerüchte. Eigentlich war es egal, wer seine Finger im Spiel hatte. Es war eben so, fertig.

Als der Krieg ausbrach, wurde Nagy als einziges Mitglied des Kriminalbeamtenkorps einberufen.

Sein Gefühl zu diesem Gebäude war dementsprechend zwiespältig. »Komm, Marek, gehen wir rein.«

Kurz darauf saßen sie Polizeirittmeister Norbert Huber gegenüber. »Meine Verehrung, Herr Rittmeister. Hast ganz schön Karriere gemacht, alter Freund. Schön, dass du heute Journaldienst hast.

Ich hatte schon befürchtet, mich mit einem mir unbekannten Ex-Kollegen herumschlagen zu müssen.« »Nárcisz, wie geht es dir? Wir haben uns schon jahrelang nicht gesehen. Ich denke oft an unsere gemeinsame Zeit zurück, als wir noch einfache *Kieberer* waren.« Nagy musste grinsen. Huber war schon immer ein wenig ein Speichellecker gewesen. Kein Wunder, dass er Karriere gemacht hat. Aber er musste schon zugeben, Huber war echt gut. Ein *Kieberer* mit hoher Aufklärungsrate. Auch wenn seine Methoden, mit Verdächtigen umzugehen, nicht immer als korrekt bezeichnet werden konnten. Gut sah er aus. Etwas in die Breite war er gegangen. Aber immer noch ein stattlicher Mann: »Ja, es waren schöne Zeiten. Schönes Büro hast du da. Ich gratuliere dir zu deiner Offizierskarriere. Ich bin wegen Frau Maria Nowotny hier.« Norbert öffnete seinen Schreibtisch, nahm drei Gläser und eine Flasche Schnaps heraus. Er schenkte ein. »Meine Sekretärin hat mich bereits in Kenntnis gesetzt. Ich habe mir den Akt bereits ausgehoben.« Er klopfte auf einen dünnen Akt, der vor ihm auf dem Tisch lag. »Leider oder auch Gott sei Dank kann ich dir sagen, dass es keinerlei Anhaltspunkte für irgendein Verbrechen gibt. Viel mehr gibt es hier auch nicht. Wir haben keinerlei Hinweise auf den Aufenthalt von Frau Maria Nowotny. Das ist somit auch nicht mehr an Information, als Herr Nowotny schon von den Kollegen mitgeteilt wurde.«

»Darf ich den Akt lesen, ich möchte gerne wissen, was alles gemacht wurde, was genau erhoben wurde.« Norbert grinste ihn breit an: »Aber Nárcisz, du wirst doch die

Bestimmungen über das Amtsgeheimnis nicht vergessen haben? Du weißt, dass ich mich strafbar mache, wenn ich dir den Akt gebe und dich ihn lesen lasse. Da sind die Namen, Adressen, Geburtsdaten von Zeugen drin. Ich darf ihn dir nicht zeigen.« Während er dies erklärte, warf er einen Blick zum Fenster. »Ein herrlicher Frühlingstag. Ich schau gerne auf die Ringstraße und genieße im Frühling die Aussicht von meinem Büro aus.« Er stand auf, nahm seinen Schnaps und kippt ihn in seinen Tee. Er drehte den offenen Akt wie zufällig in Nagys Richtung, ging mit seinem Tee zum Fenster und drehte seinen Besuchern den Rücken zu. Marek schaute Nagy entgeistert an, ließ seinen Blick zwischen dem Rittmeister und Nagy und dem Akt hin- und herpendeln und verstand überhaupt nicht, was hier vor sich ging.

Nagy hingegen verstand jedoch sehr gut. Spätestens seit ihn einmal Kollegen aus dem Nebenbüro auf ein Gespräch angeredet hatten, das er vertraulich im Büro führte, wusste er über die dünnen Zwischenwände der Direktion Bescheid.

Der Akt war nicht sehr ergiebig. Ein sogenannter *Nega-Bericht*. Befragungen negativ, Ermittlungen negativ, Spuren negativ, alles negativ. Beim Durchlesen dieser mageren Zeilen war von den Verfassern nicht wirklich viel Engagement zu erkennen, die Arbeitswut leuchtete ihm auch nicht gerade entgegen.

»Norbert, weißt du, dass Frau Nowotny zuckerkrank ist?« Norbert kippte seinen Tee hinunter: »Klar, Herr Nowotny hat es ja bei der Anzeige erzählt.

Für mich stellt sich die Situation recht unverdächtig und klar dar. Meiner Meinung nach war ihr das Leben, das sie bei ihrem Vater geführt hatte, zu einfach, zu seicht, zu wenig aufregend. Sie ging in ihr Leben und hatte nicht den Mut, es ihrem Vater ins Gesicht zu sagen. Sie ist ein erwachsenes Fräulein. Wenn sie Insulin braucht, kann sie es sich jederzeit in einer Apotheke besorgen. Ihr Vater will sie doch nur abhängig und klein lassen. Er sieht sie immer noch als kleines Mädchen.«

Nagy legte seine Hand auf den Unterarm Mareks. Er merkte förmlich, wie dieser knapp vor der Explosion stand.

»Wobei ...« Huber stockte, wiegte den Kopf hin und her und betrachte angestrengt den Boden seiner leeren Tasse. Nagy merkte die Unsicherheit Norberts: »Wobei was, Norbert?« »Na ja, du kennst es ja. Da ist so ein Gefühl.« Nagy lachte auf. »Norbert, wegen dieses Gefühls haben wir etliche Fälle gemeinsam aufgeklärt. Oft genug haben wir wegen eines Gefühls ermittelt und die Fakten kamen nachher dazu. Oft genug mussten wir irgendwelche Fakten erfinden, um Ermittlungen zu rechtfertigen, die aufgrund eines instinktiven Gedankens erfolgten und schlussendlich erfolgreich waren. Bedeutet das, dass du weiter ermittelst?«

Nagy freute sich. Wenn er seinen alten Kollegen dazu bringen konnte, weiter zu ermitteln, war er wieder aus dieser Sache draußen. Ganz gleich, wie dieser Fall ausginge, Nagy bräuchte sich nicht weiter damit befassen.

Der Polizeirittmeister legte ein Blatt Papier auf den Schreibtisch und flüsterte: »Auch das hast du nie gesehen. Ich werde nicht ermitteln. Der Grund des Gefühls ist eben ausschlaggebend dafür, warum ich in diesem Fall nicht ermitteln werde.«

Es war ein Schriftstück des Innenministeriums. Unterzeichnet von einem der höchsten Beamten. Nicht von irgendeinem Sachbearbeiter, nein, gleich ein Sektionschef interessiert sich für Mitzis Fall. In dem Schreiben wurde der Befehl erteilt, die Abgängigkeitsanzeige der Maria Nowotny ohne weitere Ermittlungen zu den Akten zu legen. Ohne Begründung.

Nagy verstand, was Norbert meinte. Ein Ministerium mischt sich nicht in Abgängigkeitsangelegenheiten ein. Ein Innenministerium reagiert nicht so schnell. Schon bei wirklichen Straftaten braucht es Wochen, bis eine Weisung kommt, wenn ein Amt um eine Weisung ersucht. Das Innenministerium hatte außerdem Sachbearbeiter, die unter dem Datum aufgelistet waren. Hier gab es keinen Sachbearbeiter, sondern die Unterschrift des Sektionschefs Trattenbach persönlich. Schon seltsam. Sehr seltsam sogar.

Nach ihrem Besuch bei dem alten Freund saßen Marek und Nagy bei einem Kaffee im Café Landmann. »Also Marek, du hast es gehört. Es liegt offenbar kein Verbrechen vor. Schade, dass ich dir nicht mehr helfen kann.« Marek schüttelt seinen massigen Kopf. »Nein, das glaube ich nicht. Es ist sicher etwas passiert. Irgendwer hat ihr etwas angetan. Sie war immer so ein braves Mädchen.

Es muss ihr jemand etwas angetan haben. Ich weiß es.

Ich bin mir ganz sicher.

Was war das bei dem Gespräch zwischen euch beiden? Ich habe nicht verstanden, worum es eigentlich geht. Weiß er doch was von Mitzi?«

Irgendwie gelang es Nagy, ihn abzuwimmeln. Dieses Gespräch mit Norbert erinnerte ihn wieder an die Vergangenheit. Eine Vergangenheit, die er gerne vergäße. Es reichte ihm für heute.

Kapitel 3

Die einsame halbe Flasche Obstler, die von Mareks letztem Besuch übrig geblieben war, war nun auch Geschichte. Nagy spürte den Puls seines kaputten, unnötigen Körpers als schmerzhaften Gongschlag durch seinen Schädel hämmern. Es waren verdammt viele Gongschläge. Jetzt kamen auch noch andere Schläge dazu. Irgendwer trommelte an die Tür. Sämtliche Versuche, diesen furchtbaren Lärm zu ignorieren, fruchteten leider nicht. Nagy stellte sich tot. So tot, wie er sich tief in seinem Inneren schon seit langem fühlte. »Nárcisz mach auf! Ich weiß, du bist zu Hause!«

Marek. Auch das noch. Nagy stand vom Sofa, auf dem er geschlafen hatte, auf. Er fühlte sich nicht besonders sicher auf den Beinen, stieß seinen Nachttopf um. Der alte, früher einmal sehr wertvolle Teppich seines Vaters fühlte sich jetzt feucht an an den Füßen. Das verdammte Hämmern in seinem Kopf und an der Tür machte seine Laune auch nicht besser.

Als er endlich an der Tür war und öffnete, blickte er in das verzweifelte Gesicht Mareks.

Der Mann sah noch mitgenommener aus als er selbst, stellte Nagy fest. Marek hatte tiefe Ringe unter seinen verheulten Augen. Er war unrasiert und die Haare standen in alle Richtungen. Er drückte Nagy ein Blatt Papier in die Hand. »Ich bekam einen Brief von Mitzi.«

Nagy lehnte sich an die Wand, um ein wenig Stabilität im Leben zu erhalten, und las.

Lieber Papa! Sorge dich nicht um mich. Mir geht es gut. Ich bin mit meinem Liebling, den ich heiraten werde, weggefahren. Ich werde definitiv nicht mehr zurückkommen. Sei mir nicht böse. Suche nicht nach mir.

Mitzi

»Na also, Marek, siehst du, es geht ihr gut. Sie ist erwachsen geworden. Sie wird ihren Weg schon gehen. In ein paar Jahren steht sie mit drei Kindern vor der Tür und stellt dir ihren Mann und deine Enkel vor.«

Marek schüttelt verzweifelt den Kopf: »Nein, nein, nein. Sie hat zwar deutsch gesprochen wie eine Österreicherin. Aber untereinander haben wir immer noch tschechisch gesprochen und geschrieben. Ich habe einige Zettel von ihr zu Hause, auf denen sie mir Nachrichten hinterlassen hat. Etwa wenn sie mir etwas kochte und das Essen am Herd stand oder sie weg ging und später nach Hause kam. Alles auf Tschechisch. Einkaufszettel oder Notizen. Alles auf Tschechisch. Da ist etwas faul, Nagy. Ich glaube auch nicht, dass das ihre Schrift ist.«

»Bitte nicht!«, dachte Nagy. »Bin ich ihn etwa doch nicht los? Ich verstehe, dass er verzweifelt ist. Ich verstehe, dass er sich an jeden Strohhalm klammert.

Ich verstehe, dass er nicht glauben will, dass seine Tochter sich abgesetzt hat, weil ihr das Leben zu eng erschien. Aber was zum Teufel, habe ich damit zu tun?« Nagy überlegte kurz: »Marek, komm rein!« Nagy stellte eine neue und demnach noch volle Obstler-Flasche und zwei Gläser auf den Tisch. »Marek, schau mich an! Ich bin ein Krüppel. Meine Zeit als Kriminalbeamter ist lange vorbei. Auch wenn ich wollte, ich kann dir nicht helfen.«

Natürlich war das nicht der einzige Grund. Nagy hing seinen Gedanken nach und war in diesen gefangen. Er war beschäftigt. Sehr beschäftigt. Mit sich selber und mit Ludwig, dessen Leiche er in Italien in den Armen hielt. Mit seinen Schmerzen und den Bildern des Krieges. Diese Bilder, die Schreie der Sterbenden, den Geruch von Blut und dem Geruch, der entsteht, wenn Granaten und Kugeln abgefeuert werden. Der Gestank von Pulver und verbranntem Eisen. Die Toten, die Verstümmelten und das ganze Elend der Zeit verfolgten ihn jede Nacht. Schweißgebadet wurde er davon jede Nacht mehrmals aus seinem Schlaf gerissen. Er hörte das Schreien der Verletzten und fühlte die Angst, die Panik in sich. Er konnte sich nicht um diese Mitzi, die er nicht mal kannte, kümmern. Wenn tatsächlich etwas vorgefallen wäre, dann handelte er sich beim unerlaubten Ermitteln Schwierigkeiten ein. Schwierigkeiten, mit denen er nicht fertig werden könnte. Er, der Krüppel.

Er hatte sich mit seinem Schicksal arrangiert, das Beste rausgeholt aus diesem Wahnsinn rund um sich herum.

Durch die Wohnung hatte er Einkünfte – nicht viele, aber es reichte zum Leben. Und mit all seinen Verletzungen wird es wohl nicht allzu lange reichen müssen. Hoffte er zumindest. Er fühlte, dass diese stabile Basis, die er sich erschaffen, erdacht hatte, an die er glaubte, ja, glauben musste, um leben, um überleben zu können, sehr fragil ist. Viel zu fragil jedenfalls, um sie für irgendwelche Nachforschungen für Marek aufs Spiel zu setzen. Er konnte es nicht, fühlte sich nicht stark genug. Er wollte nichts riskieren.

Marek blickte aus dem Fenster. Seine Gedanken waren offenbar genauso weit weg, wie die von Nagy. Schweigens saßen Sie einige Minuten vor ihrem Schnaps. »Als Maria klein war, weinte ich oft. Ich war einsam, nachdem ihre Mutter gestorben war. Sehr einsam. Wir Tschechen wurden immer abgelehnt. Mein Vater kam als Sandler nach Wien. Er streute die Lehmformen im Ziegelwerk mit Sand aus. Das ist die unterste Arbeit in den Ziegelwerken. In der Hierarchie der Arbeiter ist es die niedrigste Stufe der Hackordnung. Tagein und tagaus arbeitete er im Ziegelwerk für wenig Geld. Verdammt wenig Geld. Er war an diesen ganzen Bauten der Ringstraße beteiligt, machte Drasche reich mit seiner Arbeit. Trotzdem war er unerwünscht und sogar verhasst. Es wird ja immer noch vor uns Tschechen gewarnt. Dass durch uns das Deutschtum in Gefahr sei, sagen sie, was auch immer das sein soll. Gott sei Dank geht jetzt der Hass mehr in Richtung der Juden.

Dadurch sind wir ein wenig aus der Schusslinie. Aber so viel geändert hat sich da bis heute nicht.

Wir Tschechen halten durch diesen Druck von außen zusammen. Wir leben unsere Bräuche, unsere Sprache und unser Essen. Wir treffen uns in unseren Beisln und bleiben auch sonst unter uns. Verstehst du, Nárcisz?« Marek trank seinen doppelten Obstler aus, schenkte sich nach, kippte das Zeug wieder hinunter und sprach weiter: »Die Mitzi hat als Kind oft gespürt, wie es mir ging, obwohl ich stets versuchte, meine Traurigkeit vor ihr zu verbergen. Sie sang dann Lieder aus dem Radio nach und tanzte für mich. Sie kochte für mich. Erst war es Erde aus dem Blumentopf, die sie mir als Essen servierte, später hat sie das richtige Kochen schon in jungen Jahren komplett übernommen. Sie verhielt sich, wie eine Hausfrau und nicht wie ein Kind. Sie wollte mich aufheitern und war immer brav, um mir keine Sorgen zu bereiten.«

Marek stand auf, ging zum Fenster und blickte hinaus: »Ohne Mitzi ist mein Leben sinnlos. Wenn ihr irgendjemand etwas angetan hat, dann muss ich es wissen.«

»Marek.« Nagy atmete tief durch. »Marek, du bist bei mir an der falschen Adresse. Vielleicht fällt mir jemand ein, der dir helfen kann. Aber ich kann es nicht.«

Marek ging auf ihn zu. Er kam ganz nah zu Nagy, bis dieser den Alkoholgeruch in seinem Atem riechen konnte. Die Wut in seinen Augen war deutlich zu sehen. Er tippte mit den Fingern mehrfach an Nagys schmerzende Brust. »Ich habe dir geholfen. Ich habe dich ich aus der Scheiße geholt.

Ich habe dabei nicht nachgedacht, ob ich dabei in Gefahr hätte kommen können. Ohne mich wärst du nicht mehr da. Du bist der Einzige, der mir helfen kann. Also hilf mir! Bitte.«

»Also gut Marek, also gut. Ich schau mich in eurer Wohnung um. Vielleicht kann ich etwas finden.«

Sie fuhren mit der Straßenbahn nach Favoriten. Das war schon damals eine faszinierende Gegend, eine Art Klein-Tschechien inmitten von Wien. Hier gab es *Beisln*, in welchen nur tschechisch gesprochen wurde, und ganze Häuserblocks, in denen kein deutsches Wort zu hören war. Mareks Wohnung war eine sehr kleine Wohnung. Gleich nach dem Eingang kam man in die Küche. Dahinter war ein Zimmer, das als Wohnzimmer und Schlafzimmer diente. Die Toilette und die *Bassena* waren am Gang. Die Wohnung war deutlich kleiner als die Wohnung, in der Nagy wohnte. Aber das war nicht unüblich. Durch den Friedenszins gab es kaum neue Wohnungen. Es wurden zu dieser Zeit von der Stadt Wien selbst Wohnungen gebaut, alle mit Wasser und Toilette in der Wohnung. Sie sollten angeblich leistbar werden, dachte Nagy. Wir werden sehen, ob das Ganze Zukunft hat.

Das Haus war eine Bruchbude. Die Wohnung war feucht. Sie roch muffig nach Schimmel, Feuchtigkeit und böhmischer Küche. Es wurde hier offenbar lange nicht mehr neu gestrichen. Die Wände sind dreckig. Die kleinen Kinderzeichnungen, die in einer Ecke an der Wand hangen, waren vermutlich Werke der kleinen Mitzi und hatten vermutlich schon deutlich über zehn Jahre die Wohnung geziert. Die Einrichtung war einfach. »Wo sind Mitzis Sachen?« Marek zeigte auf ein Sofa: »Hier ist ihr Schlafplatz. Ihre Sachen hat sie in diesem Nachtkästchen und die Kleider in diesem Schrank.«

Das Nachtkästchen bestand aus drei Laden und wirkte, als ob es beim Öffnen jeden Augenblick zusammenfallen könnte. Nagy machte die Laden trotzdem vorsichtig auf. Im obersten Fach befanden sich etwa 15 hölzerne Zigarettenspitzen. Sie waren lang, schön gedrechselt und wirken sehr nobel. Daneben lagen ein ganzes und ein angebrochenes Glas *Heroin* der Firma Bayer. Nagy kannte diese Tabletten. Es war ein modernes Medikament, das überall zu finden war. Ursprünglich als Hustenmittel gedacht, kam es auch bei allen möglichen Symptomen zum Einsatz: Schwangerschaftsbeschwerden, Migräne und alles Mögliche. Ein richtiges Wundermittel. Es wurde unter anderem auch vom Alpenverein empfohlen, um beim Wandern und Bergbesteigungen besser Luft zu bekommen. In der gehobenen Gesellschaft bei Tanzveranstaltungen war es angeblich allgegenwärtig.

Ebenso befanden sich auch diverse Flugblätter der *Hakenkreuzler* unter Marias Privatsachen. Sie lagen ungeordnet in der Lade und waren offenbar achtlos in die Lade geworfen worden.

In der zweiten Lade fand Nagy ein Tagebuch. Es war in tschechischer Sprache geschrieben worden und somit unverständlich für Nagy. »Marek, übersetz mir das bitte!

Wenn wir uns wieder sehen, hätte ich gerne gewusst, was da drin steht.«

Die Kleider wirkten auf Nagy recht modern und machen einen wertigen, ja, teuren Eindruck. Sie waren sehr kurz, teilweise durchsichtig und waren alle vom selben Geschäft. Der Hersteller kannte Nagy nicht. Er notierte sich alles, was er hier vorfinden konnte, in sein Notizbuch.

In der dritten Lade fand Nagy ein Buch über germanische Mythologie. Daneben lag ein Lederband mit einem Anhänger. Darauf befanden sich drei Dreiecke, die ineinander verflochten waren. Ein interessantes, für Nagy kompliziert aussehendes Muster, das er nicht kannte und demnach ebenfalls in sein Notizbuch abzeichnete.

»Marek, hast du ein Foto von Mitzi für mich?« Marek kramte kurz und gab ihm dann zwei Fotos. Das eine war ein einfaches Porträt, das andere eine Aufnahme, bei der sie in die Kamera lacht. Maria stützt sich auf die Lehne eines Stuhles, hat ihren linken Unterschenkel abgewinkelt, und dreht den Kopf zum Fotografen. Sie trug dabei eines der kurzen Kleider mit Fransen, die Nagy vorhin im Kasten gesehen hatte. Es war ein gut inszeniertes Bild einer sehr hübschen, jungen Frau mit dunklen Haaren und einem Kurzhaarschnitt. Der so genannte Bubikopf entsprach dem Geist der Zeit. Etwas zu viel Busen für den Modegeschmack, waren in diesen Jahren doch eher knabenhafte Figuren gefragt.

Nagy konnte mit diesen modernen, selbstbewussten Frauen nicht viel anfangen.

Nach dem Krieg sind die meisten Frauen alleine gewesen und haben sich wie Männer benehmen müssen, sich durchsetzen, um überleben zu können. Sie gingen nun arbeiten und verdienten ihr Geld selbst. Sie rauchten in der Öffentlichkeit und trugen Kleider, die mehr zeigen als verbergen. Sie benahmen sich auf einmal, wie sich in früheren Zeiten nur Nutten benommen hatten. Was waren das nur für Zeiten?

Es widerstrebte ihm, Marek zu helfen. Gut, er riskierte sein Leben um seines zu retten. Aber Nagy wäre lieber getötet worden, statt dieser Krüppel zu sein zu müssen, der er nun war. Nagy war immer noch in einer Verfassung, in der er nicht lange gehen konnte, ohne Schmerzen zu haben. Laufen war gar nicht möglich. Der Splitter in seiner Brust machte es unmöglich, sich auf einen Kampf einzulassen. Allein wenn er nur angerempelt wurde, gab es ihm einen Stich in der Brust. Seine linke Hand war fast unbrauchbar. Er hatte in ihr kaum Kraft und schaffte es nicht mal, eine Einkaufstasche zu tragen. Wie konnte er nur irgendetwas in dieser Sache unternehmen. Seine Zeit als Kriminalbeamter war lange vorbei. Die Zeiten änderten sich. Seine Erfahrung war nichts mehr wert. Sein Körper machte auch nicht mehr mit. Den Anstrengungen einer Verbrecherjagd war er nicht gewachsen. »Marek, hast du was zu trinken im Haus, ich muss mit dir reden.«

Bei einigen Gläsern Bier saßen die beiden Männer zusammen und Nagy erklärte Marek genau, warum er zwar möchte – was gelogen war – aber ihm nicht helfen konnte – was der Wahrheit entsprach.

Nach diesen Erklärungen schaute Marek Nagy lange an. Er stand auf und nahm ein langes Eisenstück, das am kleinen holzbefeuerten Ofen lehnte und offenbar als Schürhaken dient. Marek schaute Nagy mit ausdrucksloser Miene an. Dann sah er lange dieses gefährlich aussehende, spitze Metallstück an. Nagy bekam Angst. Die ganze Situation wirkte bedrohlich auf ihn. Was hat Marek vor? Um ihn umzubringen, aus welchem Grund auch immer, braucht er doch keine Waffe. Mareks Blick glitt von dem Metall wieder zu Nagy. Während er ihm direkt in die Augen sah, fassten seine Hände diesen gefährlich aussehenden Metallspieß an beiden Enden an. Mit einem unterdrückten, dumpfen Schrei entlud sich seine gesamte Kraft und er bog diesen improvisierten Schürhaken zu einem *U*. »Nárcisz, du brauchst keine Kraft. Ich bin deine Kraft. Wir ziehen das gemeinsam durch. Du bist das Hirn, ich bin die Faust. Wir finden Mitzi gemeinsam. Ich habe keine Ahnung, wie ich diese Suche nach meiner Tochter ohne dich angehen soll. Du kannst nicht, weil du zu schwach bist? Diesen Teil übernehme ich. Zu zweit sind wir perfekt dafür. Wir müssen Mitzi finden. Hörst du? Wir müssen.«

Verdammt! Nagys ganzes Leben konnte durch diese Sache den Bach hinunter gehen. Zumindest das, was der Krieg, die Bomben und das Schicksal von seinem Leben übrig gelassen haben. Er hasste es, wenn er das Gefühl hatte, nicht Herr über sein Leben zu sein. Wenn andere über ihn bestimmten.

Er hatte das als Kind schon gehasst – bei seinem Vater und bei seinen Lehrern, später dann im Polizeidienst. Besonders hasste er es im Krieg.

Marek hatte über sein Leben bestimmt, indem er ihn rettete. Und jetzt bestimmte er erneut darüber.

Nagy überlege kurz, atmete durch und stimme dann resignierend zu.

»Marek, übersetze bitte das Tagebuch. Notiere die wichtigsten Dinge. Leute, die sie traf, Lokale, die sie besucht. Vielleicht schreibt sie auch irgendwas von Feindschaften, die sie hat. Alles, was du findest, möchte ich wissen.« Nagy überlegte kurz: »Gib mir das Tagebuch bitte.« Er verglich die deutsche Schrift auf dem Brief mit dem tschechischen Text im Tagebuch. Der Schwellzug ist bei dem Brief stärker, das kleine *e* um einiges enger. Die Schrift sah ähnlich aus aber es dürfte tatsächlich eine andere Handschrift sein.

Kapitel 4

Marek saß mit einem Stoß Notizzettel, einem Bleistift und dem Tagebuch Mitzis vor Nagy. Es entbehrte nicht einer gewissen Komik, dieses kleine rosafarbige Büchlein in den Pranken Mareks zu sehen, der mit seinen Zetteln und dem Bleistift linkisch und ungeschickt hantierte. Nagy musste sich ein Lachen verkneifen. »Also Marek, was hast du herausgefunden? Irgendetwas Interessantes? Ansatzpunkte? Hinweise?«

Marek ordnete seinen Zettelstoß ein wenig umständlich. »Weiß nicht, was für dich interessant ist. Ich hab einiges, was mir seltsam vorkam, übersetzt und aufgeschrieben. Hättest du das Datum auch gebraucht dazu? Oder reichen dir die Eintragungen?« Nagy konnte sich über so viel Naivität nur wundern. »Natürlich hätte ich das Datum auch gebraucht. Aber das bringst du mir bitte nach. Lass hören, was du gefunden hast.«

Marek schlichtete seine Notizen zum wiederholten Mal. Es war gut, dass Nagy ihn vorlesen ließ. Bei einem Blick auf die Notizen vom Sessel gegenüber aus, bemerkte Nagy, dass Mareks Schrift eher der Schrift eines Kindes glich und für ihn unlesbar war.

Marek begann vorzulesen: »Heute wieder eine Wette verloren. Es war unglaublich lustig.« Nagy schaute verwirrt: »Hat sie gespielt? Wieso ist es lustig zu verlieren?« Marek zuckt mit den Schultern: »Keine Ahnung, das hat mich auch gewundert. Deswegen hab ich es ja herausgeschrieben.« »Was hast du sonst noch herausgefunden?«, fragte Nagy.

Marek kratzte sich am Kopf: »Es ist ständig von einem Walter Wegener und einem Richard die Rede. Mit denen dürfte sie sich herumgetrieben haben. Irgendwelche Partys mit Musik und so. Außerdem irgendwas von einem Odin, bei dem sie des Öfteren war. Die haben sich im Asgard getroffen. Ich kenne aber kein *Beisl* mit diesem Namen.«

Nagy prustete vor Lachen los und spuckte dabei den Schnaps, den er gerade im Mund hatte, über den Tisch. »Odin ist ein nordischer Gott. In der Mythologie wird Odins Heimat Asgard genannt. Das hat nichts mit einem Beisl zu tun. In Asgard wird, soweit ich weiß, Skaldenmet und kein Bier getrunken.« Nach einer kurzen Gedankenpause fuhr er fort: »Sag mal, war sie vielleicht bei irgendeiner spirituellen Gruppe dabei?« Marek zuckte resigniert mit den Schultern: »Ich weiß nichts davon. Auch das Gesöff, das du erwähnt hast, kenne ich nicht. Ich merke, dass mir meine Tochter, von der ich dachte, sie wäre mein kleines Mädchen und ich wüsste alles über sie, mir nun sehr fremd geworden ist.«

Nagy, der alles mitgeschrieben hatte, steckte sein Notizbuch wieder in sein Sakko und meinte in Mareks Richtung: »Ich habe jetzt einige Ansatzpunkte. Ich werde alte Kontakte spielen lassen und mal sehen, ob ich etwas herausfinden kann. Du liest bitte das Tagebuch nochmals in Ruhe und ganz genau durch, schreibst auch das Datum zu den Einträgen dazu. Wir sehen einander morgen um 9:00 Uhr wieder.«

Marek trottete wie ein begossener Pudel davon. Die Tatsache, dass er erkannte, nichts vom Leben seiner Tochter, ihrem Umgang, ihren Träumen und Bedürfnissen zu wissen, machte ihn offenbar sehr müde. Nagy war sich sicher, dass Marek in dem Tagebuch noch viel mehr gefunden hatte, das als Ansatzpunkt für Ermittlungen hätte dienen können. Es gab vielleicht noch mehr interessante Fakten, die Marek jedoch nicht nannte, um das Ansehen und den Ruf seiner Tochter zu schützen. Und vermutlich nannte er sie auch nicht, um sich selbst zu schützen. Es gab sicher noch andere Wahrheiten, die ihm wehtaten, die er nicht zur Kenntnis nehmen wollte und die schon gar nicht irgendjemand anderes wissen sollte. Irgendwie war Nagy das ganz recht. So richtig hatte er sich noch nicht dazu entschlossen, sein Leben für diese Sache aufs Spiel zu setzen. Durch seine Verletzung konnte jede kleine körperliche Auseinandersetzung eine Todesgefahr darstellen. Außerdem merkte er, dass er Marek immer noch nicht verzeihen konnte, dass er ihn damals gerettet hatte und nicht gemeinsam mit seiner großen Liebe hatte verbluten lassen.

Nagy machte sich Vorwürfe, dass er lebte und Wickerl sterben musste. Er fühlte sich auf unerklärliche Art und Weise schuldig dafür. Jetzt kam noch dazu aus dem Nichts der Verursacher dieses Desasters daher und forderte, dass Nagy auch noch Dankbarkeit zeigen und helfen sollte. Seit dieser Fleischhacker aufgetaucht war, hatte sich sein Alkoholkonsum vervierfacht. Mindestens. Es war zum kotzen. Nicht nur wegen des Alkohols.

Nagy brauchte Informationen. Diese Parallelgesellschaft, die anscheinend größer wurde, ihren Hass versprühte und das Land damit vergiftete, war ihm fremd. Er kannte sie nur aus der Zeitung, wenn er davon las, dass wieder einmal irgendwelche Kommunisten oder Juden bei den Aufmärschen verprügelt oder umgebracht worden sind. Es war Zeit, ein paar Kontakte zu reaktivieren.

Einige Stunden später machte sich Nagy deshalb auf den Weg, um alte Kollegen und Freunde aus seiner Polizeizeit zu treffen und mit denen auf ein Bier zu gehen.

Als Nagy am späten Abend, wie die letzten Abende auch, besoffen auf seine Couch fiel, um sich schlafen zu legen, wusste er mehr. Der eine Kollege, der jetzt bei der Staatspolizei arbeitete, meinte, dass dieser Walter Wegener ein ganz Großer bei den Hakenkreuzlern wäre. Der Leibwächter Wegeners hieß Richard Weberknecht. Ob das dieser Richard war, von dem im Tagebuch die Rede ist? Der Kollege warnte ihn eindringlich vor Wegener. Er wäre ein kalter, berechnender Politikfanatiker, der über Leichen ging aber klug genug war, von hinten die Fäden zu ziehen.

Der machte sich seine Finger nicht schmutzig. Weberknecht war bei einigen Schlägereien und Schießereien, wie sie ja immer wieder vorkamen zwischen Hakenkreuzlern und Kommunisten, aufgefallen. Einige der Toten bei diesen Schießereien und Ausschreitungen dürften ihm zuzurechnen sein. Beweisen konnte man ihm bisher jedoch nichts.

Er hatte heute unter der Hand erfahren, dass es einen Deutschen Klub gab. Dieser agierte eher im Verborgenen. Wegener war ein Mitglied, wie viele Juristen, Staatsanwälte und hohe Beamte sowie Politiker auch. Zutritt zu den Veranstaltungen hatten nur Arier. Dieser Verein sorgte dafür, dass etwa die Anklagen und Gerichtsverfahren, gegen *Hakenkreuzler* und andere selbsternannte Herrenmenschen in ihrem Sinne endeten. Außerdem versuchten sie, die Republik von innen zu unterwandern und schoben sich und ihren Leuten Ämter zu. Damit brachten sie ihre Leute in Stellung als Vorbereitung für eine Machtübernahme. Über diese Odin-Sache und Asgard konnte er nichts in Erfahrung bringen.

Nagy schrieb mit diesen und vielen anderen Informationen etliche Seiten seines Notizbuches voll, nahm einige Tabletten *Heroin* gegen seine Schmerzen und legte sich schlafen.

Als er aufwachte, hatte er eine Stunde Zeit all das zu überdenken, was er von seinem alten Freund und Kollegen im Schweizerhaus so erfahren hatte. Nachdenklich blätterte er in seinem Notizbuch. Was er über das Netzwerk des Deutschen Klubs erfahren hatte, passte mit dieser Weisung aus dem Ministerium wunderbar und ebenso beängstigend zusammen. Wenn die so mächtig waren, war er in Gefahr, wenn er begann in dieses Wespennest zu stechen. Andererseits stellte er sich die Frage: Was konnte er verlieren? Seinem Leben hätte er längst schon ein Ende gemacht, wenn er nicht zu feig dazu gewesen wäre. Seine Karriere als Kriegskrüppel konnte ihm niemand mehr nehmen. Vermögen hatte er keines. Er wurde wütend – so wie damals bei diesem Fall mit der misshandelten Prostituierten. Er würde Marek helfen. Weil er es wollte. Aber nicht, weil er es Marek schuldig war. Er würde ihm helfen, weil er nichts mehr zu verlieren hatte. Er würde helfen, weil er es hasste, wenn das Recht ausgehebelt wird. Er würde helfen, weil er diese *Hakenkreuzler* nicht ausstehen konnte. Er würde helfen, weil er diesen Leuten nicht erlauben wollte, seine Stadt, sein Land einfach so von hinten herum ohne Widerstand zu übernehmen und zu unterwandern.

Kapitel 5

Als Marek klopfte, war Nagy wieder nüchtern. Zumindest redete er sich das ein. »Also, Marek. Noch ein paar Kleinigkeiten bevor wir starten. Diese Leute, mit denen wir zu tun haben, sind mächtig, sind brutal und schrecken auch vor Mord nicht zurück. Die können dich fertig machen, wenn sie es wollen. Die können dich umbringen. Die können deine Fleischhauerei niederbrennen oder einfach unter einem Vorwand durch die Behörden zusperren lassen. Die haben in allen möglichen Bereichen Einfluss. Bereiche, von denen wir uns beide keine Vorstellung machen können. Ich habe nichts zu verlieren. Aber du hast Freunde, hast ein Geschäft, bist in Österreich angekommen. Ich frage dich daher noch einmal: Magst du deine Mitzi nicht einfach in ihr Leben ziehen lassen? Wir setzen alles aufs Spiel, was wir haben. Wenn du dich jetzt entscheidest, in diesem Scheißhaufen rumzustochern, gibt es kein Zurück mehr. Aus bleichen Masken schaut der Geist des Bösen.«

Marek schaute ihn mit seltsamen Blick an: »Ich habe nichts, absolut nichts. Mitzi habe ich.

Das ist auch schon alles. Ich gebe gerne den Rest auf. Auch wenn ich dafür lediglich erfahren soll, dass es ihr gut geht. Oder glaubst du wirklich, dass es lustig ist, ein Geschäft zu führen, in diesen Zeiten? Dass es Spaß macht, immer ein Außenseiter zu sein als Tscheche? Mir ist alles egal. Außer Mitzi. Ich bin nicht glücklich hier in Wien. Ständig höre ich, dass ich nicht willkommen bin. Eine Gefahr für das Deutschtum soll ich sein. Dass ich mich nicht integriere, nie ein echter Wiener werden kann. Dass man mit uns Tschechen nichts zu tun haben will. Und ich höre die Vorwürfe, dass wir Tschechen sowieso nur unter uns bleiben. Pervers, oder? Nein, ich habe nichts zu verlieren. Fangen wir an! Was hast du herausgefunden. Oder hast du etwa Angst?«

Nagy lachte leise: »Angst? Ja, vielleicht. Angst vor Schmerzen. Wenn Sie mich umbringen, dass es langsam und qualvoll sein wird. Aber verlieren kann ich nichts. Alles, was ich zu verlieren hatte, habe ich bereits verloren.« Er griff an sein *Mercator*, das an seinem Hals hing, und dachte an Wickerl und daran, was Marek ihm mit seiner Rettung angetan hatte. Nagy wollte aber nicht darüber reden. Genauso wenig, wie er darüber reden wollte, dass ihn nun doch der Jagdtrieb gepackt hatte.

»Also Marek, wir haben keine Chance. Nutzen wir sie. Wir schauen mal bei diesem Wegener vorbei.«

Weit hatten sie es nicht. Wegener wohnte in der Stiftgasse 8. Es war ein altes Haus mit einem Innenhof. In diesem Innenhof fanden sie eine Nische für die *Colonia-Kübel*.

Sie war dunkel und unbeleuchtet und eignete sich gut, um auf Wegener zu warten und selbst nicht gesehen zu werden. Sie brauchten nicht lange zu warten. Wegener, ein kleiner und eher schmächtiger Mann, kam mit einem Gang, der den Verdacht nahelegte, er hätte einen Besenstiel im Hintern stecken, in den Innenhof. Seine Haare waren kurz und ebenso wie die seines Begleiters mit Pomade nach hinten gekämmt. Bei seinem Begleiter dürfte es sich um diesen Richard Weberknecht handeln.

Marek wurde am Hinweg ausführlich instruiert: »Mach nichts und rede nichts, bis ich es dir sage. Lass dich nicht provozieren!« Nun befand er sich hinter Nagy, als dieser aus der Nische hervortrat: »Herr Wegener?« Wegener fuhr herum. Weberknecht baute sich drohend vor seinem Chef auf und griff in die ausgebeulte Tasche seiner Jacke.

Nagy zeigte kurz eine selbstgebastelte Polizeikokarde. »Nagy, Kriminalpolizei.« Er sprach seinen Namen nicht auf Ungarisch, sondern wie die Verkleinerung von Nagel aus. Wegener stellte sich nun vor seinen *Bugl*, und fragte: »Was wollen Sie von mir, wie kann ich der Staatsgewalt helfen? Für unser gutes Österreich bin ich jederzeit zu einer Auskunft bereit.«

Nagy wunderte sich. Die Kokarde, gebastelt aus einer alten Blechdose, ein bisschen Leder eines kaputten Schuhs und ein wenig Farbe, ist also überzeugend gewesen. Er hätte nicht gedacht, dass das funktionierte.

Nagy hielt ihm das Foto vor das Gesicht, das er von Marek bekommen hatte: »Kennen Sie diese junge Frau?«

Der Hakenkreuzler blickte für Sekundenbruchteile auf das Foto. »Na klar.«, lachte er kurz auf. »Das ist Frau Maria Neuer. Was ist mit ihr. Sie war bisher immer bei unseren Abenden dabei und ein gern gesehener Gast. Leider erschien sie bei den letzten Veranstaltungen nicht. Hat sie etwas angestellt?«

Nagy notierte den Namen Neuer in sein Notizbuch. Er war Profi genug, um auf die Fragen Wegeners nicht einzugehen. Er wollte es nicht riskieren, die Leitung des Gesprächs abzugeben oder gar Informationen zu verraten. »Wie darf ich mir diese Abende vorstellen? Was hat diese Maria da gemacht, was war ihre Funktion?«

»Herr Kriminalbeamter. So viele Fragen auf einmal. Aber gut. Wir treffen einander zweimal die Woche. Wir besprechen die Probleme dieser doch recht neuen Republik und was wir dagegen unternehmen sollen. Wir reden über die Verjudung und die Slawisierung. Ritzi-Mitzi hat uns unterhalten. Sie war eine richtige Stimmungskanone.« Nagy machte Notizen, obwohl er das mit den Treffen schon von seinem Kollegen wusste: »Was meinen Sie mit Stimmungskanone?« Wegener lachte auf: »Sie amüsierte uns. Sie spielte immer die feine Dame von Welt. Aber wir alle wussten, dass das nichts mit der Realität zu tun hatte. Sie liebte es, zu wetten und diese Wetten zu verlieren. Einmal lief sie nach einer verlorenen Wette mitten in der Nacht nackt um den Häuserblock.«

Da Nagy wusste, dass diese Treffen am Spittelberg stattfanden, wusste er auch, dass diese Häuserblöcke recht groß waren und es sich um mehrere hundert Meter handeln musste: »Und weiter?« Wegener fuhr mit leuchtenden Augen fort: »Ein anderes Mal musste sie den ganzen Abend nackt die Getränke einschenken und servieren. Ich kann mich noch an einen besonders schönen Abend erinnern. Ein Kamerad hatte im Lexikon herausgefunden, dass das Saxophon aus irgendwelchen Gründen ein Holzblasinstrument ist, obwohl es aus Metall besteht. Wir haben alle Anwesenden instruiert, außer Mitzi natürlich. Dieser Kamerad erzählte dann am Abend, seine Schwester lerne jetzt Saxophon. Ich fragte, ob sie unter die Holzbläser gegangen sei. Mitzi widersprach, und war der Meinung, das Saxophon wäre aus Blech. Daher wäre es ein Blechblasinstrument. Wir behaupteten, das Saxophon wäre aus Holz, also ein Holzblasinstrument. Die Begründung ist natürlich Blödsinn, auch wenn das Ergebnis stimmt. Wir steigerten unsere Einsätze, da wir ja sowieso nicht verlieren konnten. Das dachte Mitzi auch über sich. Zum Ende lagen zwei bis drei Monatsgehälter von ihr am Tisch. Wir brachten zwei Lexika zum Nachschauen. Mitzi musste danach zu ihrem Lieblingslied *Ritzi-Mitzi* für uns strippen. Danach kniete sie auf allen Vieren am Tisch mit verbundenen Augen. Die *Dutteln* schwangen hin und her. Wir durften sie alle ausgreifen. Wir haben auch den Wirt dazu geholt. Sie sah ja nicht, wer dabei war und wer ihre *Gspasslaberl* knetete oder es ihr mit den Fingern besorgte. Das mit dem Wirt hat uns drei Gratisrunden Bier eingebracht. Seither hat sie den Spitznamen Ritzi-Mitzi. Nicht nur wegen ihres Lieblingsliedes, wenn Sie verstehen, was ich meine. Die *Flitschn* ist in der halben Stunde, in der sie uns zur Verfügung stand, drei Mal gekommen.«

Während Wegerer genüsslich sprach, musste Nagy Marek mit strengen Blicken im Zaum halten. Aber als Wegener seine Tochter als *Flitschn* bezeichnete, legte sich in Marek ein Schalter um und all die Beherrschung und Zurückhaltung, die vorher besprochen worden ist, war hinüber.

Marek stürzte mit einem heiseren Schrei auf Wegener zu. Wegener hob die Arme zur Abwehr. Marek schlug sie zur Seite. Wegener griff nach hinten in seinen Hosenbund zu seiner Pistole. Marek schlug sie ihm aus der Hand und griff an Wegeners Kragen. Wegener schlug mehrmals mit der Faust in Mareks Gesicht. Die Schläge zeigten keinerlei Wirkung. Marek hob mit der linken Hand Wegener, dem die Angst im Gesicht stand, in die Luft und drückte ihn an die Wand. Wegener schnappte nach Luft und versuchte vergeblich den Griff Mareks zu lösen. Weberknecht überwand seine Überraschung, zog eine Socke, welche mit Steinen oder Münzen gefüllt war, aus der Jacke. Er ging zwei Schritte mit diesem improvisierten Totschläger auf Marek zu. Marek hatte plötzlich von irgendwoher ein gewaltiges Hackmesser, wie es die Fleischhacker benutzen, in der Hand und zeigte damit auf Weberknecht, während er den wie einen Fisch zappelnden Wegener mühelos an der Wand hochhielt. Wegener schnappte nach Luft.

Offenbar war dieser Griff seiner Luftzufuhr nicht zuträglich. Weberknecht verstand Mareks nonverbale Aufforderung und ließ seine Socke fallen. Das Klimpern zeigte, dass es sich um Münzen handelte und nicht um Steine, wie Nagy feststellte. Er hob die Hände und ging zwei oder drei Schritte zurück.

Marek nahm Wegener mit beiden Händen am Kragen und zog ihn nah an sich heran. »Niemand nennt meine Tochter Flitschn. Zumindest nicht, wenn er seine Nudel behalten will. Hörst du! Niemand!« Wegener schwebte immer noch 30 Zentimeter über dem Boden.

Es ging ein Fenster auf. Ein altes Weib in einem Hauskleid rief in den Innenhof: »Was ist da los? Ich rufe die Polizei!« Nagy hielt seine Konservendosen-Kokarde in ihre Richtung: »Gnädige Frau, die Polizei ist bereits hier. Stören Sie bitte nicht unsere Amtshandlung.«

Nagy ging zu Marek, legte ihm seine Hand auf die linke Schulter: »Marek. Du kannst doch nicht die Leute, die wir befragen, umbringen. Zumindest nicht, bevor sie uns gesagt haben, was wir wissen wollen. Wir wollen deine Tochter finden und nicht ein Blutbad anrichten.« Marek ließ Wegener wie einen nassen Sack zu Boden fallen.

Weberknecht erwachte aus seiner Angststarre und rief: »Chef, das sind keine *Kieberer*!«

»Du Depp, das hab ich auch schon gemerkt, du *Blitzgneißer*. Wofür bist du eigentlich zu gebrauchen? ...Was heißt da Tochter? Marek ist doch tschechisch. Maria Neuer war Österreicherin. Eine von uns!« Marek zeigte mit seinem Fleischerbeil auf dieses Häufchen Elend, das vor ihm am Boden lag: »Novotny kommt von Novy und bedeutet neu. Dieser Namen wurde früher Leuten gegeben, die neu im Dorf waren, gerade erst zugezogen sind. Sie deutschte es offenbar ein, damit es auch Idioten wie du verstehen.«

Wegener fand langsam wieder zu seiner überheblichen Art zurück. Er stieß ein kehliges Lachen aus: »Der Feind bei uns in der Versammlung! Wenn wir das gewusst hätten. Aber auch durch diese Unterwanderung werdet ihr uns nicht stoppen. Ihr bekommt dieses Land nicht. Weder die Juden noch ihr. Lueger hatte schon recht mit der Bekämpfung der Juden und der Slawen. Seitz ist da viel zu zahm zu euch, anstatt euch zu bekämpfen. Ihr seid das Geschwür im gesunden Fleisch der Stadt. Ihr werdet euch nie integrieren. Ihr seid Feinde des deutschen Volkes und des Deutschtums. Die Slawisierung wird Wien umbringen. Man hört kaum mehr unsere schöne deutsche Sprache, nur mehr tschechisch. Das was übrig bleibt, darüber freuen sich die Juden und teilen das unter sich auf. Aber wir bekämpfen euch bis zum letzten Mann. Wir werden siegen. Wir werden euch aus dem Land vertreiben. Ihr habt hier nichts zu suchen. Das ist unser Land. Nicht das Land der Juden, nicht das Land der Slawen. Geh zurück nach Hause!«

Nagy warf einen Blick auf die Colt 1903 Hammerless und meinte: »Eine amerikanische Pistole hat aber auch nichts mit Deutschtum zu tun, oder?« Wegener grinste ihn breit an: »Diese amerikanische Kultur lehne ich ab. Hören Sie sich doch nur mal diese Musik an.

Oder diese Schweinetänze, die diese Negerin aufführt. Wie heißt sie noch? Bäcker oder so. Das hat nichts mit dem Kulturgut zu tun, das wir schützen wollen. Aber die Pistolen sind gut.«

Nagy stellte sich tanzende Schweine vor und stellte fest, dass er noch nie ein Schwein hatte tanzen sehen. Aber er hatte auch einen anderen Umgang als diese Hakenkreuzler. Wahrscheinlich war das der Grund, weshalb Wegener das beurteilen konnte. Es war Zeit zu gehen, auch wenn noch nicht alle Informationen vorhanden waren. Sie mussten verschwinden, bevor wirklich noch ein Hausbewohner die Polizei rief. Dann wäre ihre Ermittlung gleich beendet gewesen. Nagy beobachtete Weberknecht, während Wegener über Mitzis Eskapaden erzählte. Weberknecht war das Gespräch sichtlich unangenehm und er versuchte seine Emotionen Mitzi und der Situation gegenüber offenbar zu verbergen. Nagy nahm sich vor, hier weiter anzusetzen.

Nagy packte Marek am Arm und murmelte: »Staub tanzt im Gestank der Gossen. Klirrend stößt der Wind in Scheiben.«

Die beiden verließen grußlos den Innenhof.

Marek trottete mit hängenden Schultern neben Nagy her. Offenbar machte es ihm zu schaffen, was er über sein kleines Mädchen erfahren hatte. Nagy fühlte Mitleid mit ihm: »Marek, ist alles in Ordnung bei dir?« »Na ja, wie man es nimmt. Das alles macht mich sehr nachdenklich. Ich dachte, ich kenne meine Kleine. Und jetzt das.«

Nagy legte, obwohl ihm diese Haltung Schmerzen bereitete, seinen Arm tröstend um die Schulter. »Ich habe einige Fragen an dich. Du hast mir sicher nicht alles über diesen Richard erzählt. Was steht in dem Tagebuch? Was aber wichtiger ist: Magst du weitermachen?«

Marek seufzte: »Sie hat sich von diesem Richard *pudern* lassen. Er war offenbar verliebt in sie. Sie nahm ihn nicht ernst, benutzte ihn nur und nahm ihn aus. Wenn ich diesen Kerl finde, dann bringe ich ihn um. Er hat meiner kleinen Tochter die Unschuld geraubt.« Nagy sah ihn ernst an: »Hörst du was du eigentlich sagst? Dieser Richard wurde von deiner Tochter benutzt. Er ist verliebt in sie und sie behandelte ihn schlecht. Wie kannst du nach dem, was du heute erfahren hast, immer noch so sicher sein, dass Mitzi Jungfrau gewesen ist? Ich glaube, da war schon lange nichts mehr mit Unschuld. Außerdem hast du ihn gerade vorhin kennen gelernt. Er ist der *Bugl* dieses Wegeners. Heute am Abend ist ein Treffen der Hakenkreuzler. Wir werden dabei sein. Du wirst dort weder ausrasten noch irgendjemand an die Gurgel gehen. Also bleib bitte nüchtern. Ich möchte dort kein Blutbad haben. Apropos Blutbad: Woher hattest du so schnell dein Fleischerbeil? Ich sehe gar nicht, wo du es eingesteckt hast?«

Diese Frage lenkte Marek ein wenig ab und er grinste stolz: »Nachdem du mich schon so darauf vorbereitet hattest, dass es gefährlich werden könnte, habe ich mir gedacht, ich nehme es mit. Mit einem Fleischerbeil kann ich umgehen. Mache ja seit vielen Jahren jeden Tag nichts anderes, als damit zu arbeiten.

Ich habe mir von einem Sattler in unserer tschechischen Siedlung eine Halterung aus Leder machen lassen. Es ist am Rücken unter meiner Jacke so festgeschnallt, dass es flach am Rücken anliegt. Bei meinen Ausmaßen fällt dieses kleine Messerchen nicht auf.« Nagy dachte an die Szene im Innenhof zurück und schätzte die Klinge dieses kleinen Messerchen auf mindestens 30 Zentimeter. Er grinste.

Die beiden Männer verabredeten sich für den Abend, um die Hakenkreuzler-Sitzung zu besuchen. Nagy hatte bis dahin noch einiges zu tun.

Kapitel 6

Nagy wollte sich mit Marek Ecke Stiftgasse und Mariahilferstraße treffen. Es war schon dunkel, als er aus dem Haus in den dunklen Durchgang des Raimundhofes trat. Zu dieser Zeit war dieser schmale Gang von der Mariahilferstraße zur Windmühlgasse bereits menschenleer. Nur einige Huren waren manchmal zu sehen, die nach Kunden suchten. Zu wenig Beleuchtung und zu viel Gesindel, das sich herumtrieb. Er drehte sich um und wollte Richtung Mariahilfer Straße gehen, als er angesprochen wurde. »Nagy?« Nagy war so in Gedanken versunken, dass ihm diese drei Männer, die plötzlich rechts, links und ihm gegenüber standen, vorher nicht aufgefallen waren. »Nagy, du Oasch. Du bist zu neugierig. Aber das hat sich mit heute erledigt. Viele Grüße von einem Freund aus der Stiftgasse.« Der Sprecher zog einen Totschläger aus der Tasche. Der Andere hatte eine Fahrradkette in der Hand und der Dritte zog ein Klappmesser. Nagy wusste, er hatte keine Chance. Es waren offensichtlich Männer, die in Straßenkämpfen erfahren waren.

Er als Kriegskrüppel hätte nicht mal bei nur einem dieser Gegner eine Möglichkeit gehabt, um einem Angriff abzuwehren. Bis irgendjemand die Polizei rief, war er schon tot. Marek würde umsonst auf ihn warten, einige hundert Meter von hier. Das war es dann wohl.

Irgendwie war seine Panik, die aufflammte, als ihn dieser Mann ansprach und er die Aussichtslosigkeit der Situation erkannte, jedoch plötzlich weg. Er fühlte Glück. »Wickerl. Mein Ludwig. Ich komme jetzt endlich zu dir.«, dachte er und fühlte die starke Verbindung zu seinem Geliebten. Er fühlte, dass sich diese durch den Tod Ludwigs beendete Liebesbeziehung, in wenigen Minuten im Jenseits fortsetzen werde. Er stand einfach da und wartete auf den Tod. Nagy sagte zu den Männern: »Ein blaues Tier will sich vorm Tod verneigen. Und grauenvoll verfällt ein leer Gewand.« Er schloss die Augen, breitete die Arme aus und blieb einfach stehen.

Die Männer lachten. Die lachten ihn aus. Dann hörte er Schreie und Kampfgebrüll. Geräusche, die nach Handgemenge klangen. Er wartete und wurde ungeduldig. Was sollte das? Wollten sie ihn anschreien und Angst machen, statt ihn umzubringen? Er öffnete das rechte Auge, die Arme immer noch von sich gestreckt und auf den Tod wartend. Er konnte gerade noch sehen, wie einer dieser Angreifer wie ein Sack *Erdäpfel* an ihm vorbeiflog und mit dem Kopf gegen die Wand krachte. Dieser rutschte dann die Wand entlang nach unten und blieb liegen.

Ob er sich wegen der Aussichtslosigkeit des Kampfes tot stellte oder wirklich ohnmächtig war, konnte Nagy nicht einschätzen. Es war auch unwichtig. Als er den Kopf wandte, konnte er noch einen der Angreifer sehen, der schreiend seinen Unterarm hielt und blutüberströmt Richtung Windmühlgasse davon lief. Der dritte Angreifer befand sich mehr als zwei Meter über dem Erdboden. Marek stand da und hatte ihn am Kragen und am Gürtel hochgehoben, um ihn anschließend auf die Pflastersteine zu werfen. Der Angreifer, der soeben noch hinter ihm gelegen war, hatte inzwischen die Gunst der Stunde genutzt und lief gemeinsam mit dem, der vor wenigen Augenblicken das Fliegen gelernt hatte, ebenfalls in Richtung Windmühlgasse davon. Es war allerdings bei beiden eher ein Humpeln als ein Laufen. Es war wieder ruhig im Raimundhof. So als wäre nichts geschehen. Das Einzige, was noch an das Ereignis erinnerte, war eine Hand, die ein Messer umschloss. Sauber abgetrennt vom Handgelenk. Sie lag nun inmitten des Raimundhofes.

»Nárcisz, ich war etwas früher am Treffpunkt als ausgemacht. Daher konnte ich diese Gestalten sehen, die sich verdächtig umgesehen hatten, als sie den Raimundhof betraten. Ich habe mir sofort gedacht, dass sie es auf dich abgesehen hatten. Was stehst du hier so herum wie eine Statue? Geht es dir gut?«

Marek hatte also schon wieder verhindert, dass er vereint war mit Ludwig. Er war sich nicht sicher, ob er ihm danken oder böse auf ihn sein sollte.

Er verschob diese Entscheidung und sagte mit trockenem Mund: »Danke, wir haben noch etwas vor.«

Wenige Minuten später waren sie unterwegs zum Spittelberg. Nagy hatte sein altes Essgeschirr aus dem Krieg dabei. Sie kamen gemeinsam mit Wegener an. »Da schau her! Die beiden Möchtegern-Kieberer. Was wollt ihr denn hier? Ihr glaubt doch nicht, dass ihr da reinkommt. Wir stellen eine Saalwache auf, damit niemand lauschen kann. Ihr könnt gleich wieder umdrehen. Was hat der Herr Nagy denn da in der Hand? Hat er etwa Angst, sich das Essen hier nicht leisten zu können?«

Nagy lächelte Wegener an und entspannte sich sichtlich: »Nein, nur eine Fundsache, die wir zurückbringen müssen, bevor sie der Verlustträger vermisst. Wäre ja schade, ist immerhin sein Eigentum.« Wegener brüllte vor Lachen und schlug sich auf die Schenkel. »Ein altes, verbeultes M1910 aus dem Krieg. Das gammelige Teil vermisst sicher niemand.«

Nagy wurde ernst: »Das ist nur für den Transport. Es geht um den Inhalt, gehört einem Ihrer Männer. Eventuell braucht er es noch.« Dabei nahm er den Deckel seines Militärkochgeschirrs und warf Wegener die abgetrennte Hand mit dem Messer vor die Füße. Wegener wurde blass. Nagy setzte nach: »Natürlich kommen wir in die Versammlung. Als Ihre persönlichen Gäste. Wir sind neue Interessenten an der arischen Sache. Sonst wird das hier die Runde machen.« Dabei zeigte er Wegener zwei Blatt Papier. Eine Geburtsurkunde von Wegener und eine seines Vaters.

Als Wegeners Mutter war eine gewisse Rachel Rosenstein eingetragen. Wegener verlor alle Farbe aus dem Gesicht: »Das ist eine Fälschung, das glaubt niemand. Das ist nicht wahr.« Nagy lächelte ihn an: »Natürlich ist es eine Fälschung. Ich habe während meines Polizeidienstes eine Zeit lang in einer entsprechenden Abteilung gearbeitet und einiges mit Fälschern zu tun gehabt. *Deraren* Arbeit und ihr Drang zur Perfektion hat mich immer schon fasziniert. Diese beiden Schriftstücke habe ich heute geschrieben. Schauen doch aus wie echt, oder? Aber egal. Sie wissen selbst, wie das ist mit Gerüchten, die gestreut werden. Je mehr der Betreffende versucht sie zu widerlegen, desto eher werden sie geglaubt. Es kann sein, dass Ihre Karriere in diesem Verein damit zu Ende ist. Es kann sein, dass Sie Monate brauchen, bis diese Gerüchte endgültig aus der Welt sind. Aber das Restmisstrauen wird darüber bleiben, dass ein Hakenkreuzler vielleicht doch eine jüdische Mutter hätte und somit Volljude sei. Ich denke, es wäre einfacher, uns einzuladen: zum heutigen Treffen und auch auf ein, zwei oder auch drei Bier. Ich zerreiße diese beiden Zettel sofort nach dem Treffen. Sollte es nicht wie vereinbart laufen, lasse ich sie irgendwo hier liegen. Und zwar so, dass sie gefunden werden.«

Wegener presste die Lippen zusammen und wies ihnen den Weg zum Eingang. Er rief einen seiner Lakaien herbei, um die abgetrennte Hand zu entfernen, und ging ebenfalls in das Hinterzimmer des *Beisels* am Spittelberg.

Sobald Wegener den Saal betrat, war er wie ausgewechselt.

Seine Bewegungen und seine Sprache wurden schneidiger. Er genoss die Anerkennung seiner Kameraden.

Es waren etwa 30 Leute um einen langen Tisch versammelt. Nagy stellte sich Mitzi vor, wie sie nackt auf diesem Tisch mit verbundenen Augen kniete, als ein Tischnachbar Marek nach seinem Namen fragte. »Ma...« Marek kassierte sofort einen Tritt unter dem Tisch. »Martin. Martin heiße ich.« Nagy unterbrach Marek sofort, bevor dieser etwas Lebensgefährliches von sich geben konnte: »Ich bin Hans. Als echte Deutsche und Arier haben wir zu Euch gefunden. Diesem Wahnsinn der Slawisierung durch die Tschechen und der Verjudung muss Einhalt geboten werden. Allein können wir nichts dagegen unternehmen. Deshalb sind wir hier.« »Martin, warum ist deine Jacke voller Blutspritzer?« Nagy antwortete für ihn: »Martin ist Fleischhauer. Er musste, bevor wir herkommen konnten, ein halbes Schwein ausliefern. Das Blut ging leider durch die Schürze durch. Er hatte keine Zeit sich umzuziehen. Uns war dieses Treffen wichtiger, als gut auszusehen. Außerdem durch eure Straßenschlachten gegen die Kommunisten sind Euch Blutspritzer auf der Kleidung sowieso nichts Fremdes.« Der Tischnachbar prostete ihnen zu und lachte auf: »Ich habe kein Problem damit. Bald werden wir alle voll sein mit Blutspritzern von Juden, Tschechen und Kommunisten. Die kann man auch als Schweine bezeichnen. Wir werden bald alle Schweineblut an uns kleben haben.«

Nagy prostete zurück: »In den Zeitungen ist davon zu lesen, von diesen Demonstrationen und Zusammenstößen mit Schlägereien und Schießereien. Es ist doch schon so weit. Wir wollen dabei sein. Mit euch an der Front. Im grünen Tümpel glüht Verwesung.«

Danach folgten Redebeiträge über Juden, Tschechen und sonstige Feinde des Volkes, Ansprachen über den Schandvertrag von Versailles und darüber, dass dieses Land zu schützen wäre. Sie sprachen über den misslungenen Putsch Hitlers und davon, dass der Nationalsozialismus noch nicht gestorben ist, nur weil ein paar Leute im Gefängnis sitzen. Redeten davon, dass alle irgendwann erkennen werden, dass es wichtig ist, das Land zu retten und es nicht den Feinden des Volkes zu überlassen. Sie erwähnten auch Mussolini und was von ihm gelernt werden kann, um das Land ebenfalls in den Nationalsozialismus zu führen und es damit zu retten.

Nagy fragte sich gerade, ob es möglich wäre, diese ganze heiße Luft, die die Leute hier absondern, zum Heizen zu nutzen, als er von einem menschlichen Bedürfnis übermannt wurde. Er stand auf und wankte zur Tür. Die Wirkung des Bieres war ihm anzusehen. Als er an Weberknecht vorbeikam, rempelte er ihn an und kam fast zu Sturz dabei. Nagy musste sich an Weberknecht hochziehen, um seinen Gang zur Toilette fortsetzen zu können. Weberknecht stieß ihn weg. Da war er wieder dieser Schmerz, verursacht durch die Verletzungen und den Splitter im Körper. Nagy hatte wieder einen dieser nervigen Anfälle.

Er hörte die Kanonen und die Gewehre, roch den Krieg und spürte die Angst. Ein Zittern am ganzen Körper überkam ihn. Er musste sich an die Wand lehnen, war gefangen in seinem Schmerz und in den Bildern des Krieges. Er sah die Toten vor sich, hörte das Schreien der Verletzten. Und dann hörte er das Lachen Wegeners: »Ein Kriegszitterer! Wegen solcher Sodaten haben wir den Krieg verloren. Weil diese Männer zu schwach waren, um mit dem Krieg fertig zu werden. Memmen waren das. Fürchteten sich vor dem Feind, wie Weiber. Und solche Leute wollen bei uns mitmachen?«

Marek sprang auf, ging zu Nagy und führte ihn hinaus. Langsam beruhigte sich dieser. Die Atmung wurde gleichmäßiger, der Schweiß verschwand von seiner Stirn und sein Blick ließ vermuten, dass es seine Seele wieder aus Italien zurück in die Realität geschafft hatte. Nagy atmete ein paar Mal tief durch, bis er mit viel Willensstärke das Zittern im Griff hatte. Marek sah ihn an: »Nárcisz, das war ein Schlag ins Wasser. Wir bringen nichts weiter. Mit jeder Stunde steigt die Gefahr, dass Mitzi wegen ihrer Zuckerkrankheit stirbt.« Nagy schüttelte den Kopf: »Nein, bring mich in den Raimundhof. Der Abend war wichtig.« Marek wunderte sich, dass Nagy nun keinerlei Anzeichen zur Wirkung des Bieres mehr zeigte und komplett gerade, ohne zu wanken heimgehen konnte. Diese Panikattacke hatte ihn offenbar ausgenüchtert. Sie verabredeten sich für den nächsten Tag bei Nagy.

Kapitel 7

Marek klopfte um etwa 9:00 Uhr an Nagys Tür. Er sah besorgt aus, da der vorherige Abend nach seinem Empfinden nichts ergeben hatte. Er nahm gerade Platz, als es abermals klopfte. »Marek, spiel mit. Halt die Klappe und sei freundlich. Wundere dich jetzt über gar nichts. Lass mich einfach reden. Wir müssen auf Risiko spielen.« Marek verstand kein Wort. Nagy öffnete die Tür, vor welcher Weberknecht stand, der zwischen Zeige- und Mittelfinger ein gefaltetes Stück Papier nach oben hielt. »Guten Tag, Herr Nagy. Diese Einladung haben Sie mir zugesteckt.«

Nagy begrüßte ihn überschwänglich: »Ich bin Nárcisz für dich. Die Mitzi erzählte schon so viel von dir. Sie ist doch so unfassbar verliebt in dich.«

Weberknecht ging fast schüchtern auf Marek zu. Dieser stand auf und hielt ihm die Hand hin. An Mareks Gesichtsausdruck war zu erkennen, dass er das, was hier vor sich ging, nicht einordnen konnte. Weberknecht umarmte den Vater seiner geliebten Mitzi und begann schluchzend zu weinen.

Er versuchte immer wieder, sich und seine Emotionen in den Griff zu bekommen, begann dann aber doch wieder zu schluchzen. Marek stand steif wie ein Stock da, blickte mit einer Mischung aus Verzweiflung, Hilflosigkeit und Verwirrung immer wieder zu Nagy, der ihn mit Gesten anwies, es geschehen zu lassen und eine neue Flasche Obstler aus dem Kasten holte.

Als sich Nagy umdrehte, stand plötzlich Hans, einer seiner Bettgeher verschlafen vor ihm und starrte mit offenem Mund auf die beiden Männer, die umarmt in der Mitte des Wohnzimmers standen. Nagy sah ihn an, breitete die Arme aus und rezitierte: »Es ist der Liebe milde Zeit. Im Kahn den blauen Fluss hinunter. Wie schön sich Bild an Bildchen reiht. Das geht in Ruh und Schweigen unter.« Dann wechselte er seinen Tonfall und er fuhr Hans an: »Verschwinde, du zerstörst den Zauber des Augenblicks!« Der drehte sich um, kratzte sich am Hintern und verließ das Zimmer. Dabei murmelte er irgendwas von ›Schwuchteln‹ und ›Zuchthaus‹.

Weberknecht bekam sich langsam wieder in den Griff und wischte sich die Tränen aus dem Gesicht: »Ich bin heute nicht in die Drechslerei gegangen, um hier mit euch reden zu können. Wisst ihr schon etwas von Mitzi?« »Leider nein«, antwortete Nagy. »Wir hofften, du könntest uns helfen. Mitzi hat so viel von dir erzählt. Sie war so stolz auf ihre Zigarettenspitze, die sie von dir bekommen hat. Sie hatte gar kein anderes Thema mehr als ihren Richard.« Nagy lehnte sich mit seinen Vermutungen stark aus dem Fenster.

Aber er steckte in seinen Ermittlungen fest und brauchte Weberknechts Hilfe. »Wirklich?«, freute sich Weberknecht. »Es bereitete mir viel Freude, sie für Mitzi zu drechseln. Sie hat mich im Ratzenstadel in der Drechslerei besucht und mir dabei zugesehen. Ich liebe diese Frau. Wir müssen sie unbedingt finden.«

Weberknecht lehnte den Obstler mit dem Hinweis noch arbeiten zu müssen ab, blickte nachdenklich aus dem Fenster und sprach leise: »Ich weiß jetzt auch, warum Mitzi mich nie zu ihrer Familie mitnahm. Niemand bei uns durfte wissen, dass sie eine Tschechin ist. Nur Kommunisten und Juden sind bei uns Hakenkreuzlern mehr verhasst als ihr. Aber jetzt wo ich das weiß und sie kennen und lieben lernte, wirft das etliche Fragen auf. Fragen, die alles in Frage stellen, wofür ich die letzten Jahre lebte, Meinungen, die ich vertrat. Wie schlimm kann es sein, eine Tschechin zu lieben, wenn über so lange Zeit niemand bemerkt wird, dass sie Tschechin ist? Wie gefährlich kann es für unser Land sein, wenn sie in Lebensart, in Sprache, im Beruf, in der Musik die sie mag, nicht von einem Deutschen unterscheidbar ist. Wenn sie gefunden wird, möchte ich sie heiraten. Ich werde dann bei den Hakenkreuzlern rausfliegen. Oder noch besser, bevor es zu einem Rausschmiss kommen kann, selber gehen.«

Nagy sah ihn an. Er brauchte Weberknechts Hilfe. Für weitere Ermittlungen musste er den Zugang zu dieser Parallelgesellschaft bekommen, die sich mittlerweile gebildet hat, die Österreich immer mehr in ihre Umklammerung, ja fast schon in ihren Würgegriff nimmt.

Weberknecht, mitsamt seines Wissens, war daher wichtig. Nagy ging aufs Ganze: »Mitzi hat uns immer erzählt, dass sie dir sehr weh tut. Aber sie wollte dabei sein bei der Gesellschaft. Was sie alles getan hatte, wussten wir nicht, das hat uns erst Wegener erzählt. Hast du eine Ahnung, wo sie sein könnte? Und läuft die Zeit davon, weil sie ja zuckerkrank ist.«

Weberknecht setzte sich auf den Stuhl, ließ die Schultern hängen und begann erneut zu weinen: »Auch wegen unseres Kindes.«

Marek sprang auf und Nagy befürchtete, dass Marek Weberknecht auf der Stelle totschlägt. »Marek, setz dich! Sofort!« Marek folgte, Gott sei Dank. Er wusste, dass er mitspielen musste, damit Mitzi gefunden werden konnte. »Welches Kind?«, fragte Nagy. »Davon hat uns Mitzi nichts erzählt.« Weberknecht begann schluchzend zu erzählen: »Mitzi ist schwanger. Sie ist im fünften Monat. Da der Bauch nicht wächst, waren wir gemeinsam beim Arzt. Dieser meinte, ihre Plazenta arbeitete nicht richtig, das Kind wäre unterversorgt. Das kann mit ihrer Zuckerkrankheit zusammen hängen. Er verordnete ihr Bettruhe. Ich redete auf sie ein wie auf ein krankes Pferd. Sie hielt sich nicht daran. Es kann daher alles Mögliche passieren. Etwa, dass das Kind in Mitzi stirbt, sie Blutungen bekommt und daran verblutet. Oder dass das Kind stirbt, nicht abgeht und sie innerlich durch das tote Kind im Körper vergiftet wird. Ich mache mir solche Sorgen, dass ich kaum mehr schlafen kann.

Es ist furchtbar für mich, dabei zuzusehen, wie sie alle Anordnungen des Arztes missachtet.« Weberknecht bediente sich doch am Schnaps, den er sich nun ungefragt einschenkte. Mit leiser, leidender Stimme erzählte er: »Seit ich das weiß, habe ich schon fünf Kilogramm abgenommen. Ich kann nichts mehr essen aus lauter Sorge. Ich kann mich nicht mehr auf meine Arbeit konzentrieren. Ich habe jeden Tag Schweißausbrüche, wenn ich an Mitzi denke.« Weberknecht fuhr sich fahrig über das Gesicht. Seine Atmung ging schnell und flach. Er blickte lange auf seine zitternden Hände und kippte anschließend den Schnaps hinunter.

Marek schlug sich die Hände vor das Gesicht und schüttelte minutenlang den Kopf. Das musste ein einziger Alptraum für seinen Freund sein. Er war, je länger diese Ermittlungen dauerten, je mehr er von seiner Tochter erfuhr, immer überforderter mit der Situation. Nagy befürchtete, dass Marek irgendwann den Kopf verlieren, etwas Unüberlegtes tun könnte. Damit brächte nicht nur die Ermittlungen, sondern auch ihr beider Leben in Gefahr.

Nagy zückte sein Notizbuch und den Bleistift: »Richard, ich habe einige Fragen an dich.«

Und Richard erzählte. Richard sprach offen über ihre Beziehung, darüber dass ihn ihre Wetten und Spiele an diesen Abenden verletzt hatten aber er ihr immer verziehen hatte, da er sie liebte. Er sprach über interne Strukturen der Hakenkreuzler, über ihre Straßenschlachten und Feindbilder.

Er sprach über Wegener und andere Größen der Hakenkreuzler, über interne Rituale und Treffen.

Nagy zeigte ihm das Symbol mit den drei Dreiecken, das er in Mitzis Zimmer gefunden hatte: »Kannst uns dazu was sagen?« »Das ist ein Valknut. Ein altes germanisches Symbol. Wegener hat auch solch einen Anhänger um den Hals. Was es bedeuten soll, weiß ich nicht.« Richard sah das Valknut lange an. Er legte die Stirn in Falten und überlegte: »Mir fällt was ein. Bei uns wird dieses ganze Germanentum sehr glorifiziert. Auch die ganze Mythologie. Damit heben wir uns von den Juden ab und damit zeigen wir die Überlegenheit der arischen Rasse.«

Nagy musste sich beherrschen, um nicht die Augen zu verdrehen.

Weberknecht setzte fort: »Ich bin als Leibwächter Wegeners bei vielen Gesprächen dabei. Ich hab, wenn sich Wegener mit anderen wichtigen Leuten unterhielt, ab und zu den Begriff Odinisten gehört. Sie haben dabei sehr leise gesprochen, damit ich nichts Genaues mitbekomme.«

Nagy kratzte sich mit dem Bleistift am Kopf: »Odinisten habe ich noch nie gehört. Schade, dass sie nicht offen sprachen und du uns jetzt nicht helfen kannst.«

Weberknecht grinste die beiden triumphierend an: »Gott sei Dank haben sie so geheimnisvoll getan. Sonst hätte es mich sowieso nicht interessiert. Ich hätte am Nebentisch weiter mein Bier getrunken und nicht auf das Gespräch geachtet. Diese ganze Geheimnistuerei hat mich erst neugierig gemacht. Ich weiß nicht viel.

Aber ich weiß, dass es sich offenbar um irgendeine arische Bruderschaft handelt. Und... Tataaa!« Weberknecht imitierte eine Fanfare: »Ich habe mitbekommen, wo sie einander treffen.«

Nagy lachte auf: »Mach es nicht so spannend. Lass hören.« »Also«, Weberknecht beugte sich zu den beiden vor, »als sie einander vor einem dieser Odinisten-Abenden noch treffen wollten, um etwas zu besprechen, haben Sie sich den *Donaunixenbrunnen* als Treffpunkt ausgemacht. Also habe ich recherchiert. Der Donaunixenbrunnen befindet sich in der *österreichischen Nationalbank* in der *Herrengasse 14.*«

Marek schüttelte zweifelnd den Kopf: »Du meinst, in der ehemaligen österreich-ungarischenen Bank? Wo soll da Platz sein, wie soll das gehen?«

Weberknecht hob den Zeigefinger der rechten Hand: »Überleg doch mal! Dort gibt es einen Basar im Durchgang zur Freyung, der gut besucht ist. Dort ist das *Café Central*. Ein paar Leute, die nicht zur Bank gehören, fallen nicht auf, wenn sie sich dort herumtreiben. Die Börse ist längst ausgezogen und an den Ring übersiedelt. Die Bank wird voraussichtlich nächstes Jahr an einen anderen Standort ziehen. Außerdem gibt es zwei große Säle, die von der Börse genutzt wurden und nicht mehr benötigt werden. Ideal für Feste. Wir Hakenkreuzler haben gute Kontakte bis in höchste Kreise. Wenn das der Treffpunkt sein soll, dann ergeben sich über diese Kontakte sicher Möglichkeiten, diese Säle zu nutzen. Der Treffpunkt ist ideal, in jeder Hinsicht.«

Marek sprang wie elektrisiert auf: »Die alte Nawratil!« Die beiden Männer sahen Marek irritiert an. Dieser sprang im Raum umher und freute sich dabei wie ein Kind: »Die Nawratil, klar doch, die Nawratil. Die Zuzana!«

Nagy beendete den skurrilen Freudentanz mit den Worten: »Bist du komplett narrisch geworden? Was ist denn jetzt los?« Marek klatschte in die Hände: »Nicht nur die Hakenkreuzler halten zusammen. Wir Tschechen tun das auch! In unserem Grätzel in Favoriten wohnt die Nawratil. Ich habe ihr schon oft geholfen, wenn sie kein Geld hatte und ihr beim Einkauf ein paar Suppenknochen dazugegeben, ihr ein paar Innereien zusätzlich eingepackt oder ihr auch mal etwas in der Wohnung repariert. Sie redet unglaublich viel und ich höre gar nicht mehr zu, wenn sie von ihren Katzen oder ihrem Mann, der vor fünf oder sechs Jahren an der *spanischen Grippe* gestorben ist, redet. Es sind ja doch immer die gleichen Geschichten. Aber sie erzählt auch immer wieder, dass sie so schlecht mit ihrem Gehalt als Putzfrau durchkommt, weil sie in der Nationalbank nicht viel verdient. Ich bin mir ganz sicher. Jetzt ist es an der Zeit, dass sie sich revanchiert.«

Nagy konnte innerlich über das kindliche Verhalten Mareks nur den Kopf schütteln. Marek freute sich offenbar, etwas zum Erfolg der Suche beitragen zu können. Aber er war und blieb ein Kindskopf. Ein Einfaltspinsel und ein Kindskopf.

Kapitel 8

Marek blieb noch etwas Zeit bis die Bank schloss und er sich mit Nagy treffen sollte. Während er das Schwein zerlegte, drehten sich seine Gedanken im Kreis. Sein Blick fiel immer wieder auf das Kinderfoto Mitzis, das neben seinem Arbeitsplatz an der Wand hing. Jung und unschuldig lachte sie ihm entgegen. Er erinnerte sich an die Zeit, in der sie an seiner Hand spaziert war, sich über Schmetterlinge gefreut und ewig lang einem Käfer oder einer Ameisenstraße zugesehen hatte.

Er dachte zurück an jenen Tag, als er sie mit zehn Jahren erbost und aufgeregt nach Hause gekommen war und entrüstet erzählt hatte, dass ein Mitschüler ihr ein Küsschen geben wollte. Als sie sich als Kind plötzlich von einem auf dem anderen Tag geschämt hat, sich von ihm mit dem *Lavur* und dem Waschlappen waschen zu lassen. Wie unschuldig und im Herzen rein sie war.

Während er die Koteletts zurechtschnitt, überlegte er, wann er den Kontakt zu ihr so verloren hatte, dass er alles, was er nun über sie wusste, so ganz unbemerkt an ihm vorübergegangen war.

Während er die *Fledermaus* auslöste, entschloss er sich dazu, dieses Teil nicht zu verkaufen, sondern sich selbst zuzubereiten. Mit einem guten Glas Bier werde sie ihm heute ein wenig Trost schenken.

Ob er Mitzi wiederfände? Ob sie noch lebte?

Aus dem Bauchfleisch wollte er einen Kümmelbraten machen und diesen aufgeschnitten verkaufen. Er liebte den Geruch des Kümmelbratens. Ein Schlögel war reserviert. Der Sohn des Nachbars wurde 18 und die Familie wollte damit ein Geburtstagsessen zubereiten.

Was hatten sie zu Mitzis 18. Geburtstag gegessen? Er wusste es nicht mehr. Wie sollte das Leben weiter gehen, wenn er Mitzi nicht fände? Und wie ginge es weiter, wenn er sie fände? Könnte er ihr überhaupt noch unbefangen gegenübertreten, mit alldem, was er nun über sie erfahren hatte? Wird er die Bilder von ihren Wetten, vor allem ihrer verlorenen, je vergessen können? Könnte er in ihr einfach wieder seine Tochter sehen, die er über alles liebte?

Das *Göderl* und den Rüssel bereitete er für eine Sulze vor. Die lässt sich immer gut verkaufen. Die Arbeit tat ihm gut, sie lenkte ab. Er freute sich schon auf das Wursten. Es war schon seltsam. Seine Wurst schmeckte immer ein wenig anders, obwohl er immer dasselbe Rezept verwendete. Der Geschmack war abhängig davon, welche Laune er beim wursten hatte. Er hoffte, dass sich seine Probleme nicht allzu sehr auf die Qualität der Wurst auswirkten. Er dachte zurück an einige Jahre zuvor, als er heimlich verliebt gewesen war, in die Vesely vom 10er-Haus.

Mit Mitzi ist es zu dem Zeitpunkt hervorragend gelaufen. Sie fand eine neue Stelle, bei der sie sich wohl fühlte. Ihre Zuckerkrankheit gab es noch nicht und er himmelte die Vesely an. Er war so verliebt und glücklich gewesen, auch wenn diese Frau nie etwas von seiner Liebe erfahren hatte. Er wagte, sie darauf anzusprechen. Inzwischen war sie verheiratet und hatte zwei Kinder. Damals schmeckte seine Wurst besonders gut. Ob sich die Vesely jemals schon so Sorgen machen hatte müssen, wie er sich jetzt um seine Mitzi machte? Ob sie jemals derartige Sachen über ihre Kinder erfahren hatte müssen?

Er holte sich ein Bier aus dem Kühlraum und machte ein wenig Pause. Es war nicht leicht gewesen, die Nawratil zu überreden. Sie hat große Angst um ihre Anstellung ausgesprochen. Er hat ihr hoch und heilig versprechen müssen, sie nicht zu verraten, wenn sie sie erwischten. Aber mit dem Hinweis darauf, wie oft er ihr bereits geholfen hatte und dass sie beide als Tschechen zusammen halten müssen, hat sie dann schlussendlich doch zugestimmt.

Gestern hat er die Vesely im Geschäft gesehen und ihr ein besonders schönes Stück Fleisch verkauft, das er extra für sie zurückgelegt hatte. Er war immer noch ein wenig verliebt in sie. Auch nach zwei Kindern war sie noch eine schöne Frau. Ob Nagy jemals verliebt war? Gab es eine Frau oder Geliebte in seinem Leben? Oder sprach er vielleicht nicht darüber, weil sie verheiratet ist?

Er brachte das zerteilte Schwein in den kühlen Keller und machte sich langsam für das Treffen in der Herrengasse fertig. Nagy und er wollten ohne Weberknecht hingehen. Falls sie auffallen sollten, hätten sie Weberknecht dann immer noch als Joker für irgendwelche Aktionen. Falls sie Weberknecht mitnehmen würden und auffliegen würden, wäre Weberknecht aus dem Spiel. Das wollte Nagy auf alle Fälle verhindern und Marek war es mehr als nur recht. Wenn er Weberknecht ansah, hatte er Bilder von einem nackten Weberknecht und einer nackten Mitzi im Kopf, die gemeinsam... Nein, das wollte er nicht.

Es wäre nie mehr so sein wie früher, egal ob sie Mitzi fänden oder nicht. Seine ganze heile Welt war zertrümmert worden, von Mitzi, von Leuten wie Wegener und Weberknecht.

Er versuchte, den Gedanken daran zu verdrängen, Großvater zu werden. Ein Enkelkind, das von seinem Kind geboren werden wird und von einem Hakenkreuzler gezeugt worden ist. Ihm wurde schlecht bei dem Gedanken daran. Seine Gefühle waren so widersprüchlich, überwältigend und für ihn selbst so abstoßend, dass er begann sich dafür zu hassen. Etwas in ihm ließ ihn sogar überlegen, die ganze Suche abzubrechen. Dieser Teil wollte ihn glauben lassen, dass Mitzi tatsächlich einfach von sich aus gegangen wäre und ihn verlassen hätte. Konnte er es ausschließen nach all dem, was er erfahren hatte? Es hatte ihm doch gezeigt, dass er nichts, absolut gar nichts wusste über seine Mitzi, nicht wusste, wie sie lebte, wie sie dachte, was für sie wichtig war.

Vielleicht sollte er heute nicht in die Herrengasse gehen und sich lieber einen Rausch ansaufen. Er wünschte sich einen solchen Rausch, dass er seine Gefühle und sich selbst nicht mehr spüren musste, sondern nur mehr seinen Rausch und dann die Kopfschmerzen. Das wäre vermutlich besser.

Er blieb jedoch stark und gab dieser inneren Stimme nicht nach, sondern machte sich fertig für den Besuch bei diesen seltsamen Odinisten.

Er hatte sich Skizzen gemacht, wie sie zu den Sälen kommen konnten. Die Nawratil hatte ihm einen Tipp gegeben, wo es möglich war, sich zu verstecken. Den Weg dorthin hatte er sich ebenfalls notiert. Außerdem hatte sie nebenbei erwähnt, dass sie sich gewundert hätte, weil sie etwa zweimal pro Woche leere Flaschen und Essensreste wegräumen hatte müssen. Sie hatte heimliche Veranstaltungen vermutet. Als sie dies damals meldete, wurde ihr lediglich aufgetragen, es niemanden zu erzählen. Alles ausgesprochen seltsam.

Während er sich fertig machte zum Gehen, dachte er lange über seine innere Ambivalenz nach. Er liebte seine Tochter. Und gleichzeitig hatte er Angst, sie wiederzufinden. Einerseits wünschte er sich, sie zu finden, falls sie Hilfe brauchte. Und gleichzeitig hatte er Angst, dass alles was er bisher erfahren hatte, alles, absolut alles zwischen ihnen beiden kaputt machen könnte. Mit einem tiefen Seufzen und einem abschließenden Blick auf ihr Kinderfoto an der Wand machte er sich auf den Weg.

Kapitel 9

Sie trafen einander vor der Bank in der Herrengasse. Nagy begutachtete die gezeichneten Wegbeschreibungen Mareks. Nagy wollte Marek nicht demoralisieren, da sich dieser über seine Zeichnungen freute wie ein Kind. Somit verbrachten sie die ersten Minuten eher schweigsam. Ungünstigerweise sahen diese Zeichnungen auch aus wie von einem Kind gemalt - einem künstlerisch sehr unbegabten Kind. Nagy hoffte, dass sie den Weg auch so fänden. Gott sei Dank waren sie rechtzeitig da und hatten genügend Zeit, um sich zu orientieren.

Kurz nach Betriebsschluss wurden sie von der tschechischen Putzfrau in das Gebäude gelassen. Auf Nagy wirkte diese Frau, die etwa um die Sechzig sein musste, wie die Hexe, die er sich als Kind vorgestellt hatte, als ihm sein Vater ab und zu ein Märchen vorlas. Das kam selten vor, da sein Vater keine sonderlich liebevolle Seite an sich erkennen hatte lassen.

Aber wenn es vorkam, dann waren es entweder ungarische Volksmärchen, wie ›Der goldbärtige Mann‹, ›die Feenprinzessin Goldhaar‹ oder oder die Märchen der Gebrüder Grimm, die vom Vater vorgelesen worden waren. Diese Hexen dort haben in seiner Vorstellung allesamt genau so ausgesehen wie die Putzfrau. Mit ihrem knöchernen Finger zeigte sie den Gang entlang und die beiden Männer machten sich rasch auf den Weg. Die Hexe ging fort und sperrte von außen das Tor zu.

Es hatte etwas Skurriles an sich, dass Marek die im Vergleich zu seinen Pranken winzigen Notizzettel immer wieder im Kreis drehte und sich zwischendurch immer wieder verzweifelt am Kopf kratzte. Marek zeigte in eine mögliche Gehrichtung, als sie dann in einer Sackgasse landeten, drehte er die Zeichnung wie wild herum und sie gingen wieder zurück, worauf sich dieses Spiel mit einem anderen Gang wiederholte. Irgendwann nahm Nagy ihm die Notizen aus der Hand, zerknüllte sie und steckte sie ein. Dann streiften sie ohne die Hilfe von Mareks Zeichnungen durch die leeren, verlassenen Büros und Säle. In einem Saal fanden sie Champagner, diverse Kanapee mit Gänseleber, Kaviar und geräucherten Austern vorbereitet. Nagy pfiff durch die Zähne. Die Zeiten waren schlecht. Er hatte Hunger. Zu lange schon konnte er durch die Lebensmittelknappheit und das fehlende Bargeld kein Essen mehr wirklich genießen. Er aß irgendwelche billigen Lebensmittel, die er sich gerade noch irgendwie leisten konnte, um satt zu werden.

Er schnappte sich vier der kredenzten Flaschen und ein großes Tablett, das er befüllte. Die verbliebenen Köstlichkeiten ordnete er neu an, damit ihr Fehlen nicht bemerkt werden konnte. Den Schampus drückte er Marek in die Hand und balancierte sein Tablett wie ein Kellner durch die Gänge. Endlich hatten sie den Börsesaal gefunden. Es befanden sich verschiedene Tische darin, die mit Silberbesteck und Kristallgläsern eingedeckt waren. Die Kerzenleuchter waren mit unbenutzten Kerzen bestückt und warteten auf ihren großen Auftritt. Nagy wusste, dass sie hier richtig waren. Jetzt ging es nur mehr darum, über die Decke des Saales zu kommen.

Bevor Wien und natürlich auch dieses Gebäude elektrifiziert und somit mit Glühbirnen ausgestattet wurden, sind die Luster dieses Saales mit Kerzen bestückt worden. Dazu wurde der riesige Kristallluster über ein Loch in der Decke nach unten in den Saal gesenkt und nach oben an die Decke gezogen, damit die Kerzen gewechselt und angezündet werden konnten. Dieses Loch ist zwar inzwischen funktionslos aber immer noch vorhanden. Es ist möglich, die Abdeckung so weit zu öffnen, um das Treiben unterhalb gut zu beobachten aber nicht entdeckt zu werden. Nach einer weiteren viertel Stunde hatten sie es gefunden und lagen oberhalb des Lusters auf der Lauer. Der Saal unter ihnen füllte sich langsam mit den Gästen. Eine Musikkapelle betrat den Raum gemeinsam mit einigen Leuten, die lange, wallende Gewänder trugen.

Marek, auf den diese seltsame Adjustierung wie ein Nachthemd wirkte, presste seine Lippen zusammen, um nicht laut zu kichern. Die beiden waren aufgrund der Raumhöhe weit genug von den Leuten entfernt, um sich flüsternd unterhalten zu können. Als Nagy Marek fragend ansah, antwortete dieser, dass hier lediglich die Schlafhauben fehlten, um den Gesamteindruck zu komplettieren. Nun konnte sich auch Nagy schwer beherrschen, sich nicht auf die Schenkel zu klopfen und loszulachen. Es war Zeit für die beiden. Zeit, sich die erste Flasche des Edelgesöffs zu öffnen und sich mit den Broten den Bauch vollzuschlagen. Marek musste sich bei dem Kaviar fast übergeben und beschwerte sich leise über dieses grausliche, glibberige, salzige, seltsame Zeug. Aber die Wurst, die geräucherten Austern und der Käse schmeckten ihm. Abwechseln tranken sie den Champagner aus der Flasche und sahen zu, wie den Musikern die Augen verbunden wurden und diese anschließend blind ihre Instrumente stimmen mussten. Aufgrund der Selbstverständlichkeit, mit der sie das über sich ergehen ließen, vermuteten Nagy und Marek, dass das für die Instrumentalisten eine Art Routine gewesen sei. Marek riss die Augen auf, als drei schlanke Frauen, die nur mit Strumpfbandgürtel, Strümpfen und hochhackigen Schuhen bekleidet waren, in den Raum geführt wurden. Sie bauten das Buffet auf und bereiteten die Sektgläser vor. Eine davon kannte er. Er überlegte. Margarete, Margot, Marianne oder Martha? ...irgendwas in der Art.

Er hatte sie einmal am Graben wegen illegaler Prostitution beamtshandelt. Damals war sie dreizehn Jahre alt gewesen. Da er ihr nichts nachweisen hatte können, ließ er sie laufen.

Die beiden Männer stopften weiterhin das erbeutete Essen, das sie mit dem Schampus hinunterspülten, in sich hinein. Marek sah von oben mit rotem Kopf und männlicher Begeisterung den drei nackten Grazien beim Servieren zu. Inzwischen waren die Gäste eingetroffen. Allesamt nobel und teuer gekleidet und offenbar bedeutend. Die Hände der männlichen Gäste verirrten sich häufig an die Brüste und zwischen die Beine der Servierkräfte, die das offenbar gewohnt waren und wie selbstverständlich geschehen ließen. Die Mädchen, die als Begleitung der honorigen Herren dabei waren, waren allesamt sehr jung, keine davon wohl älter als fünfundzwanzig. Alle waren sie wunderschön und schienen eher Aufputz der Herren, Verkörperung einer erlegten Trophäe zu sein, als wirkliche Begleitung. Jedes Mal, wenn eines der Serviermädchen von den männlichen Gästen intim angefasst wurde, dann kicherten ihre Begleiterinnen, flüsterten ihren Herren etwas ins Ohr oder beteiligten sich teilweise selbst daran, indem sie beispielsweise den Mädchen auf den Hintern schlugen.

Einer der Gäste rief quer durch den Saal zu einem Neuankömmling: »Meine Verehrung, Herr Sektionschef. Du, Alexander, hast den Max heute noch gar nicht gesehen?« Nagy war plötzlich wie elektrisiert.

Das musste Alexander Trattenbach sein. Der mit dem Befehl, nicht mehr nach Mitzi zu suchen. Der war also auch da.

Nun kam Wegener. Es war eher ein Auftritt als ein Ankommen. Nagy fiel auf, dass die drei Serviermädchen unauffällig versuchten Abstand zu Wegener zu gewinnen. Wegener, der die Aufmerksamkeit der anderen Gäste genoss, rief: »Margot, Champagner für mich!« Nagy, schlug sich an den Kopf. Klar, warum war ihm das nicht gleich eingefallen. Margot hieß sie.

Margot stöckelte etwas steif zu Wegener. Ihre Bewegungen wirkten deutlich hölzerner als noch wenige Minuten zuvor. Wegener nahm sich mit der linken Hand ein Glas vom Tablett und strich mit der Rückseite der rechten Hand ganz zart und fast liebevoll über die linke Brust des Mädchens, deren Brustwarze sich aufstellte. Wegener blickte ihr ins Gesicht und zog süffisant seine Mundwinkel nach oben. Das sollte wohl als eine Art Lächeln wirken. Allerdings waren seine Augen hierbei nicht beteiligt und vollkommen kalt. Unvermittelt nahm er ihre Brustwarze zwischen Zeigefinger und Daumen und quetschte sie, bis das Mädchen tonlos aufschrie. Sie musste offenbar all ihre Selbstbeherrschung aufbringen, um stehenzubleiben und nicht aus Schmerz laut zu schreien. Ihr zitterten die Knie und sie presste die Augenlider zusammen. Wegener schlug ihr mit dem Handrücken auf ihre Brust. »Schau mich an! Schau mir in die Augen!«

Sie balancierte das Tablett weiterhin, das durch ihr Zittern schwankte. Die Gläser drohten jeden Moment umzufallen.

Nach etwa einer Minute, in welcher die Aufmerksamkeit des gesamten Saales auf Wegener und dem Mädchen ruhte, ließ er ihre Brustwarze los. Er strich mit der Hand zärtlich über ihr Gesicht und wendete sich dann den anderen Gästen zu, ohne dem Mädchen, das mit zitternden Knien davonstöckelte, weitere Beachtung zu schenken: »Ein Applaus für die hervorragenden Fräuleins unseres geschätzten Gastgebers, Meister Anschu!« Wegener sprach Anschu wie einen französischen Namen mit langgezogenem U aus. Die Gesellschaft applaudierte dem gepeinigten Mädchen.

Die Musik spielte Onestepp und die Tanzfläche füllte sich. Die Damen waren schön, die Herren charmant und die Stimmung gut.

Dann kam Meister Anschus großer Auftritt.

Meister Anschu war ein dicklicher Mann mit langen blonden Haaren, mit einem Bart, der unter dem Kinn zu zwei Zöpfen geknüpft war, und ebenfalls mit einem wallenden Gewand. Begleitet von drei dieser seltsam gekleideten Herren, welche große Kerzen trugen, trat er auf ein eigens errichtetes Podest. Die Musik verstummte. Die Gäste richteten ihre Aufmerksamkeit auf den in ein langes, weißes Gewand gehüllten Herrn.

Meister Anschus Hand umfasste ein verknotetes Seil, das er dem Publikum zeigte: »Willkommen hier in Asgard. Unsere arische Rasse, das deutsche Volk und unser Staat sind bedroht.«

Theatralisch hob er mit der linken Hand den Strick an einem Ende hoch, sodass der Knoten im Seil nahe bei seiner Hand war. Mit dem Zeigefinger der rechten Hand zeigte er auf den Knoten: »Dieser Knoten symbolisiert das Geschwür im Körper der arischen Rasse. Dieses Geschwür nennt sich Verjudung.« Mit großer Geste nahm Meister Anschu den Knoten, schob ihn in die Mitte des Seiles: »Es nennt sich Kommunismus.« Abermals verschob er den Knoten: »Es nennt sich Slawisierung.« Mit einigen magisch wirken wollenden Gesten griff er auf den Knoten und als er über das Seil strich, war der Knoten plötzlich verschwunden. Nagy blickte auf Marek, der die Augen weit aufriss und dieser Vorstellung mit kindlich wirkendem Gesichtsausdruck zusah und sichtlich beeindruckt war.

Meister Anschu sprach weiter: »Mit der spirituellen Macht der Druiden, der Kraft des Glaubens unserer Ahnen und mit der Hilfe Ihres Einflusses und Ihren Zuwendungen, werden wir gemeinsam diese Geschwüre auflösen. Genauso wie sich dieser Knoten nun auflöst, als wäre er nie da gewesen. Wir lassen diesen Staat wieder erblühen. Wir werden nicht zulassen, dass unsere Feinde siegen und die Herrschaft übernehmen. Denn das wäre das Ende. Wir sind stärker.«

Mit einer Handbewegung warf Meister Anschu Blüten, die er offenbar aus einer versteckten Tasche in seinen Ärmeln geholt hatte, unter die Zuseherinnen und Zuseher: »Wir bringen dieses Land mit seiner Kultur und seiner Geschichte wieder zum Erblühen.

Mit eurer Mitwirkung, mit euren Kontakten und eurer finanziellen Unterstützung. Und mit der Kraft der alten Mythen.«

Die Gäste applaudierten. Marek war komplett von der Vorstellung mitgerissen und grinste mit einem dümmlichen Gesichtsausdruck Nagy an. Dieser nahm sich vor, Marek eine Watschn zu geben, wenn dieser applaudieren sollte. Nagy war von diesem Anschu eher gelangweilt. Alle diese Taschenspielertricks hatte er an anderen Orten schon deutlich besser dargebracht gesehen.

Was Nagy nicht losließ, war eher das Gefühl, dass er diesen Anschu von irgendwoher kannte. Aber er zweifelte stark daran. Erst diese Hur, die sich die Brustwarzen verdrehen und quetschen ließ, und jetzt diesen Kerl. Das war doch etwas zu unwahrscheinlich.

Die Kapelle stimmte wieder ihre Musik an und es wurden diese modernen Tänze wie Tango, Twostep und Shimmy gespielt. Die Tanzfläche füllte sich wieder. Nagy verstand nichts von diesem neuen Zeitvertreib, aber so wie diese honorigen Herrschaften Shimmy tanzten, wirkte das auf ihn eher wie eine kollektiver epileptischer Anfall. Die jungen Damen hingegen, welche als Begleitung dabei waren, hatten bei diesem Tanz sogar für ihn etwas Erotisches.

Das Tablett mit den gestohlenen Köstlichkeiten war so leer wie drei der vier Flaschen Champagner.

Es gab dann noch den Teil, an dem die drei Serviermädchen zugunsten der guten Sache von Meister Anschu für eine Nacht versteigert und von den Unterstützern zu einem beachtlichen Preis gekauft wurden. Aber für Nagy und Marek war der Abend mehr oder minder gelaufen. Nagy machte sich Notizen in sein Büchlein. Dann verschlossen sie das Loch des Lusters und schlichen sich wieder aus dem Haus. Dieses Mal übernahm Nagy, der eine deutlich bessere Orientierung als Marek hatte, die Führung. So gelang es ihnen, das Gebäude in wenigen Minuten zu verlassen.

Zu diesem Gebäude führten zwei Eingänge. Der Eingang in der Freyung 2 war fest mit einem Gittertor verschlossen, somit konnte auch keiner der Gäste durch ihn hinaus. Daher warteten sie beim Eingang des *Hotels Klomser* in der *Herrengasse 19*. Hier tauchte Anschu kurz nach 2:00 Uhr morgens mit einem seiner Nachthemdheinis, wie Marek sie nannte, auf. Nun waren sie in Zivil, also ohne druidische Kostümierung. Sie folgten ihnen bis zum Taxistandplatz am Michaelerplatz und hörten, wie sie als Ziel *Arenbergring* 10 angaben. Das Taxi fuhr rasch davon.

Kapitel 10

Nagy und Marek saßen im Arenbergpark. Sie sind zu Fuß hergekommen, haben sich im Park gegenüber dem besagten Haus niedergelassen und die verbliebene Flasche Champagner geleert, dann ein wenig geschlafen. Die Bank ist hart und der Schlaf schlecht gewesen. Nagy hatte schlechte geträumt, im Schlaf ständig die Musik des Festes gehört. Dabei war er mit Unmengen an Spielkarten und Erbsen überschüttet worden. Nun taten ihm seine Kriegsverletzungen weh und er spürte den Granatsplitter im Bauch wieder stärker als während der letzten beiden Tage. Müde saßen die Männer auf der Bank und warteten darauf, dass jemand das Haustor wieder aufsperrte. Die Wiener Hausbesorger setzten die gesetzlichen Sperrzeiten der Häuser genau um. Am Abend wurde pünktlich zugesperrt, am Morgen dann wieder pünktlich aufgesperrt. Nagy kannte diese Bestimmungen natürlich und stand schon des Öfteren vor verschlossenen Türen. Auch er kam ab und zu nach 9:00 Uhr am Abend nach Hause. Dann musste zum Aufsperren der Hausmeister aufgeweckt werden. Dafür stand ihm das sogenannte Sperrgeld zu, das gesetzlich festgelegt worden war. Einen eigenen Haustorschlüssel teilten die wenigsten Vermieter an ihre Mieter aus.

»Was macht dieser Bub mit diesen beiden seltsamen Hunden da?«, riss Marek Nagy aus seinen Gedanken.« »Wie bitte? Was? Ach so, diese Skulptur meinst du. Das sind keine Hunde, das sind Panther. Das ist Kunst, Marek.« Marek zuckte mit den Achseln.

So wie die Stadt erwachte, erwachten auch die Unterstandslosen, die ebenfalls im Park geschlafen hatten. Durch den Krieg hatte sich die Wohnungsnot verschärft. Nagy war sich daher sicher, dass Marek und er hier im Park nicht auffielen. Sogar in dieser eher noblen Gegend mit diesen schönen Häusern nicht, die vor nicht einmal 30 Jahren neu gebaut wurden.

Marek wirkte ausgesprochen nachdenklich. Diese ganze Sache mit Mitzi machte ihm schwer zu schaffen. Nagy hatte, auch wenn sein Talent hinsichtlich der zwischenmenschlichen Kommunikation dezent unterentwickelt war, das Bedürfnis mit ihm zu sprechen und ihn zu trösten. Diese schwarze Wolke, die über Mareks Gemüt schwebte, war für Nagy fast körperlich spürbar. Er hasste Marek. Marek hätte ihn damals lieber sterben lassen sollen. Marek hatte auch nicht das Recht ihn in diese Sache mit Mitzi reinzuziehen. Aber trotzdem war ihm dieser Koloss ans Herz gewachsen.

Irgendwie mochte er diesen Kindskopf, der für ihn ein riesiges Herz auf zwei Beinen war.

»Woran denkst du, Marek?« Marek zuckte resigniert mit den Achseln: »Ach, dieses Fest gestern. Ob Mitzi auch bei sowas serviert hat? Ob sie sich auch hat ersteigern lassen? Ich bringe diese Bilder nicht aus dem Kopf. Meine Gedanken drehen sich darüber im Kreis und bei jeder neuen Runde werden die Bilder grauslicher und intensiver. War Mitzi eine Hur? *Hovno, zatracene!*«

Marek schlug sich die Hände vors Gesicht und Nagy bemerkte, dass der damit die Tränen verbergen wollte. Nagy fühlte sich in dieser Situation so verdammt hilflos und komplett überfordert. Sein Sarkasmus und seine Situationsanalysen, die sonst dafür sorgten, dass er die Distanz halten konnte, waren hier nicht hilfreich. Nagy hatte das Bedürfnis Marek in den Arm zu nehmen, wagte es aber nicht.

Marek blickte auf und starrte auf diese Figur mit dem Jüngling und den Panthern. Aber Nagy wusste, dass Marek diese Figur nicht ansah, sondern ins Leere blickte und mehr mit den inneren Bildern beschäftigt war als mit den Bildern im Außen.

Marek sprach mit brüchiger Stimme, der man anhören konnte, wie er mit den Tränen rang: »Denkst du noch an den Krieg, Nárcisz?« Nagy war froh, dass Marek das Thema wechselte: »Jede Nacht, jede verdammte Nacht denke ich daran. Er verfolgt mich in meinen Träumen. Bei jeder schmerzenden Bewegung, denke ich daran. Ich sehe die Bilder der sterbenden Kameraden und der sterbenden Feinde vor mir.

Ich sehe jede Nacht das Gesicht des Italieners vor mir, den ich mit dem Bajonett töten habe müssen. Ich sehe das Gesicht meines Kameraden Ludwig vor mir, mit dem ich fast gemeinsam gestorben wäre. Und ich wünsche mir so oft, dass ich es gewesen wäre.« So offen hatte er noch nie mit Marek gesprochen.

Marek verzog seinen Mund zu etwas, das wie ein Grinsen aussehen sollte, scheiterte aber kläglich: »Es ging mir bis vor wenigen Tagen auch so. Der Krieg, die Schreie, die Toten und das Grauen haben mich verfolgt und jede Nacht aufwachen lassen. Ich hab mir oft genug gewünscht, das nicht mehr erleben zu müssen. Immer und immer wieder die gleichen Bilder der Erlebnisse, die uns damals kaputt machten. Ich wollte, dass dieser Krieg auch in meinem Kopf vorbei geht und hatte jede Nacht Angst vor dem Einschlafen. Jetzt sehe ich die Bilder nicht mehr. Jetzt sehe ich Mitzi jede Nacht vor mir. Mitzi als Kind. Mitzi, wie sie nackt auf dem Tisch kniet, Mitzi, wie sie nackt für diese Idioten serviert und sich anfassen lässt.« Marek drehte seinen Kopf zu Nagy und blickte ihm in die Augen. Mit leiser, heißerer Stimme sagte er: »Ich will die Bilder aus dem Krieg zurückhaben.«

Marek seufzte tief und wurde anschließend minutenlang von den Tränen, die er verzweifelt versuchte, zurückzuhalten, am ganzen Körper geschüttelt. Als er seine Sprache wieder fand, blickte er in den Himmel, um Nagy dabei nicht anschauen zu müssen: »Was habe ich falsch gemacht?

War ich all die Jahre zu sehr mit mir beschäftigt, mit meinem Geschäft, dem Krieg, meinen Sorgen? Habe ich mich zu wenig um sie gekümmert? Weißt du, Nárcisz, ich dachte, ich kenne meine Tochter. Ich dachte, wir hätten ein gutes Verhältnis und könnten über alles reden. Ich dachte, ich wüsste alles über sie. Ich liebe sie doch über alles.« Marek wischte sich die Tränen aus den Augen: »Als hätten wir uns gemeinsam auf einen langen Weg gemacht. Auf einen Weg, der uns mit jedem Schritt ein ganz wenig weiter auseinander führte. Immer nur so viel, wie zehn Scheiben Extrawurst breit, sodass es am Anfang nicht auffällt. Irgendwann habe ich vergessen, zu ihr zu schauen und war nur mit mir beschäftigt. So habe ich übersehen, dass sie sich auf einen Weg begibt, auf dem sie für mich nicht mehr greifbar ist. Und nicht mehr sichtbar. Und ich gar keine Ahnung mehr von ihrem Weg habe, wohin er sie führt und warum sie ihn geht. Das habe ich verstanden. Aber ich verstehe nicht, warum das alles passieren hatte müssen. Wann und warum dieses kleine aber stetige Auseinandergehen begann. Ich mache mir Vorwürfe. Es zerfrisst mir meine Seele.«

Nagy war in seiner Hilflosigkeit froh, das Thema wechseln zu können: »Marek, der Hausmeister sperrt auf. Hast du Geld da?« Marek schaute ihn fragend an, reichte ihm aber alle Scheine, die er dabei hatte. Nagy steckte sie zu denen, die er in seiner Geldbörse hatte. Dann gingen beide gemeinsam zum Hausbesorger, der den Gehsteig kehrte und den Staub, der sich über Nacht angesammelt hatte, wegfegte.

Nagy zeigte ihm die Geldbörse. »*Habedere*, Herr Hausbesorger. Heute Nacht kam ein Bewohner dieses Hauses mit dem Taxi nach Hause. Beim Aussteigen ist ihm seine Brieftasche aus der Jacke gefallen. Wir möchten sie ihm gerne zurückgeben. Können Sie uns sagen, in welcher Wohnung er wohnt? Es ist doch eine Menge Geld drin, wie Sie sehen können.« Während Nagy den Meister Anschu beschrieb, wurden die beiden vom Hausbesorger misstrauisch gemustert. Besonders vertrauenserweckend sahen die beiden nicht gerade aus. Jener Raum in der Herrengasse, in dem sie wenige Stunden zuvor am Boden gelegen waren, diente nur mehr als Abstellkammer, war demnach schmutzig und staubig. Die Nacht im Park ohne Rasur und mit ungekämmten Haaren konnte ihre Seriosität auch nicht unterstreichen.

Als Nagy das Zögern des Hausbesorgers bemerkte, zuckte er mit den Schultern und sagte zu Marek, der ihn verwirrt ansah: »Du hattest recht, Peter. Wir sollten das Geld einfach behalten. Der Herr Hausbesorger kennt den Herrn auch nicht.« Während Marek nachdachte, worüber Nagy sprach, kam Leben in den Hausmeister: »Das ist der Herr Andreas. Zweiter Stock, die erste Wohnung rechts.«

Nagy bedankte sich vorbildlich. Während sie über die Treppe in den zweiten Stock gingen, gab er Marek das Geld wieder zurück. Bei der Tür angekommen rief Nagy: »Post. Ein Telegramm für Sie!« Meister Anschu öffnete, wurde bleich und rief: »Die Kieberer!« Offenbar kannte er Nagy. Der Verdacht Nagys, irgendwann mit ihm zu tun gehabt zu haben, erhärtete sich somit. Nagy und Marek traten ein. Ein Begleiter Anschus sprang vom Sofa auf und nahm eine drohende Haltung ein. Eine Handbewegung des Meisters reichte und er setzte sich wieder. Nagy grinste: »Der ist aber gut erzogen. Kann er auch Pfötchen geben?«, sein Blick wandte sich Anschu zu. »Also, ich mache es kurz. Wir haben eine anstrengende Nacht hinter uns, haben einen staubigen Dachboden nach einem Täter durchsucht, sind seit 30 Stunden im Dienst. Wir sind müde und ein wenig schlecht gelaunt. Da wir in der Gegend waren, dachten wir uns, wir schauen mal vorbei. Wir haben da eine Frage.« Nagy zeigte das Foto Mitzis. »Diese Frau ist abgängig. Wir suchen nach ihr.« Anschu starrte mit offenem Mund auf das Foto: »Nach der wird doch nicht gesucht!« Als er den Satz vollendete, war ihm sofort klar, dass er einen Fehler gemacht hatte. Sogar Marek war das aufgefallen, der sich nun noch drohender aufrichtete und dessen Körper sich versteifte. Nagy hatte jetzt dieses Bild von damals wieder vor Augen. Andreas Schuster. Klar. Anschu. Andi Schuster. Diesen großen Druiden buchtete er mal wegen Betruges ein. Er war nicht sonderlich hell im Kopf aber unglaublich schnell mit den Fingern. Er hatte beim Stoß betrogen, also nicht nur verbotenes Glückspiel betrieben, sondern diesem verbotenen Glück zusätzlich auch noch nachgeholfen. Außerdem war er Hütchenspieler mit einer Erbse unter drei Bechern. Diese Becher wurden verschoben und die Erbse befand sich durch die Geschicklichkeit Schusters nie dort, wo sie die Mitspieler vermuteten. Bei der Einvernahme hatten sie ihn dazu gebracht, das zu demonstrieren.

Schuster zeigte wie ein Künstler stolz sein Können vor den Kriminalbeamten und unterhielt das Personal damit über Stunden. Wenn er bei der Einvernahme in die Enge getrieben wurde oder sich verraten hatte, zeigte er damals genau diesen Gesichtsausdruck mit dieser vorgeschobenen Unterlippe. Die Haare waren das Einzige, das ihn von damals unterschied, sie waren jetzt länger und blond. Aber das war vermutlich nicht seine echte Haarfarbe. Diesen seltsamen Bart, den er jetzt offen trug, hatte er damals auch nicht. Aber das war eindeutig jener Andreas Schuster von damals.

Nagy lächelte ihn freundlich an: »Aber Andi, nur weil es der Sektionschef Trattenbach nicht will? Es gibt auch noch Stellen über Trattenbach. Es ist lange her, dass wir einander trafen. Ich bin inzwischen nicht mehr mit solchen Hendldieben wie mit dir beschäftigt. Ich hab mich hochgearbeitet. Ich gehöre zu einer ganz geheimen Geheimpolizei. Die ist so geheim, von der weiß auch der Trattenbach nichts. Wir unterstehen direkt dem Präsidenten und haben alle Vollmachten. Und ich meine jetzt nicht den Polizeipräsidenten. Also, mach schnell. Hatte ich schon erwähnt, dass wir müde sind? Ich will auch nach Hause und ins Bett.«

Schuster warf einen verzweifelten Blick zu seinem Begleiter und rief: »Hansi!« Besagter Hansi wurde mit unglaublicher Geschwindigkeit aktiv. Er zog aus seiner Socke ein Rasiermesser. Sprang auf Nagy zu, holte aus, zielte auf seine Kehle. Es dauerte Sekundenbruchteile. Für Nagy lief dieses Geschehen wie in Zeitlupe ab.

Nagy sah sich bereits vor seinem geistigen Auge in seinem eigenen Blut liegen. Der Hieb mit der Rasierklinge war gut gezielt und träfe vermutlich genau seinen Adamsapfel. Fast elegant wirkte Hansi in seiner Bewegung. Bis die Darbietung des geübten Messerkämpfers sehr unelegant unterbrochen wurde und das Messer wenige Millimeter an Nagys Kehle vorbei ging. Marek hatte Hansi am Kragen gepackt und quer durch die Wohnung geschleudert. Nagy war beeindruckt. Wenn es irgendwann einmal einen Wettbewerb im Verbrecherweitwurf geben sollte, dann wusste er, auf wen er sein gesamtes Geld setzte. Hansi flog drei Meter durch den Raum, ohne den Boden zu berühren. Anschließend glitt er an der Wand herab. Das Messer hielt er immer noch in der Hand. Marek ging lauernd auf Hansi zu, der Anstalten machte, Marek mit unschönen Schnitten zu verzieren. Nagy sagte mit leiser, freundlicher Stimme: »Hansi. Lass es einfach fallen. Du tust dir sonst weh.« Hansi wollte nicht hören und Marek schnappte nach Hansis Messerhand. Hansi versuchte, mit der linken Hand mehrere Boxhiebe auszuteilen. Die Faust traf Marek mehrmals am Oberkörper und am Kopf. Marek zuckte nicht einmal. Dann brüllte Hansi. Marek, der die Messerhand Hansis immer noch in seiner Pranke hielt, drückte zu. Für das Schreien kassierte Hansi nun seinerseits zwei Fausthiebe in das Gesicht. Hansi spuckte mehrere Zähne aus und wimmerte nur mehr leise mit blutendem Gesicht.

Als er versuchte Marek in die Weichteile zu treten, wurde dies dadurch unterbunden, dass Marek seinen Druck auf die Hand erhöhte. Das Geräusch, als die Fingerknochen brachen, bildete dann der Schluss des ungleichen Kampfes. Hansi heulte, die Augen weit aufgerissen und aus dem Mund blutend, leise vor sich hin und wagte weder vor Schmerz zu schreien noch sich zu bewegen. Marek hielt immer noch seine Hand mit dem Messer.

Nagy nahm sich einen Stuhl, setzte sich zum Tisch und lud Schuster mit einer ausholenden Bewegung ebenfalls dazu ein, Platz zu nehmen. »Mach dir keine Sorgen um deinen Hansi. Er hat ja noch weitere fünf Finger, ist also fast nichts passiert. Weißt du, was mir besonders Freude an meiner jetzigen Tätigkeit macht? Ich bin ausschließlich dem Präsidenten verpflichtet. Unsere Tätigkeit ist so geheim, dass es nicht mal Papierkram gibt und wir nur mündlich berichten müssen. Was denkst du, was ich mit diesem Kollegen an meiner Seite sonst alles zu schreiben hätte? Aber jetzt zu uns. Hatte ich schon erwähnt, dass wir schlecht gelaunt und müde sind und nach Hause wollen? Ich hatte mich so darauf gefreut, mit dir zu reden, alter Freund. Aber ich verliere langsam die Geduld und werde die Befragung an meinen Kollegen übergeben. Ich mache das nicht oft, da die meisten nicht mehr deutlich reden konnten, nachdem er sie befragt hatte und die Antworten nur zögernd oder nicht im gewünschten Umfang gekommen waren. Ich tu mir dann beim Mitschreiben immer so schwer, verstehst du?«

Andi war kein Held. Er war niemand, der sich gerne schlug oder gewohnt war Schläge einzustecken bei Auseinandersetzungen. Er war niemand der mit den Fäusten oder dem Messer umgehen konnte. Er konnte mit Karten umgehen, war ein Betrüger. Ein *Hendldieb*, wie man diese kleinen Gauner im Kollegenkreis nannte. Nagy kannte da andere Kaliber von Betrügern. Er war damals dabei gewesen, als etwa *Viktor Lustig* einvernommen worden war - ein gebildeter Mann von Welt, der jedem alles einreden konnte mit Plänen, die wie ein Uhrwerk funktionierten und bis ins letzte Detail ausgearbeitet worden waren. Die gesamte Kriminalabteilung hatte Respekt vor Lustig gehabt und dessen Einvernahme war Gesprächsthema für Wochen gewesen. Aber Schuster war nur ein kleiner Fisch. Das war damals schon so und es wäre seltsam, wenn sich das geändert hätte. Dieser Trottel ließ sich sogar diese haarsträubende Geschichte einreden von der geheimsten Geheimpolizei überhaupt. Nagy war schon gespannt, was Schuster zu erzählen hatte.

»Also Andi. Alles was du erzählst, bleibt unter uns. Es gibt nichts Schriftliches und der Präsident, sofern jemand von deinem Odinistenverein ihn persönlich kennt, wird abstreiten, dass es uns gibt oder diesen Besuch gegeben hat. Es kann deinem Freund Hansi daher gar nichts zugestoßen sein, weil wir ja gar nicht existieren. Ich habe noch einige andere Fragen an dich. Wenn wir uns beeilen, kannst du in zehn Minuten gemeinsam mit deinem Freund euer Frühstück essen.

Vielleicht wirst du ihn füttern müssen, weil er sein Kaffeehäferl nicht selber halten kann und statt eines Brotes wäre eine *Eierspeis* besser. Ihm fehlen ein paar Zähne, er wird sich also mit dem Beißen schwertun. Aber sonst wird alles so sein, als wären wir nie da gewesen. Du bist zufrieden. Wir sind zufrieden. So bleibt unsere langjährige Freundschaft erhalten. Alles klar?« Schuster nickte. »Aber«, Nagy hob den Zeigefinger der rechten Hand, »wenn du uns anlügst, bin ich dir böse und rede mit dir nichts mehr. Denn dann hast du unsere Freundschaft mit Füßen getreten. Dann schicke ich meinen Kollegen hier her, um nochmals nachzufragen. Dann greift aber am nächsten Tag deine Zahnbürste genauso in Leere, wie bei Hansi.«

Den Blick Schusters auf den wimmernden und blutenden Hansi, der dessen Angst widerspiegelte, fand Nagy einfach köstlich. Während seiner Zeit als Polizist war Nagy immer korrekt gewesen. Aber da hatte er auch keinen Fall zu bearbeiten, bei dem er bereits das zweite Mal umgebracht werden sollte. Vielleicht hatte der Krieg einen anderen Menschen aus ihm gemacht. Oder war es der Umstand, dass er nicht mehr bei der Polizei war, dass er an diese Vorschriften nicht mehr gebunden war? Nagy wusste es nicht. Es war ihm in diesem Moment auch egal.

Hansi war inzwischen vor Schmerzen ohnmächtig geworden und saß nur mehr deshalb auf dem Boden, weil seine Hand immer noch von Marek gehalten wurde. Schuster hatte Angst. Nagy bemerkte, dass Schuster im Kindesalter gestottert haben musste. Das kam jetzt wieder hervor.

Schuster stotterte, dass er kaum ein Wort heraus brachte. Bemerkenswert, fand Nagy, Schuster hatte nicht mal bei der Einvernahme damals gestottert.

Schuster erzählte – zwar etwas unverständlich aber doch – alles, was Nagy wissen wollte. Die Vorstellung von der arbeitslosen Zahnbürste wirkte offenbar Wunder bei dem Taschenspieler.

Die Odinisten waren eine Erfindung von jemanden, der sich nie persönlich bei Schuster meldete. Er war nur dessen Hampelmann im Vordergrund. Er spielte den großen Druiden und erzählte den Leuten, was eben diese Leute hören wollten und von diesem großen Unbekannten vorgegeben wurde. Schuster wunderte sich gar nicht, dass Nagy einige Details zu den Treffen kannte. Offenbar war dies in seiner Realität logisch, dass eine ganz geheime Geheimpolizei über solche Sachen Bescheid wusste.

Er hatte seinen Auftraggeber nie gesehen, aber dieser Kerl musste Geld wie Heu haben. Er zahlte ihm die Wohnung, bezahlte die servierenden Mädchen, organisierte das Buffet, den Saal, die Einladungen und die Musik. Einfach alles.

Mitzi hatte auch serviert. Sie wurde abgeholt und wieder fortgebracht. Mehrfach wurde sie auch versteigert. Irgendwann kam sie nicht mehr.

Marek hatte Nagy dann mehrfach gebeten auch nachfragen zu dürfen.

Aber Nagy wollte nicht, dass Marek nach der Information, die sie über Mitzi erhalten hatten, etwas zu fest zuschlägt und Schuster dadurch dann nicht mehr für Befragungen zur Verfügung stehen könnte oder sie gar eine Leiche zurücklassen müssten.

So versprach er Marek, dass er, falls etwas unklar ausgedrückt worden wäre, dieser die Befragung zu einem anderen Zeitpunkt fortsetzen dürfte.

Nagy verabschiedete sich jovial und freundlich von Schuster und beauftragte ihn, niemanden etwas von seinem Besuch zu sagen. Hansi wurde von Marek mit einigen Watschen aus der Ohnmacht geweckt. Mit der Empfehlung, mit niemanden zu sprechen und sofort die Stadt zu verlassen, verwies er Hansi mit einem Fußtritt in den Hintern der Wohnung.

Es war Zeit zu schlafen, Kraft zu sammeln und die Kleidung zu wechseln. Auf dem Weg nach unten sah Marek ihn staunend an: »Bist du wirklich von der ganz geheimen Geheimpolizei?« Nagy lachte auf und blickte dann ernst zurück: »Überlege doch mal. Dürfte ich es dir sagen, wenn es so wäre?« Das staunende Gesicht Mareks ließ ihn auflachen: »Nein, natürlich nicht. Aber es ist doch schön einen *Schlawiner*, wie dieser Schuster einer ist, auszutricksen. Und dir hat das amtshandeln als Kieberer auch richtig gut getan, oder?«

Kapitel 11

Sie waren zu dritt bei Marek verabredet, um den gestrigen Abend zu besprechen. Als Nagy Mareks Geschäft betrat und diesen sah, erstarrte er augenblicklich. Marek stand zuckend, wie von Stromstößen gepeinigt und mit irrem, angespannten Gesichtsausdruck in seinem Geschäft. Es schüttelte Marek am ganzen Körper. Er beugte sich zurück, sein ganzer Körper war in Zuckungen verfallen. Nagy hatte Angst, Marek könnte auf den Boden fallen und sich am Kopf verletzen. Gift! Das war der erste Gedanke Nagys. Marek musste vergiftet worden sein. Wenn Marek Epileptiker gewesen wäre, hätte Nagy doch davon gewusst. Nagy lief zu Marek, obwohl ihm bewusst war, dass er mit seinen Kriegsverletzungen Marek unmöglich auffangen oder halten könnte, falls dieser in diesem Zustand stürzte. Wenn Marek etwas passieren sollte, könnte er die Ermittlungen unmöglich fortführen. Er war angewiesen auf Marek und dessen Gesundheit. »Marek!« Marek reagiert auf das Schreien Nagys nicht. »Marek! Was ist los?«, rief Nagy und fasste Marek an der Schulter. Marek war mit einem Moment ganz ruhig, blickte Nagy an und sagte: »Nichts, alles in Ordnung, mein Freund. Ich tanze diesen Schu.., Schu..., oder so ähnlich. Weiß ich doch nicht, wie der heißt.« Dabei zeigte Marek auf das Radio, welches im Geschäft stand. Im Radio wurde ein Shimmy gespielt, der gleiche, den die Kapelle am Vorabend gespielt hatte. Nagy wusste nicht, ob er erleichtert sein sollte oder ob er in Betracht ziehen wollte, Marek eine runterzuhauen.

Marek dürfte dieses Fest sehr beeindruckt haben. Ob er von der Musik so begeistert war oder von den Begleiterinnen der anwesenden Gäste, die bei dem Tanz ihre *kleinen Gspaslaberl* schüttelten, dass man jeden Moment erwartete, sie fielen ihnen aus dem Ausschnitt, konnte Nagy nur vermuten. Aber dem Gesichtsausdruck Mareks nach, den dieser gestern Nacht bei den nackten Mädchen und den Tänzerinnen zeigte, fand Nagy die letztere Vermutung wahrscheinlicher.

»Marek. Du hast mir Angst gemacht.« Marek schaute ihn unschuldig an: »Warum denn?«

Nagy war froh, dass Weberknecht jetzt in das Geschäft kam. Dadurch konnte er das Thema wechseln. Nagy murmelte leise: »Da macht ein Hauch mich von Verfall erzittern. Die Amsel klagt in den entlaubten Zweigen. Es schwankt der rote Wein an rostigen Gittern.«, was ihm einen wundersamen Blick von Marek einbrachte.

Die drei Männer zogen sich in den hinteren Raum des Geschäftes zurück. Wenn Kunden kamen, bekämen sie das durch die Glocke an der Eingangstür mit.

Nagy brachte Weberknecht auf den neuesten Stand. Weberknecht schien zufrieden zu sein.

»Also, so wie ich die Sache einschätze«, begann Weberknecht seinen Senf dazuzugeben, »ist da etwas Großes am Werk. Ich finde für euch heraus, wer hinter dieser Druidennummer steckt. Wegener hat aber definitiv mit dem Verschwinden Mitzis zu tun. Ich bin überzeugt davon. Er ärgerte sich oft, weil sie ihn abwies. Er überschätzte seinen Charme, unsere Beziehung hielten wir geheim.« Weberknecht schenkte sich ein Bier ein und erzählte weiter: »Wegener traf sich gestern heimlich mit jemanden. Den Namen finde ich noch heraus. Ich habe diesen Kerl noch nie gesehen. Aber ich konnte hören, wie der Name Mitzi fiel. Die haben sie definitiv verschwinden lassen.«

Nagy, kratzte sich am Kopf. Irgendetwas passte nicht zusammen und ließ seine Alarmglocken läuten. Er konnte aber nicht sagen, was. Da war so ein Gefühl, das er nicht einordnen konnte. Von dem er nicht sagen konnte, wie er es begründen konnte. »Gibt es noch was, was du uns sagen solltest, Richard?« Der Angesprochene grinste ihn schief an: »Nein, warum? Ich melde mich auf alle Fälle heute noch mit dem erforderlichen Namen.«

Marek wendete ein: »Wir verschwenden viel zu viel Zeit. Wir gehen zu Wegener, ich frage ihn, was sie mit Mitzi gemacht haben und wo wir sie finden. Notfalls breche ich ihm erst alle Finger. Oder ich schneide sie ihm nach der Reihe ab.

Wenn er dann noch nicht gesprochen hat, fallen mir sicher noch einige Dinge zum Brechen oder Abschneiden ein. Mitzi stirbt, wenn wir sie nicht rechtzeitig finden.«

Weberknecht nickte: »Ganz gute Idee! Wir rollen die Sache vom Wegener her auf. Ich glaube, da geht es um Mädchenhandel. Wenn wir die Sache falsch herum angehen, warnen wir die Mädchenhändler vor.« Marek schaute erschrocken zu Nagy: »Mädchenhandel? Was zum Teufel ist Mädchenhandel? Was meint er damit? Was haben die mit meiner Mitzi gemacht?«

Nagy erklärte sachlich: »Mädchenhändler werben Mädchen etwa mit Stellenanzeigen an. Dann nehmen sie sie gefangen und verkaufen sie an Bordelle, entweder hier in Österreich oder im Ausland, sogar in Übersee. Das ist gerade jetzt in Wien ein riesiges Problem. Wir haben deswegen seit den 70er-Jahren internationale Verträge mit allen möglichen Staaten, um dem Thema Herr werden zu können.«

Weberknecht sprang auf: »Mitzi ist definitiv Primaware. Die wird sicher bald nach Konstantinopel oder was weiß ich wohin verschifft. Und du«, Weberknecht zeigte auf Nagy, »bringst hier gar nichts weiter. Bis du *überzuckert* hast, worum es geht, ist Mitzi unwiederbringlich fort. Marek, komm. Wenn Nárcisz nicht will, suchen wir sie alleine. Ich hab schon eine Idee, wohin wir gehen können. Es gibt einige Leute zu befragen. Du hast recht. Es ist sehr gut, wenn wir mit Wegener anfangen. Wir müssen nur dafür sorgen, dass er anschließend niemanden warnen kann. Hilf mir, unsere Mitzi zu finden.

Deines Enkelkindes wegen und der Mitzi wegen. Wir gehen gleich. Uns läuft die Zeit davon und Nárcisz macht nichts. Er kommt so nicht weiter. Vielleicht hat er sich von denen kaufen lassen und will deswegen nichts unternehmen. Ich komme um vor Angst und wir sitzen gemütlich hier und plaudern, anstatt einige Leute aufzumischen, von denen wir was erfahren können.«

Nagy wusste, dass Mädchenhändler ihre menschliche Ware in Primaware, Sekundaware und Terziaware einteilten. Primaware waren die besonders schönen Mädchen, die immer ins Ausland gebracht wurden, weil der beste Preis erzielt werden konnte. Die Terziaware fand sich in den Billigbordellen in Wien und Umgebung wieder, zwischen stinkenden, besoffenen, syphiliskranken Freiern mit ungeputzten, kaputten Zähnen auf dreckigen Matratzen, die mit Läusen und Wanzen verseucht waren. Nagy wusste um diese Einteilung, da er diese Begriffe aus seiner Zeit bei der Polizei kannte. Aber warum war Weberknecht mit diesen Bezeichnungen vertraut?

Für Nagy passte das alles nicht zusammen. So lange würbe kein Händlerring ein Mädchen an. Das wäre zu aufwendig und zu teuer. Diese Mädchenhändlerringe schalten Annoncen für Zimmermädchen und Tänzerinnen in Tageszeitungen. Gerade in diesen Zeiten melden sich zahlreiche Mädchen, die dann spätestens eine Woche später in einem Bordell ihr Geld verdienen müssen.

Außerdem erschien ihm das Getue Weberknechts als übertrieben theatralisch.

Marek stand auf: »Gute Idee, Richard. Wir machen das gemeinsam. Wir müssen endlich was unternehmen, anstatt hier herumzusitzen. Holen wir Mitzi da raus. Wohin gehen wir, Richard?«

»Marek, du Idiot! Merkst du nicht, dass Richard ein falsches Spiel spielt? Er will uns gegeneinander ausspielen.« Marek schüttelte den Kopf: »Nein Nárcisz, ich glaube dem Richard. Wir müssen was unternehmen. Und läuft die Zeit davon. Entweder du kommst mit oder wir machen das alleine. Verlass das Geschäft, ich sperre gleich zu.«

»Marek«, rief Nagy, der ein ganz schlechtes Gefühl dabei hatte, seinen Freund gehen zu lassen, »bleib bitte!« Marek schüttelte den Kopf. Er blickte zu Boden. Tonlos sagte er, ohne Nagy anzuschauen: »Ich hab mir wohl zu viel erwartet von dir. Es geht mir zu langsam. Richard hatte Recht. Wir müssen endlich handeln. Dieses ständige Taktieren in aller Ruhe bringt uns nicht weiter. Deine Art, diese Sache anzugehen dauert mir zu lange. Es ist nicht so, dass ich dir misstraue. Aber ich halte es nicht aus, zu wissen, dass Mitzi in Gefahr ist und wir währenddessen hier einfach nur herumsitzen.«

Nagy rang mit sich. Marek aufzuhalten war nicht möglich. Er wusste, sobald sich der etwas in seinen riesigen Schädel gesetzt hat, konnte ihn nichts mehr aufhalten. Mitzukommen, um das zu unternehmen, was Weberknecht, der ihm grinsend gegenübersaß und jetzt gar nicht mehr so besorgt aussah, wollte, erschien ihm nicht ratsam. Konnte er Marek in sein Unglück laufen lassen?

Im besten Fall benutzte Weberknecht Marek für seine Zwecke. Aber wofür? Warum zog Weberknecht dieses Schauspiel ab? Er nahm Weberknecht diese Geschichte, die dieser auftischte, nicht ab. Er würde ihn gerne etwas näher befragen. Notfalls mit der Unterstützung Mareks. Aber Marek war von Weberknecht nun beeinflusst und umgedreht worden.

Nagy wurde wütend. Er hatte gedacht, dass Marek darauf vertraut hatte, wie er diese Sache angegangen war. Deswegen hatte ihn Marek um Hilfe gebeten. Er hatte sich für Marek weit aus dem Fenster gelehnt, war zweimal fast ermordet worden wegen Marek und dessen Mitzi. Marek hatte ihn genötigt, mitzukommen und nach Mitzi zu suchen. Wenn Marek nun nicht mehr wollte, dann war es auch in Ordnung. Marek war erwachsen und konnte selbst entscheiden, was er wollte. Nagy war müde. Er war ausgelaugt. Die ständigen Schmerzen, die Anstrengungen, alles war ihm zu viel. Sollte Marek doch mit Weberknecht gehen. Für ihn war die Sache vorbei. Nagy wollte nach Hause. Lieber suchte er in der Lobau einen seiner Lieblingsplätze auf, wo er sich der Einsamkeit hingeben konnte. Dort musste er niemanden sehen. Brauchte sich nicht mit Menschen und ihren unlogischen Verhaltensweisen auseinandersetzen. Er könnte in der Natur schlafen. Einfach nur schlafen. Doch zu allem Überfluss begann es nun auch noch zu schütten.

»Ich habe ein ganz schlechtes Gefühl bei der Sache.«, sagte Nagy und legte Marek seine Hand auf die Schulter. »Ich auch«, antwortete Marek, »aber ich muss es tun«

Die beiden umarmten einander, als wäre es ein Abschied für immer.

Während die beiden Männer Mitzi retten gingen – zumindest glaubte Marek das – stellte Nagy seinen Kragen auf und schleppte sich im Regen nach Hause.

Er merkte erst jetzt, wie unglaublich müde er war. Er war noch nicht mal bei er Straßenbahnstation angekommen und schon komplett durchnässt.

Vor seinem Haus wurde er schon erwartet. »Meine Verehrung, Herr Rittmeister. Alter Freund, was führt dich den Weg von der Polizeidirektion hier her zu mir?« Norbert Huber schaute ihn ernst an: »Suchst du immer noch nach Frau Maria Nowotny? Sie ist gefunden worden. Die Streife konnte Herrn Nowotny leider nicht antreffen. Ist er bei dir?«

Kapitel 12

Nagy bat seinen alten Kollegen herein. Der Rittmeister musste seine Abscheu über diese herunter gekommene, ungepflegte und schmutzige Wohnung verbergen. So kannte er seinen Ex-Kollegen gar nicht.

Maria Nowotny war tatsächlich gefunden worden. Allerdings nicht in Alexandria oder in Übersee, sondern in Wien. Im *grünen Prater*. Ein Spaziergänger, dessen Hund plötzlich zwischen den Büschen verschwunden war und dort wie wild zu graben begonnen hatte, war auf ihre Leiche gestoßen. Die Ergebnisse der Obduktion standen noch aus. Doch die Wunde an ihrem Kopf ließ nicht viele Vermutungen offen. Der Form der Wunde nach vermutete man einen Totschläger. Da nach der Weisung Trattenbachs alle Ermittlungen eingestellt worden waren, gab es keinerlei Hinweise auf einen Täter. Da über Mordfälle jedoch an das Ministerium berichtet werden musste, war Trattenbach informiert und ersuchte kommentarlos um laufende Berichterstattung.

Nagy setzte seinen ehemaligen Kollegen in Kurzform darüber in Kenntnis darüber, was er inzwischen herausgefunden hatte.

»Wir müssen sofort zu Marek. Er besucht jetzt gemeinsam mit Weberknecht Wegener. Ich befürchte das Schlimmste.«

Die beiden Männer machten sich sofort auf den Weg. Als sie zu Wegeners Adresse kamen, war die Wohnungstür angelehnt aber nicht verschlossen. Der Polizeirittmeister zog seine Waffe und sie betraten die Wohnung, vorsichtig und unter Bedachtnahme auf die Eigensicherung, wie es so schön gespreizt im Amtsdeutsch heißt. Sie fanden sowohl Wegener als auch Marek tot im Wohnzimmer auf. Wegener hatte auf dem Hinterkopf zwei tiefe Wunden. Es war ihm der Schädel eingeschlagen worden. Nagy vermutete, dass diese Wunden durch jenen improvisierten Totschläger verursacht worden waren, den er bei Weberknecht gesehen hatte. Zu Marek passte das nicht. Der hätte niemanden von hinten nieder geschlagen. Das hatte er nicht nötig.

Marek war mit einem Kopfschuss niedergestreckt worden. Wegeners 7,65er lag neben seiner Leiche. Auf Weberknecht gab es keine Hinweise. In Mareks Hand befand sich ein Hammer, der keine Blutspuren aufwies und nicht so recht zu den Wunden zu passen schien.

Nagy machte dieser Anblick sehr zu schaffen. Er hätte sich mehr anstrengen müssen, um Marek zurückzuhalten. Er hätte irgendwas unternehmen müssen, um ihn zu überzeugen.

Er wollte es sich nicht eingestehen, aber er hatte Marek gern. Er mochte diesen naiven Teddybären. Marek hatte das Herz am rechten Fleck. Jetzt war er tot.

Nagy reagierte, wie immer in solchen Situationen, mit Sarkasmus. Dadurch schaffte er sich eine innerliche Distanz zu dem, was ihm sonst zu nahe gehen könnte: »Eine wunderschöne Inszenierung. Fast wie im Burgtheater, findest du nicht?«

Auch Huber merkte, dass hier einiges nicht stimmte. Die beiden Männer waren sofort in ihrem Arbeitsmodus, wie sie ihn vor Jahren gemeinsam viele Dienste lang gelebt hatten. Huber schüttelte den Kopf: »Also im Burgtheater hätte man einen Requisiteur, der eine Tatwaffe ohne Blutspuren hinlegt, gefeuert. Ich ruf die Kollegen für die Spurensicherung. Du verschwindest jetzt sicherheitshalber. Die Sache stinkt. Wie ein riesiger Haufen Hundescheiße. Von einem sehr großen Hund. Mit Darmproblemen. Ich will dich da nicht in Gefahr bringen.«

Nagy ging nach Hause. Er nahm sich eine neue Flasche Obstler aus dem Kasten. Nachdem er für sich und den verstorbenen Marek jeweils ein Stamperl auf den Tisch gestellt hatte, trank er zu Ehren seines ermordeten Freundes abwechselnd beide Gläser leer, füllte nach und wiederholte das Ritual in kurzen Abständen. Die letzten Tage zogen an seinem geistigen Auge vorbei. Er dachte an die Abneigung, die er gegen Marek hatte und die dieser nicht verstehen konnte. Wie sich diese Feindseligkeit immer mehr wandelte und tatsächlich so etwas wie eine Freundschaft entstand.

Freundschaft war ein Wort, das Nagy selten verwendete. Er hatte keine Freunde. Er war Einzelgänger und misstraute allen. Marek war es mit seiner naiven, ehrlichen und direkten Art irgendwie gelungen, seine Mauer der Ablehnung zu durchbrechen. Marek hatte es sich hart verdient, dass er sich seinetwegen besoff.

Mittlerweile war es dunkel geworden und die Flasche nur mehr halbvoll. Eine Hand legte sich auf die Schulter Nagys. »Servus Richard. Bringst mich jetzt auch um? Mach schnell. Ich habe auf dich gewartet.«

Ein Lachen ertönte: »Ich bin es, der Norbert. Ich will dich nicht umbringen. Du stinkst nach Schnaps wie eine Sau. Ich habe nicht viel Zeit. Ich muss mit dir sprechen.« Norbert kam um ihn herum, nahm sich einen Sessel und setzte sich. »Die Tür stand offen. Du bist ganz schön unvorsichtig. Stell dir vor, noch bevor die Ergebnisse der Spurensicherung da waren, hatte ich zwei Schreiben des Ministeriums am Schreibtisch.« Nagy kniff ein Auge zu, damit er Norbert nicht doppelt vor sich sah: »Trattenbach?« Der Kriminalist klatschte in die Hände und zeigte mit beiden Zeigefingern auf Nagy: »100 Punkte! Die erste Weisung betrifft die Maria Nowotny. So ganz nebenbei. Der Obduktionsbefund braucht noch ein paar Tage. Aber mündlich vorweg erfuhr ich, dass sie nicht schwanger gewesen ist. Aber zu Trattenbach. Wir sollen in diesem Fall im Prostitutionsmilieu recherchieren. Irgendwelche Hinweise, die nicht bekannt gegeben werden können, legen den Verdacht nahe. Zuhälter und Prostitution, Gewalttat durch Freier und bla, bla, bla.«

Nagy nickte: »Wir glauben beide nicht, dass das irgendwas mit Zuhältern zu tun hat, oder?« Huber stimmte zu und seine Wut war ihm anzusehen. Trotz der Jahre im Polizeidienst war in ihm offenbar immer noch ein Minimum an Gerechtigkeitssinn vorhanden. Nagy fühlte sich zurückversetzt in die Zeit, als er selbst noch Dienst machte mit Norbert und dieser noch kein Offizier gewesen war. Wie oft hatten sie Diskussionen über die Einflussnahmen von oben. Wenn es darauf ankam, hatte Norbert aber meist den Mund gehalten. Er hob das Glas: »Auf alte Zeiten.« Huber, der den Zusammenhang mit dem, was er gerade sagte, überhaupt nicht verstand, schlug ihm wütend das Glas aus der Hand, welches an der Wand zersplitterte. »Hör jetzt auf zu saufen! Das ist nicht mitanzusehen… Das zweite Schreiben betrifft die Stiftgasse. Laut Innenministerium sind keine weiteren Erhebungen durchzuführen. Die beiden haben sich offensichtlich, gegenseitig umgebracht. Beide Täter tot. Verfahren tot. Alles in Ordnung. Also laut Bericht schoss der Wegener dem Marek in den Schädel. Wir haben beide genug Kopfschüsse gesehen, um zu wissen, dass Marek sofort tot war. Nach dem Kopfschuss ging Marek dann anschließend um Wegener herum. Schlug ihn dann mit einem Hammer auf den Hinterkopf. Er rührte dort mit dem Hammer um, damit man nicht feststellen konnte, dass es ein Hammer ist, ging dann zurück und legte sich hin. Aber nicht ohne vorher den Hammer zu säubern. Ganz logisch, ganz logisch!« Huber wurde laut und schlug mit der Faust auf den Tisch: »Zum Scheißen ist das!«

Nagy zuckte mit den Schultern: »Was geht mich das an? Ich bin kein Kieberer mehr. Marek ist tot. Ich habe nur seinetwegen ein wenig recherchiert. Ich trinke jetzt die restliche halbe Flasche auf Marek. Morgen pflege ich meine Kopfschmerzen und muss nicht mehr an diese ganze Scheiße, die hier passiert denken. Ich bin aus der Sache raus. Mit deinen Vorgesetzten musst du selbst fertig werden.«

Huber schüttelte den Kopf: »Belügst du dich oder versuchst du, mich zu belügen? Du hast in ein Wespennest gestochen und die Wespenkönigin persönlich ist sauer auf dich. Ich kann offiziell nichts machen. Offiziell nicht. Aber wenn du nichts machts, dann finde ich dich in den nächsten Tagen tot in deiner Wohnung. Oder nach einem Fenstersturz draußen am *Trottoir*. Wenn ich Glück habe, gibts wieder eine Weisung. Wenn nicht, hab ich viel Arbeit mit dir. Das wollen wir doch beide nicht, oder? Du kannst mir alten Kollegen doch nicht mit Arbeit drohen, oder?« Dabei grinste er schief. »Nárcisz du bist in Gefahr. Ich bin überzeugt, wenn du nicht untertauchst, dann bist du binnen zwei, drei Tagen tot. Wenn du untertauchst, dann gebe ich dir, realistisch betrachtet, eine Woche. Die finden dich.«

Nagy sah ihn stumpf an: »Wer sind die?« Huber schüttelte resigniert den Kopf: »Ich weiß es nicht. Ich weiß es wirklich nicht. Aber was ich weiß, ist, dass sie mächtig sind. Viel zu mächtig für mich. Viel zu mächtig für die Polizei. Das stinkt mir. Nagy, hilf mir. Ich versorge dich mit Informationen. Ich besorge dir eine Unterkunft.

Nimm dir alles mit, was du brauchst. Ich bringe dich weg. Wenn du deinen Rausch ausgeschlafen hast, kannst immer noch entscheiden. Wir reden dann darüber.«

Nagy räumte seine Notizbücher, die er mit Details über diesen Fall vollgeschrieben hatte, ein wenig Kleidung, Rasierzeug und was ihm in der Eile sonst noch einfiel in einen Koffer. Sie ließen das Licht brennen und Huber brachte ihn weg. Nagy fand die Vorstellung, endlich das nachholen zu können, was ihm damals Schützengraben durch das Einschreiten Mareks versagt geblieben war, durchaus erstrebenswert und war in seiner Entscheidung mitzukommen nicht sicher. Aber Norbert duldete keinen Widerspruch. Huber war es auch, der darauf achtete, dass sie niemand verfolgte, während Nagy nur apathisch neben ihm her ging. Nagy war inzwischen alles egal.

Als Nagy mit dröhnendem Kopf aufwachte, musste er sich erst mal umsehen, wo er war. Huber hatte ihn zu einer Prostituierten gebracht. Huber hatte sie erwischt, als sie in einem Durchhaus von einem Kunden verprügelt worden war. Sie war nicht als Prostituierte registriert und wurde daher nicht regelmäßig vom Amtsarzt untersucht. Auch wenn es in Wien mehr illegale als registrierte Huren gab, gab es die Anweisung, streng gegen illegale Prostitution vorzugehen, da diese die Volksgesundheit gefährdete. Als Huber damals erfuhr, dass der Mann der besagten Dame im Krieg gefallen war, ihr nichts als Schulden hinterlassen hatte und es zwei Kinder zu versorgen gab, ließ er sie laufen. Sie versprach ihm damals, sich zu revanchieren, falls er eines Tages etwas brauchen sollte.

Sie hatte zwar an ein Dankeschön in der Waagrechten gedacht. Aber sie war ihm dankbar genug, um ihm auch in dieser Situation zu helfen.

Die Frau saß nun an Nagys Bett. Sie wirkte verbraucht. Er schätze sie auf etwa 35 Jahre. Aber sie sah deutlich älter aus. Sie grinste ihn an: »Na, schon wach? Sie haben mir die Wohnung ganz schön vollgekotzt in der Nacht.« Nagy, sah sie leidend an: »Bitte, bitte nicht so laut.« Langsam kam seine Erinnerung an den letzten Abend wieder. Er würde warten, bis Huber kam und dann in seine Wohnung zurückkehren. Er konnte sich nicht ewig verstecken. Nur ein wenig ausruhen wollte er sich. Er musste sich nur überlegen, wie er Norbert dies erklären sollte. Vielleicht wurde die ganze Sache ja auch übertrieben und war bereits erledigt.

Kapitel 13

Am Abend besuchte ihn Huber. »Tut mir leid, alter Freund, ich hatte noch einen etwas größeren Einsatz. Ich war im Raimundhof.« Nagy sah ihn erstaunt an: »Bei mir?« Huber nickte. »Abermals 100 Punkte. Wir könnten auftreten und Geld gewinnen mit dir als Rätselmeister. Du hattest heute gegen 6:00 Uhr einen Innenarchitekten bei dir, der die Wohnung mit mehreren Stielhandgranaten M16 umgestaltet hatte. Dabei starb einer deiner Bettgeher. Die Unterkunft war komplett ausgebrannt. Ein Übergreifen der Flammen auf das restliche Gebäude wurde von der Feuerwehr verhindert. Gott sei Dank wurde die Sache inzwischen aufgeklärt.«

Nagy sah ihn groß an: »Ihr habt die Täter erwischt?« »Nein.«, sagte Huber. »Erwischt direkt noch nicht. Aber wir wissen, wer die Granaten geworfen hat. Du hattest Streit mit deinem Untermieter. Deswegen hast du ihn ermordet, indem du von außen die Granaten in deine Wohnung geworfen hast. Du musst offenbar unglaublich wütend auf ihn gewesen sein, wenn du deine eigene Wohnung in Schutt und Asche legst.

Irgendeine Streiterei wegen Schnaps oder einer Frau oder beidem. Nach dir wird gesucht. Da du, wie diese Sache mit den Granaten zeigt, ausgesprochen gefährlich bist, wird uns der Gebrauch der Schusswaffe nahegelegt. Wissen wir alles durch einen anonymen Hinweis an einen hohen Ministeriumsbeamten.« Nagy nickte: »Trattenbach!« »Donnerwetter«, grinste Norbert, »du bist wirklich ein Rätselmeister. Wie konntest du das erraten?« Norbert lachte bitter auf.

Nagy merkte, wie die Wut in ihm aufstieg: »Du hast leicht lachen. In den letzten paar Tagen wurde mein ganzes Leben zerstört! Zumindest das, was nach dem Krieg übrig war, von meinem Leben. Jetzt ist auch noch mein Ruf im Arsch und ich stehe als Mörder und Brandstifter da. Das war der dritte Mordanschlag binnen weniger Tage. Meine Wohnung ist weg. Ich stehe auf der Straße. Meine Einkünfte durch den möblierten Herren und die Bettgeher sind weg. Ich kann mich nirgends sehen lassen, ohne festgenommen zu werden. Durch die Fahndung komme ich nicht mal an die paar Kronen ran, die mir als Versehrtenrente zustehen.«

Die beiden Männer setzten sich an den Tisch und Anna, so hieß die Prostituierte, brachte Bier. »Anna, wie lange kann Nárcisz hierbleiben?«, fragte Huber. Es war Anna anzumerken, wie sie sich wand. Offenbar wurde ihr die Gefährlichkeit der Situation erst jetzt bewusst. Als Nagy in der Nacht zu ihr gebracht worden war, hatte sie sich gerne dafür revanchiert, dass Huber sie nicht einsperrte und anzeigte.

Der Gefallen schien ihr gering. Jetzt hörte sie, dass es um Mord, um Handgranaten und Verschwörungen ging. Die Angst und die Beklemmung waren ihr anzusehen. Sie hatte Angst um sich und um ihre Kinder.

Als ihr Mann gestorben war, hatte für sie ein Alptraum begonnen. Ein Alptraum, aus dem sie seither nicht erwachte. Irgendwie musste sie sich und ihre Kinder durch diesen Alptraum durchbringen. Wenn sie sich hier einmischte, würde der Alptraum noch schlimmer und bösartiger werden. Aber sie hatte versprochen, sich zu revanchieren. Ihre Kinder wären unversorgt gewesen, wenn Huber sie damals festgenommen hätte. Vielleicht hätte man sie ihr sogar wegen des Lebenswandels weggenommen und in ein Heim gebracht. Dabei prostituierte sie sich nur, damit sie mit ihren Kindern überleben konnte. Aber nun hatte sie Angst. Angst um ihr Leben. Angst um das Leben ihrer Kinder. Während sie den Männern zuhörte, wurde aus dieser Angst eine Panik. Sie wich den Blicken der Männer, die auf ihrem Gesicht ruhten, aus.

Nagy merkte ihre Furcht. Er roch sie fast körperlich. Nagy schüttelte den Kopf: »Nein Norbert, wir dürfen sie nicht in die Sache reinziehen. Es ist zu gefährlich für sie. Das können wir ihr nicht antun. Spätestens morgen bin ich weg. Ich verschwinde, tauche unter. Irgendwohin. Es gibt genug Unterstandslose durch den Krieg und durch die Wohnungsnot. Dann bin ich eben ein Landstreicher. Ich verschwinde aus Wien.

Mein Ungarisch ist immer noch sehr passabel. Vielleicht gehe ich nach Ungarn. Oder nach Italien. Dort ist das Wetter schöner.«

Huber knallte die Faust auf den Tisch: »Das ist doch nicht dieser Nárcisz, den ich kenne! Der Nárcisz, den ich kenne, hätte sich gewehrt, hätte alles daran gesetzt, seinen Ruf wieder herzustellen. Hätte alles unternommen, um diesen Arschlöchern den Arsch so dermaßen aufzureißen, dass sie einen Reißverschluss brauchen, um ihn wieder zuzubekommen. Du bist meine einzige Hoffnung, dass diese Brut ihre Strafe erhält. Mir sind die Hände gebunden. Ich bin dazu verdammt, an meinem Schreibtisch zu sitzen und dabei genau zu wissen, dass ich so angelogen werde, dass sich die Balken biegen. Ich weiß, dass ein Trattenbach im Verhör innerhalb von fünf Minuten zusammenbräche, bei all den Widersprüchen und Lügen. Ich weiß es. Trotzdem kann ich nichts unternehmen und muss zusätzlich noch Weisungen von diesem Flachwixer entgegennehmen.«

Nagy ließ die Schultern hängen. Er sprach leise, fast tonlos: »Du hast recht. Ich bin nicht mehr der Nárcisz von früher. Ich bin nur mehr mit dem Körper zurückgekehrt aus dem Krieg. Ein Teil von mir starb in diesem verdammten Krieg. Ich fühle mich tot. Es ist mir scheißegal, was um mich herum passiert. Ich verschwinde. Es sind noch einige Monate bis zum Winter. Vielleicht überlebe ich den nächsten Winter irgendwo auf der Straße in Budapest, Györ oder sonst wo.

Wenn nicht, ist es mir scheißegal. Ich bin müde. Ich mag nicht mehr. Ich kann nicht mehr.«

Minutenlang herrschte Stille. Die Resignation Nagys lag wie ein drückender Nebel im Raum. Irgendwann nahm Anna Nagy in den Arm. Nagy lehnte seinen Kopf an ihre Schulter und begann zu weinen. Anna streichelte Nagy über den Kopf, wie eine Mutter ihr Kind streichelt. Dieses Gefühl hatte Nagy so lange gesucht. Seine Mutter war viel zu früh gegangen und war nie besonders zärtlich und warmherzig zu ihm gewesen. Es tat so gut. Nagy ließ sich vollkommen fallen und weinte schluchzend wie ein kleines Kind. Es war ihm peinlich, sich so gehen zu lassen. Aber er konnte nichts dagegen tun.

Huber holte sich noch ein Bier, setzte sich und wartete geduldig, bis sich Nagy erholte. Es dauerte endlose Minuten, während denen nur das Schluchzen Nagys zu hören war. Endlich richtete sich Nagy auf, gab Anna einen unschuldigen Kuss auf die Wange. »Entschuldigt, ich wollte mich nicht so gehen lassen. War etwas viel für mich, nicht nur die letzten Tage. Sondern überhaupt.« Norbert schüttelte den Kopf: »Was entschuldigen? Mir ist nichts aufgefallen. Ich habe nicht gesehen, dass du dich irgendwie hättest gehen lassen.«

Nagy brauchte Abstand, ging zum Bett und setzte sich. Er spürte etwas Hartes unter seinem Hintern. Er griff danach und hielt das Mercator Ludwigs in der Hand. Fast hätte er wieder zu heulen begonnen. Das Lederband, mit dem er das Messer um den Hals trug, lag gerissen daneben.

Er hielt das Messer in der Hand und roch wieder den Krieg. Er sah die Augen Ludwigs vor sich. Dieser Ludwig, den er die Nacht davor geliebt hatte. Eine verbotene Liebe, die vom Gesetz mit Zuchthaus bedroht war. Die trotzdem etwas Heiliges an sich hatte. »Ich will dir etwas von mir schenken.«, sagte Ludwig zu ihm. Er liebte es, Ludwig beim Reden zuzusehen. Ludwigs Lippen, die ihm soviel Zärtlichkeit geschenkt hatten, blieben beim Reden immer leicht geschlossen in den Mundwinkeln. Das hatte etwas unglaublich Erotisches. Nagy versank in Ludwigs Blick: »Du hast mir doch so viel geschenkt, letzte Nacht.« Ludwig lachte: »Du tust gerade so, als wäre das ein Opfer für mich gewesen. Ich liebe dich. Es war so wunderschön. Deshalb will ich dir etwas schenken.« Mit diesen Worten gab ihm Wickerl sein Mercator. Dieses Messer hatte Wickerl durch den Krieg begleitet. Es war stark gebraucht und die Klinge hatte Rostflecken und eine Patina. Die Farbe auf den Griffschalen war teilweise zerkratzt. Der materielle Wert war nicht groß. Aber es war ein Werkzeug, das täglich in Gebrauch und unverzichtbar war. Fast jeder Soldat hatte ein solches Messer. »Ludwig, das kannst mir doch nicht schenken. Das brauchst du doch selbst. Dieses Messer ist doch... « Ludwig ließ ihn nicht ausreden und legte seinen Zeigefinger auf Narciszs Lippen: »Gerade deswegen, weil es mir wichtig ist und ich es brauche, will ich es dir schenken. Sonst wäre es kein richtiges Geschenk. Nimm es bitte, es ist mir wirklich wichtig, dass du es hast.« Wenige Stunden später war Ludwig tot.

Nagy hatte wieder zu zittern begonnen, als er in seine inneren Bilder eintauchte. Er wusste nicht, wie lange er so dagesessen hatte mit diesem Messer in der Hand. Wie von fern hörte er Norbert rufen: »Nárcisz, alles in Ordnung?« Als Nagy die Augen öffnete, sah er die besorgten Blicke Norberts und das erschrockene Gesicht Annas. Von den beiden Gesichtern wanderte sein Blick wieder zum Messer, das er traurig anstarrte.

Anna bemerkte offenbar intuitiv, was der Grund seiner Verzweiflung war, auch wenn sie seine Emotionen wegen des gerissenen Lederbandes nicht nachvollziehen konnte. »Nárcisz, ich bringe dir einen Spagat.« Die dünne Schnur, die seines Wissens nach sogar aus Papier bestand, war zwar nicht so stabil wie ein Lederband, aber sie musste fürs Erste reichen.

Nagys Körper richtete sich auf und er zog die Schultern nach hinten. Seine Stimme klang hart: »Genug mit dem Selbstmitleid. Wer auch immer sie sein mögen. Sie haben nicht das Recht dazu. Und es wird Zeit, ihnen das zur Kenntnis zu bringen. Norbert, hast du eine Idee, was wir machen können? Anna, wo ist mein Notizbuch?«

Die nächsten beiden Stunden verbrachten sie damit, sich zu überlegen, wo Nagy unterkommen kann und wie sie gegen Weberknecht und seine Hintermänner vorgehen könnten. Es war ihnen klar, dass Weberknecht nur ein kleines Licht und ein Handlanger war.

»Sag mal, Norbert, kennst du den Salomon Eisenberg?« Huber nickte: »Den Zuhälter?«

Nagy hob den Finger und dozierte mit tiefer, ernster Stimme theatralisch: »Meinen Knecht!«. Sie mussten beide lachen. Mit Faust waren sie während ihrer Schulzeit lange gequält worden. Wenn die verlangten Stellen nicht auswendig rezitiert werden konnten, gab es mit dem Lineal Schläge auf die Handflächen. Nun war die Distanz zum Gymnasium groß genug, um diese Zeit verklärt zu sehen und darüber lachen zu können. Aber diese Zitate und Dialoge konnten sie immer noch auswendig. Auch nach so langer Zeit noch.

»Klar.«, sagte Huber. »Eine ganz große Nummer. Ist noch immer im Geschäft. Einer der Großen in der Wiener Unterwelt. Besonders, was den Strich angeht. Mädchenhandel, Glückspiel. Nachdem du ihm nachgewiesen hast, dass er einen seiner Konkurrenten mit der Beißzange erst alle Finger abgetrennt und anschließend damit die Zähne gezogen hatte, hatte er drei Jahre ausgefasst. Er ist inzwischen wieder draußen und vorsichtiger geworden. Wir haben uns mittlerweile bei unseren Ermittlungen an dem Chirurgen bereits öfters die Zähne ausgebissen.«

Nagy hatte seinen Humor wieder und grinste: »Na immerhin kennst ihn und hast noch alle deine Zähne zum Ausbeißen. Das Glück hatte nicht jeder, der das Vergnügen seiner Bekanntschaft gehabt hatte. Jetzt erinnere ich mich wieder an seinen Spitznamen.

Er war immer recht kreativ, wenn es darum ging, irgendwelche Werkzeuge an irgendwelchen Leuten einzusetzen, die er unsympathisch fand. Aber Spaß beiseite, wo finde ich ihn? Ich brauche seine Akte. Alles, was über ihn bekannt ist.«

Huber blickte Nagy verwundert an: »Was willst vom Eisenberg? Ich denke, du gehörst zum Kreis jener, die er nicht als Sympathieträger empfindet. Willst dich lieber von ihm umbringen lassen als von diesem Pack um Trattenbach herum? Das ist ein Scheißplan, den du da hast.«

Nagy sah Huber ganz ruhig an. Seine Stimme und seine Haltung strahlten Entschlossenheit aus: »Was haben wir zu verlieren? Oder, anders gefragt, siehst du sonst noch Möglichkeiten zu gewinnen? Repetieren wir doch mal die wichtigsten Eckpunkte der Situation. Ich werde von der Polizei gejagt, weil mir Mord und Brandstiftung untergeschoben wurden. Ich werde von diesen Verbrechern gejagt und die Polizei wird mir nicht helfen. Ich brauche Hilfe, da diese Herrenmenschenheinis sehr zahlreich, sehr mächtig und sehr gut vernetzt sind. Ich kann mich nirgendwo verstecken, zumindest nicht für lange. Hab ich irgendwas vergessen?« Huber dachte kurz nach, schüttelte den Kopf: »Ich denke, du hast die Situation ganz gut umrissen.« Nagy hob die Arme und ließ sie wieder fallen: »Also ich brauche Hilfe. Hilfe, von jemanden, der diese Leute hasst, der ebenfalls Angst vor ihnen hat aber stark genug ist, gemeinsam mit mir den Kampf aufzunehmen.

Fällt dir da außer dem Chirurgen noch jemand ein? Hab ich bei diesen Punkten etwas übersehen?«

Huber lachte kurz auf: »Du hast eine Menge übersehen. Eisenberg hasst dich. Du hast ihn ins Gefängnis gebracht. Eisenberg hat wegen deutlich weniger Gründen Leuten die Ohren und Nasen abgeschnitten und sie diese dann essen lassen. Ich musste einen entsprechenden Akt erst vor kurzem als ungeklärt ablegen, weil sich die beiden Betroffenen weigerten, sich an den Vorfall zu erinnern. Also überleg dir mal ein paar Rezepte für deine Ohren und sonstigen vorstehenden Körperteile, wenn du zu ihm gehen möchtest.«

Nagy kam ganz nahe an Hubers Gesicht: »Dann nenne mir eine andere Möglichkeit! Gib mir irgendeine Alternative. Irgendeine.« Huber wirkte resigniert: »Keine Ahnung. Vielleicht fällt mir noch etwas ein. Du sollst nicht überhastet handeln. Lass uns erst einmal ein Versteck finden und dann in Ruhe gemeinsam überlegen.«

Kapitel 14

Nagy saß auf seinem Koffer im Keller eines Abbruchhauses. Huber hatte versprochen, ihm eine andere Unterkunft zu suchen. Aber als vorübergehendes Versteck war das ausreichend. Die alte Holztür, die zu dem Kellerabteil führte, sah nicht vertrauenserweckend aus. Aber sie war zumindest von innen durch einen alten Besenstiel so weit zu sichern, dass Eindringlinge aufgehalten werden konnten. Zumindest, wenn es sich um andere Unterstandslose handeln sollte, die auf der Suche nach einem Unterschlupf waren, sollte dies gut funktionieren.

Wirklich sicher war er hier aber auch nicht. Wenigstens musste er diese Nacht nicht alleine verbringen. Es gab Ratten, Spinnen, Asseln und diverses sonstiges Getier, das er zoologisch nicht genau einordnen konnte. Länger als nötig wollte er hier keinesfalls hausen.

Obwohl in Wien schon lange der Frühling eingezogen war, war es hier unten kalt und feucht. Diese Feuchtigkeit zog sich in die Kleidung. Diese fühlte sich dann unangenehm und schmutzig an.

Der Geruch des Moders war am Anfang schlimm. Inzwischen hatte sich seine Nase an den Geruch gewöhnt und er roch den Schimmel nicht mehr.

Da er keinen Schnaps mitgenommen hatte, konnte er sich weder trösten noch seine Gefühle betäuben. Sogar dieses, in letzter Zeit so wichtig gewordene Werkzeug für seine psychische Ausgeglichenheit war ihm genommen worden. Er wurde dadurch auf sich und seine Gedanken zurückgeworfen.

Er analysierte seine Situation in Ruhe. Neue Erkenntnisse bekam er dadurch nicht. Die Möglichkeiten, aus dieser Situation heil rauszukommen und seinen Ruf wieder herzustellen, vermehrten sich nicht. Er war normalerweise für seine kreativen Ansätze bei Problemlösungen bekannt aber hier gab es einfach zu wenige Optionen. Irgendwann resignierte er und saß nur mehr einsam im Keller auf dem Koffer. Seine Hand griff immer wieder zu dem Messer, das um seinen Hals hing, und seine Gedanken schweiften zu Ludwig.

Er zwang sich trotzdem, nicht in seine Gedankenwelt zu flüchten, die ihn zurück brachte in jene schöne Nacht, in der sie einander liebten und rundherum alles einstürzte. Die Idee mit dem Chirurgen gefiel ihm immer besser. Bei seiner körperlichen Verfassung konnte ihn Eisenberg nicht lange foltern, falls er darauf Wert legen sollte. Also bliebe es ihm erspart, lange Schmerzen zu leiden. Wenn es klappte, hätte er einen Verbündeten mehr. Wenn es nicht klappte, wäre er endlich mit Ludwig vereint.

Er musste lächeln. Einige Male war er knapp davor gewesen und hatte sich bereits darauf gefreut. Damals, gleich nach dem Einschlag der Granate, hatte er fest damit gerechnet, dass es passierte. Auch bei diesem Überfall im Raimundhof war er in Gedanken schon mit Wickerl vereint gewesen. Bei Schuster zu Besuch war es ebenso ganz knapp.

Wenn er mit Huber nicht mitgegangen wäre, dann wäre es bereits vorbei. Die Stielhandgranaten hätten ein schnelles Ende mit ihm gemacht. Sein Ruf wäre außerdem noch intakt. Er müsste sich keine Gedanken mehr über irgendwelche Lösungen aus aussichtslosen Situationen machen, sich nicht mit irgendwelchen Ratten in Kellern die Unterkunft teilen.

Einen anderen Ausweg aus dem Dilemma sah er nicht. Er brauchte Hilfe. Viel Hilfe. Er durfte nicht zulassen, dass man so mit ihm umsprang. Er war keine Spielfigur, die sich hin- und herschieben ließ. Die man schlagen konnte, wie einen Bauern auf dem Schachbrett. Der Bauer schlüge nun zurück. Selbst, wenn er sich mit dem Teufel höchstpersönlich dazu verbünden müsste.

Objektiv betrachtet, war der Chirurg nur wenige Stufen unterhalb des Teufels angesiedelt. Irgendwie graute ihm vor der Begegnung.

Er hatte in seinem Keller sitzend jedes Zeitgefühl verloren. Doch endlich kam Huber und brachte die Akte Eisenbergs. Sie war enorm umfangreich.

Einige wenige aufgeklärte Fälle, viele nicht aufgeklärte Fälle, bei denen er im Verdacht stand, verantwortlich zu sein. Beisl, in denen er sich mit seinen Leuten herumtrieb. Prostituierte, die für ihn auf den Strich gingen. Eisenbergs Leben und Schaffen in konzentrierter Form in einem dicken Aktenordner.

»Norbert, ich brauch noch was von dir. Ich muss wissen, ob irgendwelche Vertrauten Eisenbergs in den, sagen wir mal, vergangenen zwölf Monaten umgebracht wurden oder anderwertig gestorben sind und die Täter unbekannt sind. Aber nur, wenn Eisenberg nicht selbst im Verdacht steht. Außerdem brauche ich eine Schreibmaschine, Amtspapier, Stempelfarbe und noch einige andere Sachen.«

Huber nickte: »Bekommst du morgen in der Früh. Hier hab ich was für dich. Soll dir viele Grüße ausrichten.« Mit diesen Worten reichte er ihm ein *Menagereindl*. Anna hatte für ihn gekocht. Offenbar hatte sie ihn ins Herz geschlossen. Er mochte diese starke Frau. Er bewunderte sie dafür, was sie alles auf sich nahm, um ihre Kinder durch diese verrückte Zeit zu bringen, in der man froh sein musste, wenn sich die Preise der Lebensmittel in einer Woche lediglich verdoppelten. Das *Reisfleisch* schmeckte köstlich. Auch wenn es kalt war und das Fleisch fast nur aus *Flaxen* bestand und sich nicht beißen ließ. Aber der Reis mit dem Gulaschsaft war traumhaft. So etwas Gutes hatte er schon lange nicht mehr gegessen. Er suchte mit seiner Zunge nach den einzelnen Kümmelkörnern im Mund, um diese dann einzeln zerbeißen zu können.

Er liebte diesen Geschmack, wollte sich jedoch nicht die Frage stellen, ob seine Begeisterung für das Essen daran liegen könnte, dass er seit gestern Mittag nichts mehr in den Magen bekommen hatte. Damit wäre er der Fürsorge, die Anna für ihn zeigte, nicht gerecht geworden. Es war ein seltsames Gefühl, dass sich jemand um ihn und sein Wohlergehen sorgte.

Huber riss ihn aus seinen Gedanken: »Die Infos besorge ich dir bis morgen. Ich muss nur vorsichtig sein. Wer weiß, wer bei uns in der Direktion Informationen weitergibt. Siehst du keine andere Möglichkeit als den Chirurgen?«

Nagy schüttelte den Kopf: »Wenn ich eine andere Möglichkeit sehen würde, dann würde ich sie nutzen. Ich habe mir die letzten Stunden den Kopf darüber zerbrochen. Habe diese Situation und die vorhandenen Alternativen von allen Seiten aus betrachtet und alle Optionen bewertet. Ich bin mir nicht sicher, ob ich ein Zusammentreffen mit Eisenberg überleben werde. Aber ich bin mir sicher, dass ich gar nicht überleben werde, wenn ich es nicht versuche. Ich gebe der Wahrscheinlichkeit, dass mein Plan klappt etwa 15 Prozent. Mit ein wenig Optimismus 25 Prozent. Die Wahrscheinlichkeit, dass ich von diesen arischen Deppen binnen zwei Wochen gefunden und umgebracht werde, liegt bei 90 bis 95 Prozent.

Den Sieg über mich und die Genugtuung meinen Ruf zerstört zu haben, mir einen Mord in die Schuhe geschoben zu haben, missgönne ich ihnen zu 100 Prozent. Eine einfache mathematische Kalkulation, meinst nicht?«

Die Nacht in dem feuchten Keller war kalt. An Schlaf war kaum zu denken. Ständig spürte er irgendwelche Viecher über sich hinwegkrabbeln. Er wusste nicht, wie oft dies wirklich geschah und wie oft er es sich einbildete. Er hoffte, dass die Kleidung im Koffer durch die Feuchtigkeit und den muffigen Gestank nicht beeinträchtigt werden würde.

Ab und zu schlief er, auf seinen Koffer sitzend ein. Dabei war er sofort in Albträumen gefangen. Sah den Chirurgen mit einer Zange vor sich, sah Schuster mit seinem Druidengewand, der seinen Gehilfen die Kerzen wegnahm und jedem davon eine Stielhandgranate mit Nagys Bild darauf, übergab. Sah Weberknecht, der seine Socke, die er mit Münzen zum Totschläger umfunktioniert hatte, wusch. Sah, wie Unmengen an Blut aus dem Stoff gewaschen wurde. Sah Trattenbach, der ein Schreiben verfasste, dass der Tod von eine gewissen Herrn Nagy ein Unfall gewesen war und die durchschnittene Kehle daher rührte, weil dieser beim Apfelschälen mit dem Messer abgerutscht war. Sah wie Hansi, der sich in seinem Traum wie ein Balletttänzer bewegte und mit einem Tutu bekleidet war, immer mehr Messer aus verschiedenen Verstecken und Taschen seiner Kleidung zog. Anschließend jonglierte Hansi wie ein Zirkusartist mit den Messern und warf alle Messer nach Nagy.

Zwischendurch wachte Nagy immer wieder auf und kämpfte mit Ratten, Spinnen oder Kellerasseln, die er am Körper spürte oder zumindest zu spüren glaubte. Dann schlief er wieder ein und sah alle Beteiligten rund um sich herum stehen und ihn auslachen.

Als Nagy aufwachte, wusste er nicht, wie lange er geschlafen hatte. Er machte sich in dem Keller auf die Suche nach einer Schüssel und begab sich kurz in den verlassenen, desolaten Innenhof, wo er sich ein wenig Wasser aus einer rostigen Regentonne besorgte – immer vorsichtig und mit Bedacht darauf, von niemanden gesehen zu werden. In seinem Keller zurück packte er seine Rasiersachen aus dem Koffer und rasierte sich. Sein Aussehen war ihm derzeit egal. Aber er wusste, dass er nicht auffallen durfte. Wenn er wie ein Landstreicher wirkte, könnte er die Aufmerksamkeit von irgendwelchen *Sicherheitswachebeamten* erwecken. Auch um in die Nähe von Eisenberg zu kommen und nicht vorher schon von dessen *Bugln* abgewiesen zu werden, musste er sich Respekt einfordern können und nicht auf Mitleid angewiesen sein. Letzteres gab es in diesem Milieu nicht.

Endlich kam Huber mit den benötigten Unterlagen. Damit hatte Nagy Lesestoff, bis er am Abend aus dem Haus ging. Außerdem galt es, einige Sachen vorzubereiten. Gute Vorbereitung war für ihn genauso wichtig wie gute Planung. Er wollte alle Details abrufbar haben. Davon hinge es ab, ob und wie lange er seinen Besuch beim Chirurgen überlebte.

Wie abgemacht hatte Nagy am Abend die Akten an der vereinbarten Stelle versteckt, damit Huber sie holen und anschließend zurückbringen kann. Seinen Koffer mit seinen Habseligkeiten hatte er in einem anderen Teil des Kellers unter alten Brettern deponiert. Falls sie die Akten fänden, hätte Huber schon genug zu erklären. Wenn diese zusammen mit dem Koffer eines gesuchten Mörders entdeckt werden sollten, wäre das für Huber eine Katastrophe. Abgesehen von disziplinären Maßnahmen hätte er dann auch die Aufmerksamkeit Trattenbachs und dessen Herrenmenschendeppen auf sich gezogen. Das musste auf alle Fälle verhindert werden.

Nagy hatte Angst. Die Zeit, sich auf den Weg zu machen, rückte immer näher. Nagy konnte nicht beten. Er war kein gläubiger Mensch. Aber in seinem Inneren sprach er mit Ludwig. Erklärte ihm, was er zu tun gedachte und bat ihm um seine Hilfe aus dem Jenseits. Diese innere Zwiesprache beruhigte ihn ein wenig.

Die Sonne war untergegangen. Der Abend brach an. Nagy verließ das Haus. Sein Ziel war das Café Anzengruber. Die Huren Eisenbergs standen entweder am Naschmarkt oder waren in diesem Lokal zu finden. Das war bekannt. Eisenberg legte Wert darauf, dass alle Mädchen, die für ihn arbeiteten, amtsärztlich registriert wurden. Er wollte der Polizei keine Angriffsfläche bieten.

Die Freier konnten die Mädchen im Café oder am Naschmarkt ansprechen.

Je nach finanziellen Möglichkeiten oder hormoneller Dringlichkeit ging man entweder ins kalte oder warme Hotel. Die Herren ließen es sich also entweder im nächsten Hauseingang oder Durchhaus bedienen oder man leistete sich ein Zimmer im Hotel Drei Kronen. Wenn Eisenberg nicht gerade damit beschäftigt war, mit Zangen, Messern oder anderen Werkzeugen irgendwelche Gesprächspartner zu überzeugen, war er ebenfalls im Anzengruber zu finden. Er passte auf seine Mädchen auf, damit die Freier sie nicht verletzten oder sie zumindest nicht verletzten, ohne sie im Vorhinein entsprechend zu entlohnen. Das Geld floss dann natürlich in seine Börse und ermöglichte ihm ein schönes, unbeschwertes Leben.

Seine Mädchen waren Schläge und Misshandlungen gewohnt. Es war egal, ob sie diese von einem Kunden oder vom Chirurgen selbst erhielten. Wobei der Chirurg professionell genug war, darauf zu achten, dass seine Quälereien keine sichtbaren Verletzungen hervorriefen. Das wäre schlecht fürs Geschäft gewesen. Kunden, die das mit der Sichtbarkeit von Blessuren nicht so genau nahmen, konnten ihre Vorlieben mit entsprechender Entlohnung wieder ausgleichen, um damit den Geschäftsentgang zu kompensieren. Eisenberg war durch und durch Geschäftsmann.

Nagy stand vor dem Café und wimmelte eine etwas unterernährt und ungesund aussehende Hur, die verdächtig hustete, ab.

Sie hatte einiges an Schnaps getankt, wie an der Sprache, ihrem Schwanken und dem Geruch zu erkennen war. Er nahm seinen Mut zusammen und betrat das Lokal. Eisenberg war nicht zu übersehen.

Er residierte im hinteren Bereich gemeinsam mit drei seiner Leute. Obwohl das restliche Café voll war, waren die Tische rund um ihn nicht besetzt. Er wollte ungestört sein.

Eisenberg erkannte Nagy gleich. Eisenbergs Gesicht nahm eine dunkelrote Farbe an und er stand langsam mit aufgerissenen Augen auf. Sein Gesichtsausdruck zeigte eine Mischung aus Wut und Überraschung.

Nagy ging langsam auf die vier Zuhälter zu und versuchte, sich seine Angst nicht anmerken zu lassen. »Habedere Eisenberg. Lange nicht mehr gesehen. Ich darf mich doch setzen?« Mit diesen Worten nahm sich Nagy einen Sessel von einem der freien Tische daneben, stellte ihn zum Tisch Eisenbergs und nahm Platz.

Nagy stellte befriedigt fest, dass der Überraschungsmoment auf seiner Seite war. Nun musste er jedes Wort, jede Bewegung und jede Zuckung im Gesicht unter Kontrolle haben und passend zum Gespräch einsetzen. Wie ein Musiker seine Griffe auf der Geige während einer Symphonie zum richtigen Zeitpunkt abrufen und umsetzen musste. Allerdings hing beim Musiker nicht dessen Leben davon ab. Der riskierte höchstens eine schlechte Kritik in der Zeitung.

»Du traust dich hier her? Hast du einen Grund dafür?

Wieviele Kieberer warten da draußen auf dein Zeichen zum Zugriff? Was willst du überhaupt von mir? Ich habe nichts angestellt.«

Eisenberg gab einem seiner Begleiter einen Wink, der durch den Hinterausgang verschwand und nach einigen Minuten zurück war. Mit erstaunten Gesichtsausdruck schüttelte er den Kopf: »Er ist allein.«

Eisenberg hatte also noch nicht mitbekommen, dass Nagy schon lange nicht mehr bei der Polizei war. Das steigerte seine Wahrscheinlichkeit, dieses Gespräch zu überleben um etwa 10 bis 20 Prozent. Ein Vorteil, den er aber in Kürze aufgeben musste. Den Zeitpunkt galt es sorgfältig zu wählen.

Nagy sah Eisenberg lange an, baute die Spannung noch weiter auf, bevor er sich vorbeugte und sagte: »Ich muss mit dir reden.«

Kapitel 15

Nagy klappte sein Notizbuch auf und legte es zwischen sich und Eisenberg auf den Tisch. Dann nahm er seinen Stift aus dem Sakko. Er begann zu erklären: »Ich werde ein wenig ausholen. Du hast Feinde und Dein Leben ist in Gefahr.« Eisenberg lachte kehlig und amüsiert auf: »Du erzählst mir ganz was Neues. Meinst du das ernst? Seit ich im Geschäft bin, habe ich Feinde und mein Leben ist andauernd in Gefahr.«

»Ich weiß.«, antworte Nagy. »So ernst war es aber noch nie. Außerdem geht es nicht nur um dich, sondern um ganz Österreich. Also *halt deinen Schlapfen* und hör mir zu.« Eisenberg mit dem schon lange niemand so gesprochen hatte, war irritiert genug, um tatsächlich seine Klappe zu halten. Nagy setzte fort: »Eine Organisation ist im Begriff, sowohl die Unterwelt als auch die Republik zu übernehmen. Das betrifft dich direkt.« Nagy malte mehrere Kreise auf diese beiden gegenüberliegenden Seiten in seinem Notizbuch, die er während seiner Ausführungen vollschrieb. Eisenberg war nicht blöd.

So ein Imperium baut man sich nicht lediglich mit Brutalität und Skrupellosigkeit auf und leitet es dann jahrelang, ohne die entsprechende Intelligenz zu besitzen. Nagy wollte die Situation trotzdem in seinem Notizbuch aufzeichnen, damit die Informationen noch eindrucksvoller beim Chirurgen ankommen konnten.

»Also wir haben die Hakenkreuzler. Dann gibt es die Odinisten. Und den deutschen Klub. Da du ein Jud bist, hassen die dich sowieso. Darüber gibt es jetzt eine Organisation, die diese drei Gruppen übernehmen will. Und nicht nur diese Gruppen, sondern gleich unser ganzes Land mitsamt der kompletten Unterwelt. Die haben ihre Leute überall. Sogar in der Justiz und bei der Polizei. Du bist besonders interessant. Du hast die meisten Huren am Strich. Ich erzähl dir ja nichts Neues, was in diesen Zeiten da für Geld drin stecken kann. Halb Europa kommt nach Deutschland und Österreich, um hier zu *pudern*. Durch die Hyperinflation, die wir haben, kostet es diesen Touristen ja quasi nichts. Du legst das Geld dann in Immobilien an, die du vermietest.« »Mach es kurz.«, sagte Eisenberg leise. »Ich finde dich nicht sonderlich amüsant. Du willst mich nur reinlegen. Warum sollte ich der Polizei helfen? Du hast mich eine lange Zeit meines Lebens gekostet. Jede Nacht im *Häfen* hab ich mir überlegt, was ich mit dir machen werde, wenn ich dich in die Finger bekomme.«

»Die Luft hier im Café ist sehr trocken.«, gab Nagy als Kommentar ab. Es ging ihm nicht darum, etwas zu trinken. Wenn Eisenberg jetzt anbiss, dann war er interessiert, mehr zu erfahren.

Wenn er ihn aus dem Cafe werfen ließ, hatte er verloren. In diesem Fall war er aber immer noch ein wenig abgesichert. Immerhin glaubte Eisenberg, er wäre noch bei der Polizei.

Eisenberg winkte den Kellner herbei und Nagy bestellte einen *Gspritzten* und einen großen Braunen. Eine seltsame Mischung. Aber auf den Gspritzten hatte er Lust und den Kaffee brauchte er eventuell als Argument und Requisit.

»Ich bin nicht mehr bei der Polizei.« Eisenstein riss die Augen auf. »Ich bin selbst auf der Flucht. Ich bin diesen Ariern etwas zu nahe getreten. Sie haben mir einige M16 in die Wohnung geworfen. Ich war nicht zu Hause. Einer meiner Untermieter ist dabei gestorben und mir haben sie die Sache in die Schuhe geschoben.«

Eisenberg war mit der Information sichtlich überfordert. Nagy setzte fort: »Die räumen alles aus dem Weg, was ihnen gefährlich werden könnte. Sagt dir der Name Wegener etwas?« Eisenberg nickte: »Ganz große Nummer bei den Hakenkreuzlern.« Nagy antwortete: »War er. Leider war er im Weg und spielte nicht mit. Er wurde umgebracht. Laut Bericht von jemanden, den er kurz vorher in den Kopf geschossen hatte. Dieser schlug ihn dann mit einem Hammer den Schädel ein, reinigte den Hammer, bevor er endgültig verschied, und legte ihn neben sich.« Eisenberg schüttelte den Kopf: »Das glaubt denen doch niemand.«

Nagy lachte kurz auf: »Es gibt ein paar Kieberer, die deswegen einen enorm hohen Blutdruck haben.

Aber was sollen sie unternehmen? Diese frisierten Berichte kommen aus dem Ministerium. Da gibt es keinen Widerspruch, wenn du Karriere machen willst. Die meisten haben Angst.«

»Und was hat das mit mir zu tun?« Nagy zeigte mit dem Bleistift auf ihn: »Du wirst deine Immobilien und was du sonst noch so hast überschreiben. Vermutlich aus Dankbarkeit sogar kostenlos. Danach wirst du, wenn du überlebst, irgendwohin auswandern. Vielleicht nach Ungarn oder Tschechien. Um deinen Laden kümmern sich dann die selbsternannten Herrenmenschen. Du brauchst dir also keine Sorgen zu machen, dass deine Mädchen arbeitslos werden. Deine Leute in der Organisation werden sich entweder an die neuen Chefs gewöhnen müssen oder einen zufälligen Unfall haben.«

»Niemand!«, rief Eisenberg und schlug mit der Hand auf den Tisch, »Niemand bringt mich dazu, mein Geschäft aufzugeben. Ich habe Jahre gebraucht, um es aufzubauen. Das nimmt mir keiner weg.« Nagy lachte auf: »Meinst du das ernst? Gibt es irgendjemanden, den du nicht überreden könntest? Wie lange brauchst du, bis jemand einen Vertrag unterschreibt und sich für eine längere Reise entschließt?« Nagy warf seinen Kaffeelöffel quer über den Tisch, sodass dieser vor Eisenberg liegen blieb. »Fünf Minuten? Oder zehn, wenn er bockig ist?« Nagy zeigte auf den kleinen Löffel, der jetzt zwischen ihnen auf dem Tisch lag: »Mehr als das brauchst du doch dazu gar nicht, hab ich recht?

Da bekommt die Aufforderung, ein Auge auf den Vertrag zu werfen, gleich eine ganz andere Bedeutung, oder?

Eisenberg stand auf und sagte gefährlich leise und ruhig: »Du drehst mich nicht um.« Nagy war verwirrt, verstand nicht, was der Chirurg damit sagen wollte. Da sprach dieser weiter: »Das sind keine Feinde, das sind Kunden. Die bestellen meine besten Mädchen. Jede Woche. Mindestens zweimal. Sie zahlen gut.« Nagy, der sich wieder gefangen hatte, erwiderte: »In die Herrengasse.« Eisenberg war erstaunt: »Du weißt davon?« »Klar«, Nagy nickte, »und du weißt, dass deine Mädchen dort für die Nacht versteigert werden?« Als Nagy dem Chirurgen die Summen nannte, die dort für seine Mädchen bezahlt wurden, merkte er an der Veränderung von Eisensteins Gesichtsfarbe, dass er das davor nicht gewusst hatte. Der Reaktion nach dürfte Eisenberg nur einen Bruchteil dieses Geldes für seine Mädchen kassieren. Eisenberg schüttelte den Kopf: »Ich glaube dir kein Wort.« Nagy lehnte sich entspannt zurück: »Vielleicht glaubst du dann deinen eigenen Mädchen. Frag die Margot, die war erst vor wenigen Tagen dort.« Ein Blick von Eisenstein zu einem seiner Leute reichte, um diesen in Bewegung zu setzen. Nagy schwieg einige Minuten. Er wollte dem Chirurgen Zeit geben, das Ganze zu verdauen.

Eisenberg starrte auf den Zettel, den Nagy gezeichnet hatte, mit den Kreisen, den Namen und den Verbindungslinien dazwischen. Nach wenigen Minuten kam der Zuhälter wieder. Er nickte Eisenberg zu: »Er sagt die Wahrheit.«

Eisenberg überlegte kurz: »Ich traue dir nicht. Du willst doch nur, dass wir einander gegenseitig ausschalten.

Ich werde mit denen reden müssen, wenn sie mich um Geld bescheißen. Aber es sind trotzdem Kunden. Gute Kunden. Und jetzt verschwinde.«

Nagy blieb sitzen und sagte ruhig: »Eisbach. Aaron Eisbach.« »Was soll mit Eisbach gewesen sein?«, fragte Eisenberg. »Sag du es mir doch«, forderte ihn Nagy auf. »Aaron hatte mit uns gefeiert, ging am Morgen nach Hause und wurde im Suff von einem Auto überfahren. Der Fahrer war vermutlich genauso *im Öl* wie Aaron und beging Fahrerflucht.«, antwortete der Chirurg. Seine Augen waren dabei ohne zu blinzeln, auf Nagy gerichtet. Eisenberg konnte weder einordnen woher Nagy alle diese Informationen besaß noch was er mit der Nennung dieses Namens bezweckte.

»Todesursache waren fünf Messerstichen im Rücken. Seine Hände sind gefesselt worden. Er wurde dann auf die Straße gelegt.« Der Chirurg blickte verdattert. Das mit den Messerstichen und den gefesselten Händen war ihm offenbar neu. Nagy holte einen gerichtlichen Obduktionsbefund, den er zusammengefaltet in seinem Notizblock verwahrt hatte, zwischen den Seiten hervor und reichte ihn Eisenberg, der das Schriftstück genau studierte. Mit vielen medizinischen Fachbegriffen wurde darin das Verbluten wegen der Messerstiche als Todesursache festgehalten und es wurden Abschürfungen an den Handgelenken durch eine vermutete Fesselung erwähnt.

Nagy wusste, dass jeder Mediziner diesen Obduktions-befund sofort als Fälschung erkannt hätte.

Eisenberg war aber keiner. Nagy ließ ihm trotzdem nicht die Zeit, das genauer durchzulesen: »Aaron hätte dich ausliefern sollen. Er hätte dich verraten sollen. Doch er lehnte ab. Der Mörder ist nur ein kleiner Hakenkreuzler, der nicht weiß, worum es tatsächlich ging, dem nur gesagt wurde, er soll die Judensau abstechen. Dieser Obduktionsbefund war nur zwei Stunden im Akt. Dann hieß es, dass der Arzt Befunde verwechselt hatte, dass es nun neue Obduktionserkenntnisse gab und der Bericht wurde ausgetauscht. Daher hast du natürlich recht. Eisbach wurde natürlich überfahren. So steht es ja auch im Bericht. Daher muss das stimmen.«

Nagy nahm ihm den Obduktionsbefund wieder aus der Hand. Eisenberg saß wie erstarrt auf seinem Sessel. Er hatte nun einen großen Brocken zu verdauen. Nagy setzte nach: »Hanna Leichtsinn.« Der Name stand eine gefühlte Ewigkeit unkommentiert in dem verrauchten Café. Dann fragte Eisenberg mit leiser, tonloser Stimme: »Hanna?« »Ja, Hanna.«, Nagy nickte. »Das arme Mädchen hat doch Selbstmord begangen, sich aus dem Fenster gestürzt, wurde offenbar nicht damit fertig, dass sie als Hur für dich arbeitete und als sie schwanger war, setzte sie ihrem Leben ein Ende. So ist die offizielle Version. Hanna war ein kluges Mädchen. Sie hat sich mit den Huren unterhalten, die in der Herrengasse waren. Sie kam auf einiges drauf, das sie dir erzählen wollte. Außerdem verriet ihr ein Kunde, der beim Deutschen Klub Mitglied ist, was gegen dich geplant ist. Das wollte sie dir sagen. Hier ist der ursprüngliche Bericht der Spurensicherung.«

Mit diesen Worten reichte Nagy Eisenberg ein weiteres Blatt Papier. Darin war zu lesen, dass es Kampfspuren in der Wohnung und Würgemale an der Leiche gibt. Nagy war stolz auf seine Arbeit.

»Salomon, es ist nur das Bisschen, worauf ich gestoßen bin. Das ist nur die Spitze des Eisbergs. Du hast keine Ahnung, was auf dich zukommen wird. Ich habe schon alles verloren. Ich gehe jetzt und tauche unter. Ich baue mir woanders wieder etwas auf. Du kannst das nicht. Auch wenn ich dich damals einsperren habe lassen, respektiert habe ich dich immer. Du hast die alte Gaunerehre. Da zählen noch Worte und Handschlag. Darauf kannst du bei diesen Leuten nicht zählen. Mach dir mal Gedanken, wie du jetzt reagieren wirst. Du kennst deine Gegner nicht. Du weißt nicht, was sie vorhaben und was deren nächster Schritt ist. Den Aaron konnten sie nicht umdrehen. Vielleicht ist es bei anderen in deiner Organisation gelungen. Dreh in den nächsten Monaten sicherheitshalber niemanden den Rücken zu. Viel Glück und danke für die Einladung.«

Nagy hatte Eisenbergs Mimik beobachtet. Er wusste, er hatte gewonnen. Das vom Chirurgen aufgebaute Geschäftsmodell war inzwischen so groß, dass er es alleine nicht mehr bewältigen konnte. Er brauchte Handlanger. Leute, auf die er sich verlassen konnte und denen er vertrauen musste. Es war ihm gelungen, dieses Vertrauen zu erschüttern. Der Chirurg stand jetzt nackt und schutzlos da. Zumindest hatte dieser nun das Gefühl, es zu sein.

Nagy nahm dieses Risiko auf sich, um dieses Gefühl hervorrufen zu können.

Nagy stand auf und ging zur Tür. Als er die Tür aufstoßen wollte, erwachte der Chirurg aus seiner Schockstarre: »Heast Kieberer, warte noch. Komm her.«

Nagy setzte sich wieder hin. Eine Handbewegung Eisenbergs reichte, um seine drei Lakaien aufstehen zu lassen. Diese stellten sich so um den Tisch, dass dieser abgeschirmt war und sie selbst nicht mithören konnten. Nagy war beeindruckt, wie der Chirurg seine Leute im Griff hatte und wie diese wortlose Kommunikation mit ihnen funktionierte. Ob die das übten und trainierten?

»Was machen wir?«, fragte Eisenberg. Nagy musste sich zusammennehmen, um nicht vor Freude zu tanzen. Er hatte gewonnen.

Nagy riss ein Blatt aus seinem Notizbuch. »Ich helfe dir, du hilfst mir. Danach gehen wir wieder getrennte Wege und niemand ist dem anderen etwas schuldig. Gib mir dein Wort darauf.« Nagy reichte Eisenberg den Zettel, den er vollgeschrieben hatte: »Das alles ist zu tun, das brauche ich. Außerdem ist ein gewisser Andreas Schuster zu beschatten. Ich muss wissen, mit wem dieser Kontakt hat. Ich hab dir aufgeschrieben, wo sich mein Koffer mit meinen Sachen befindet. Den lässt du bitte für mich holen.«

Eine Stunde später saß Nagy in einer richtigen Wohnung in der Gumpendorfer Straße. Eisenberg hatte diese Wohnung unter falschen Namen gemietet, für den Fall, dass er oder jemand seiner Leute ein Versteck zum Untertauchen benötigte. Niemand konnte einen Zusammenhang zwischen dieser Immobilie und Eisenberg herstellen. Vermutlich gab es einige solcher Unterkünfte in Wien. Aber Nagy fragte nicht nach. Die Wohnung war schön eingerichtet und im Wohnzimmer hatte man für ihn eine Sitzbadewanne aus Zink aufgebaut. Eisenberg ließ es sich nicht nehmen, ihm ein Mädchen vorbeizuschicken. Sie wärmte das Wasser auf dem Herd, bereitete das Bad für ihn vor, zog sich dann nackt aus und wusch ihn. Sie war ausgesprochen hübsch. Er entschuldigte sich, als er bemerkte, wie überrascht sie war, dass er sie nicht anfasste, und gab an, seit zwei Tagen nichts geschlafen zu haben und deshalb müde zu sein. Trotzdem genoss er ihre Berührungen sehr. Er schloss die Augen und träumte dabei von Ludwig. Wessen Atem kommt mich kosen?

Sie nahm seine Kleidung mit, um sie zu reinigen und den Mief des Kellers aus ihnen herauszuwaschen.

Es war schon spät. Er war müde. Endlich ein Bett, das den Namen auch verdiente. Ein Bad hatte er schon ewig lang nicht mehr genossen. Er gönnte sich sonst nur immer das *Tröpferlbad* im Herrmannbad. Und da nur die zweite Klasse.

Er beschloss, in seinem Notizbuch eine Strichliste zu führen, mit den Tagen, die er ab nun überlebt haben werde. Wenn er mehr als ein Monat schaffen sollte, hätte er einen großen Grund zu feiern.

Doch nun war es an der Zeit sich auszuruhen.

Für Nagy war es schwer, gut zu schlafen mit dem Wissen, sich in der Hand von Eisenberg zu befinden. Hatte er ihn tatsächlich überzeugt? Er wusste jedoch, dass ihm nichts anderes übrig blieb, als sich zu erholen. Ob Eisenberg ihn umbrachte oder nicht, darauf konnte er jetzt keinen Einfluss mehr nehmen.

Sein Schlaf war tief und traumlos. Am Morgen wurde er von der Hur, die ihn schon am Abend davor wusch, geweckt. Sie servierte ihm Frühstück ans Bett und legte sich gleich nackt zu ihm, fütterte und schmiegte sich an ihn. Er schätzte die Aufmerksamkeiten, die Eisenberg ihn zukommen hatte lassen, ging jedoch auf diese offensichtliche Aufforderung trotzdem nicht ein. Irgendwann gab sie auf, zuckte mit den Schultern, zeigte einen entzückenden Schmollmund und stand auf. Sie kleidete sich an, wusch das Geschirr ab und ging wieder. Vorher teilte sie ihm mit, dass Eisenberg in etwa einer Stunde zu Besuch käme.

Es war ein herrliches Gefühl, sich in Ruhe fertig machen zu können. Eine Wohnung nur für sich selber hatte er schon lange nicht mehr gehabt. Zu Hause waren ständig die Bettgeher oder möblierten Herren um ihn. Jetzt war diese schöne, große Wohnung nur für ihn alleine da. Leider fehlte ihm etwas. Es gab keine Bücher. Eine Wohnung ohne Bücher passte so überhaupt nicht in seine Realität. Gerne hätte er jetzt ein wenig gelesen, um sich zu entspannen. So blieb ihm nur zu warten, bis Eisenberg kam. Die Wartezeit erschien ihm endlos.

Auch wenn dieser Zeitdruck nicht mehr gegeben war, den er – durch die Zuckerkrankheit und die durch Weberknecht vorgelogene Schwangerschaft Mitzis – zu haben glaubte, wollte er doch endlich Ergebnisse sehen.

Kapitel 16

Als Eisenberg kam, wurde die Situation plötzlich hektisch. Eisenberg wirkte besorgt und wies Nagy an, sofort seinen Koffer zu packen und ihm zu folgen. Eisenberg wurde von einem seiner Männer begleitet. Nagy kannte ihn nicht. Es war keiner der Zuhälter aus dem Anzengruber. Als er wenige Minuten später Eisenberg folgte und der *Bugl* Eisenbergs, als sein Kofferträger fungierte, kam er dazu, Eisenberg zu fragen, was denn passiert war. Eisenberg sah besorgt aus und antwortete: »Du hattest recht. Du hattest in allem Recht. Danke, dass du mich gewarnt hast. Ich bringe dich in eine andere Wohnung. Hier bist du nicht sicher. Schnell, ich erzähle dir alles später.«

Sie stiegen in ein Auto, das von Eisenbergs Mann gelenkt wurde. Eisenberg schaute sich ständig nach Verfolgern um. Dabei verrutschte Eisenbergs Sakko und Nagy erkannte eine Luger 08 in Eisenbergs Gürtel. Jetzt war Nagy wirklich besorgt. Wie er aus dem Akt wusste, trug Eisenberg prinzipiell keine Faustfeuerwaffen. Schießen und stechen überließ er seinen Leuten.

Dadurch konnte man ihm bei Polizeikontrollen und Personsdurchsuchungen nichts vorwerfen. Wenn dieser sich so unsicher fühlte, dass er eine Waffe trug, dann hieß das nichts Gutes. Nach etlichen Umwegen, um Verfolger erkennen und abschütteln zu können, kamen sie am Margaretenplatz an. Durch einen Innenhof gelangten sie in eine Wohnung. Zwei Wachen standen bereits vor der Tür.

Es war wieder eine luxuriös eingerichtete Wohnung mit allen Annehmlichkeiten. Der kleine Unterschied zur vorigen war, dass dieses Mal zwei Wachen im Hof herumlungerten und versuchten, unauffällig zu wirken.

Sie setzten sich zu zweit in den Salon. »Salomon, erzähl mal. Was ist denn passiert.« Eisenberg wirkte fahrig: »Du hattest recht. Ich hatte einen *Kimmler*. Es war sogar einer von den Haberern, die gestern bei uns am Tisch saßen. Er verriet alles. Die wissen Bescheid. Ich hab, wie ausgemacht, diesen Schuster beschatten lassen. Der, den ich abstellte, ist heute mit durchgeschnittener Kehle im Arenbergpark gefunden worden. Diese Arschlöcher fühlen sich komplett sicher. Schuster ist immer noch dort. Mit sechs Leibwächtern. Die sind sicher, dass ihnen entweder nichts passieren kann oder wir es nicht wagen, etwas zu unternehmen. Die demonstrieren uns ihre Macht.«

Nagy gefiel diese Entwicklung nicht. Er hatte nicht gedacht, dass Eisenberg wirklich so unterwandert sein könnte. Er wollte mit seinen Fälschungen nur diesen Eindruck erwecken, damit er auf Eisenbergs Unterstützung zählen konnte. Jetzt fuhr der Zug in die komplett falsche Richtung.

Eisenberg war unterwandert. Schlecht. Die Feinde wussten Bescheid. Noch schlechter. Er war nicht sicher bei Eisenberg. Schlecht. Diese Organisation war noch aktiver und vernetzter, als er dachte. Schlecht. Diese Arierheinis waren noch viel mächtiger als gedacht und waren in ihrer Größe und ihren Möglichkeiten nicht einzuschätzen. Sehr, sehr schlecht.

Allerdings war Eisenberg jetzt motiviert. Sehr gut.

Nagy hatte das Gefühl auf einen Zug aufgesprungen zu sein, der immer schneller fuhr und aus dem er nicht mehr aussteigen konnte. Er hatte keine Möglichkeit auszusteigen, Einfluss zu nehmen, wer mit ihm im Abteil saß oder gar, welche Richtung der Zug nahm. Die Weichen stellte jemand anderer. Jemand, den er nicht kannte.

»Wie bist du darauf gekommen, wer bei der nicht *frank* ist?«

»War, Nárcisz, war.«, wie Nagy hatte Eisenberg zum Vornamen gewechselt, ein gutes Zeichen. Eisenberg packte ein blutiges Taschentuch aus, das er dann ausbreitete. In ihm befanden sich eine Zunge, mehrere Zähne und eine abgeschnittene Oberlippe mit Barthaaren. Nagy erinnerte sich an einen der *Haberer* Eisenbergs, der am Tisch saß und einen Oberlippenbart hatte. »Salomon, das nennt man mal ein loses Mundwerk.« Eisenberg stieg auf diesen Witz nicht ein. Vielleicht verstand er ihn nicht oder es war nicht sein Verständnis von Humor. Der Chirurg zeigte auf die Fleischfetzen und die Zähne, die auf diesem Taschentuch am Tisch lagen: »Dieser *Schmock* ist mir seit etwa zwei Wochen aufgefallen.

Er war sehr neugierig und hat ständig nachgefragt, um Internes zu erfahren. Diese Neugier kam mir seltsam vor. Daher wollte ich ihn in meiner Nähe haben, um ihn beobachten zu können. Er hat, zumindest als er noch seine Zunge hatte, *gespieben*.« Nagy grinste: »Gab es schon Leute, die du nicht dazu gebracht hast? Nicht ernsthaft, oder? Also, mach es bitte nicht so spannend. Was hat er dir alles erzählt.«

Eisenberg kam endlich zur Sache: »Vor etwa einem Monat wurde er mit einer ziemlich hohen Summe geködert. Er sollte alles verraten, was er über mich und mein Geschäft in Erfahrung bringen konnte. Für jede Information wurde er nach dem Wert, den die Auskunft für diese Leute hatte, bezahlt. Er konnte nicht sagen, wer sie sind. Er hat abgestritten, dass diese beiden Morde, die du erwähntest, Morde waren. Laut ihm waren es einfach wirklich nur ein Unfall und ein Selbstmord.«

Nagy nickte: »Ja, die lassen Ihre Leute offenbar *blöd sterben*. Da weiß keiner mehr als nötig. Das wirst du vermutlich auch nicht anders machen. Aber du hast ja, Gott sei Dank, die Berichte gesehen und weißt, dass ich recht habe.«

Der Chirurg sah ihn misstrauisch an: »Woher hast du diese Informationen und diese Berichte? Du bist doch gar nicht mehr bei der Polizei.« Nagy sah ihm direkt in die Augen: »Ich sagte doch, es gibt Kieberer, die es zum Kotzen finden, dass dieser ganze Staat unterwandert wird. Diese Organisation macht nicht nur dir Angst.

Eine Menge an Leuten hat Angst, weil sich diese Verbindung verbreitet wie ein *Schaß*. Nicht feststellbar woher und nicht greifbar. Aber trotzdem real und vorhanden. In der Polizei ist diese Organisation inzwischen sehr aktiv. Ich bin nicht mehr bei der Polizei, daher kann ich einigen alten Freunden helfen. Dass ich gut bin, hast du doch selbst gemerkt, als ich dich in den *Häfen* gebracht habe.« Eisenberg lachte bitter auf: »Ja, das hätte niemand anderer geschafft. Du hast mir damals Beweise vorgelegt, von denen ich bis heute keine Ahnung habe, woher du die haben hast können.« Nagy klopfte ihm auf die Schulter: »Du warst ein würdiger Gegner. Wir spielen jetzt aber in der gleichen Mannschaft und darüber sollten wir froh sein. Jeder von uns beiden ist auf seinem Gebiet ein Genie.«

»Nárcisz, hast du eine Idee? Wie kommen wir an diese Leute ran?« Nagy überlegte kurz: »Wir kennen doch zumindest einige Namen. Es gibt den Weberknecht. Der ist ein kleines Licht. Dann gibt es diesen Druidenkasperl, den Schuster. Der ist aber auch nur ein kleiner *Wappler*, der keine Ahnung hat, wer ihm die Befehle gibt. Dann den Trattenbach. Den kann ich gar nicht einordnen. Er ist aber Sektionschef. Wenn wir uns den vornehmen, haben wir alles zum Feind, was es gibt: die Polizei und diese Arierdeppen.« Eisenberg sah Nagy amüsiert an: »Wäre für mich nichts Neues. Das ist für mich kein Unterschied zum derzeitigen Zustand. Die Polizei versucht doch ständig, mir was nachzuweisen. Und dieser seltsame Verein, von dem wir nicht mal einen Namen wissen, bringt in der

Zwischenzeit meine Leute um und unterwandert meine Organisation. Was verändert sich? Gar nichts!«

Nagy hatte wieder das Bild seines Zuges vor Augen, der immer schneller fuhr und bei dem nun auch die Bremsen während der Fahrt abmontiert wurden. Was sollte er sonst tun? Sie brauchten dringend irgendeinen Punkt, um den Hebel anzusetzen. Trattenbach war eine dieser Möglichkeiten. Wenn er ausführlich darüber nachdachte, die einzige Möglichkeit. Trattenbach war vermutlich, allein wegen seiner beruflichen Stellung, recht weit oben in der Organisation. Er kannte sicher einige der Hintermänner persönlich oder konnte sie zu diesen führen.

Der Zug fuhr und er fuhr immer schneller und ließ immer weniger Raum zu handeln, nahm ihm immer mehr Optionen. Es war an der Zeit, die Initiative zu übernehmen und an sich zu reißen. Auch wenn es sich nicht sehr beruhigend anfühlte, einen Sektionschef nahe zu treten und zu verärgern. Nagy scholt sich selbst innerlich. Lag diese Hemmung vielleicht an der seit seiner Kindheit und später dann im Beamtenapparat eingeimpften Obrigkeitshörigkeit?

Gut, also Trattenbach, der Plan war einfach. Mit Eisenberg hatte er ein Werkzeug, das mehr ein Vorschlaghammer als ein Skalpell war, auch wenn dessen Spitzname Chirurg lautete. Entsprechend musste er dieses Werkzeug nutzen.

»Also gut.«, setzte Nagy das Gespräch fort. »Kannst du ein Telefon lahmlegen lassen?«

Einige Stunden später saß Nagy in einem Auto und beobachtete eine Villa. Es war eine wunderbare Wohngegend hier im 19. *Hieb*, stellte Nagy fest. Trattenberg war alter Adel. Er stammte aus einer von wenigen Adelsfamilien, die ihr Geld über den Krieg retten konnten, weil sie nicht alles in Kriegsanleihen investiert hatten. Die Villa hier am Stadtrand mit dem riesigen parkähnlichen Garten und den alten, hohen Bäumen, war entsprechend repräsentativ. Nagy hatte alles ausgearbeitet, es musste nur noch klappen. In einigen Minuten war es so weit.

Eine Scheibe klirrte. Trattenbach war hinter dem zerbrochenen Fenster zu sehen. Er starrte auf einen brennenden Davidsstern, der auf seinem wunderbar gepflegten Rasen mit Benzin gegossen und in Brand gesteckt worden war. Der Rasen war nun kaputt. Der materielle Schaden war gering und könnte durch seinen Gärtner innerhalb eines halben Tages behoben werden. Der Schreck ging diesem Herrenmenschen jedoch deutlich tiefer als der Wert der kaputten Fensterscheibe und des Rasens rechtfertigen würden. Jedenfalls ließ dessen Gesichtsausdruck die Annahme zu. Trattenbach drehte das Licht ab. Dann hieß es warten. »Bist du sicher, dass das Telefon nicht mehr funktioniert?«, fragte Nagy. Eisenberg reagiert mit gespielter Empörung: »Natürlich, natürlich! Ich hab unter meinen Leuten einen Postler, der dafür zuständig ist, Telefone zu verlegen und, wenn die Rechnung nicht gezahlt wird, abzudrehen. Solltest du mal ein Telefon brauchen: Wenn du nicht monatelang warten willst auf deinen Anschluss, kommst zu mir und du hast den Anschluss in zwei Tagen. Beziehungen sind heutzutage alles.« Nagy wusste nicht, wozu ein eigener Telefonanschluss gut sein sollte, lehnt daher dankend ab. Außerdem hatte er derzeit nicht mal eine Wohnung, in die er sich einen Anschluss legen lassen könnte. Nagy schaute auf die Uhr. Er schätzte, dass Trattenbach etwa 20 Sekunden zum Telefon brauchte. Dann dauerte es etwa zwei Minuten, in denen dieser versuchte, eine Verbindung herzustellen, obwohl das Telefon tot war – entweder zur Polizei oder zu diesem seltsamen Verein.

Trattenbach war nicht im Krieg gewesen, auch nicht als Offizier. Er war untauglich aufgrund einer Gastritis. Das hatte Nagy herausgefunden und daraus geschlossen, es nicht unbedingt mit einem Helden zu tun zu haben. Dieser Davidstern und der Umstand, dass das Telefon nicht funktionierte, mussten ihm also einen gewaltigen Schrecken einjagen. Es dürfte sein logisches Denken lahmlegen und ihn zu Affekthandlungen verleiten. Das war zumindest der Plan.

Den brennenden Davidsstern wählte Nagy bewusst. Trattenbach sollte in seinen Gedanken sofort den Zusammenhang mit diesem Germanenverein herstellen und nicht mit der Polizei. Er sollte als Erstes daran denken, dort Schutz zu suchen und die entsprechenden Leute verständigen zu wollen. Wenn er dem Sektionschef eine Handgranate unter das Auto gelegt hätte, riefe Trattenbach vermutlich intuitiv nach der Polizei.

Er schätze Trattenbach richtig ein. Genau drei Minuten nachdem die Fensterscheibe zu Bruch gegangen war, war Trattenbach auf dem Weg zu seinem Mercedes in der Einfahrt. Trattenbach wirkte lächerlich und man sah ihm an, dass er keine Übung darin hatte, irgendwohin zu schleichen. Er sprang zwischen den Büschen und Bäumen herum und versuchte in Deckung zu bleiben. Nagys Respekt vor dem Herrn Sektionschef schwand zusehends. Trattenbach wirkte mit seinen Bewegungen auf ihn wie eine Stummfilmparodie.

Seinen Schätzungen nach hatte er jetzt vier bis fünf Minuten Zeit für alles, also noch drei Minuten, um auszusteigen. Trattenbach hatte seinen Mercedes erreicht und stieg ein. Die Verzweiflung war Trattenbach selbst im fahlen Mondlicht anzusehen, als er versuchte, das Fahrzeug zu starten. Der Mechaniker des Chirurgen hatte gut gearbeitet. Nagy hatte sich aber verschätzt und bereits nach drei Minuten sank Trattenbach resigniert über seinem Mahagoni-Lenkrad zusammen. Er wirkte verzweifelt.

Nagy trat in die Nähe des Autos. Er wollte nicht zu nahe kommen, falls Trattenbach eine Pistole bei sich haben sollte. Trattenbach befand sich in einer Ausnahmesituation, logisches Handeln war ab sofort nicht mehr möglich. »Alexander!«, rief Nagy, »Alexander! Die Judenschweine wissen Bescheid über uns. Ich wurde geschickt, um dir zu helfen. Komm schnell, wir haben keine Zeit. Sie bringen dich sonst um.«

Trattenbach schöpfte Hoffnung, stieg aus und lief gebückt mit Nagy zum Auto Eisenbergs. Er lies sich auf den Beifahrersitz fallen und sie fuhren los.

Trattenbach ereiferte sich: »Dieses Judenpack wird uns nicht aufhalten. Uns nicht! Es wird Zeit, dass wir nicht nur reden, sondern die Herrschaft übernehmen und diese Parasiten ausrotten.« Trattenbach zitterte am ganzen Körper und seine Stimme klang alles andere als stabil. Er leckte sich ständig über seine Lippen und fuhr sich fahrig mit der Hand durch die Haare. Die Aufregung über diese Geschehnisse waren ihm anzusehen. Aber seine Großkotzigkeit hatte er bereits wiedergefunden.

Eisenberg saß hinter Trattenbach. An den Bewegungen seines Bauches konnte Nagy erkennen, dass Eisenberg das Lachen unterdrückte. Eisenberg besaß also doch so etwas wie einen Sinn für Humor. Es war tatsächlich komisch. Trattenbach dachte, sie hätten ihn vor den Juden gerettet und er wäre in Sicherheit. Dabei hieß der Fahrer Chajm, der Mann hinter ihm Salomon. Eisenberg war die Religion seiner Leute egal. Er selbst besuchte die Synagoge nur selten und war kein religiöser Mensch. In dieser Situation, in der seine Organisation von den Ariern unterwandert und angegriffen worden war, verließ er sich dann aber doch eher auf seine jüdischen Mitarbeiter.

Während sie hier durch die Nacht fuhren, waren drei der Leute des Chirurgen damit beschäftigt, den Rasen großflächig auszustechen und diverses Gärtnerwerkzeug zu drapieren, um den Anschein zu erwecken, dort sollte ein Blumenbeet angelegt werden.

Außerdem wurde der Mercedes Trattenbachs wieder zum Leben erweckt. Es sollte so wenig wie möglich Angriffspunkte für Anzeigen oder Beweise geben, falls Trattenbach irgendjemanden davon erzählten sollte.

Nagy gefiel diese Art zu arbeiten. Als er noch Kriminalbeamter gewesen war, hatte er seine Ideen alleine umsetzen müssen. Seine Vorgesetzten durften nichts von seinen kreativen Methoden wissen. Nun ließ er andere arbeiten. So sehr er sich vor der Kontaktaufnahme mit Eisenbergs fürchtete, so sehr genoss er jetzt diese Synergien, die daraus entstanden sind.

»Wo fahren wir hin?«, fragte Trattenbach. Eigentlich wollte ihn Eisenberg in das jüdische Bethaus in der Margaretenstraße bringen lassen. War vermutlich dessen Auffassung von Humor. Vielleicht auch nur weil er dort ab und zu etwas für die jüdische Gemeinde spendete und er beim Rabbi daher etwas gut hatte. Nagy war das nicht recht. Racheaktionen durch diese Judenhasser waren im Anschluss an das Gespräch und die Aktion heute Nacht nicht auszuschließen. Nagy wollte daher vermeiden, Unbeteiligte zu gefährden. »Auf den Galliziberg. In der Nähe vom Steinhof.«, war die Antwort Nagys. »Beim Irrenhaus? Da gibt es doch nichts.«, wunderte sich Trattenbach. »Irrtum. Aber das weiß niemand. Deswegen wird uns dort auch niemand finden.«, war Nagys Antwort.

Kapitel 17

Nagy fühlte sich nicht wohl. Der Respekt vor sozial hochstehenden Personen war ihm anerzogen worden. Er konnte sich gut daran erinnern, dass er als Kind gesehen hatte, dass der Pfarrer seiner Pfarrersköchin in die Bluse fasste. Der kleine Nárcisz, damals Ministrant, kam dazu und beobachtete mit großen Augen, wie der Pfarrer die *Dutteln* seiner Köchin knetete, bis er entdeckt und rausgeworfen wurde. Als er davon zu Hause erzählte, bekam er eine Tracht Prügel mit dem Hinweis: »Ein Herr Pfarrer macht so was nicht!« Ob später in der Schule oder dann in der Behörde. Immer waren Vorgesetzte und in der Hierarchie höher gestellte heilig und tabu. Keine Kritik, keine Vorwürfe waren erlaubt. Befehle waren zu befolgen und durften nicht hinterfragt werden. Nagy fühlte sich entsprechend unwohl in seiner Haut. Verdächtige zu befragen und dabei seine Inszenierungen zu machen, war etwas, woran er seinen Spaß hatte. Aber einen Sektionschef? Nein, das war nichts, was zu seiner Realität gehörte. Das machte man einfach nicht. Nagy musste sich zwingen, die Befragung nicht abzugeben.

Aber er wusste um die Methoden von Eisenberg und zwang sich daher dazu, seine Rolle zu spielen.

Als sie auf der Waldlichtung ankamen, wurde Trattenbach blass. Sie waren weit genug gegangen und es war spät genug, dass keine Leute mehr unterwegs waren und sie hier niemand hören oder sehen konnte. Trattenbach, der dachte, nach diesem furchtbaren Erlebnis in Sicherheit zu sein, stand auf einmal einer Menora gegenüber. Nagy musste gestehen, dass sich Eisenbergs Leute gut geschlagen hatten beim Heimwerken. Dieser siebenarmige Leuchter war als solcher gut erkennbar und etwa mannsgroß aus Ästen hergestellt. Sogar einen Davidsstern hatten sie mit der Axt reingeschlagen. Die sieben Kerzen darauf waren jeweils so dick wie ein Unterarm. Er sah beeindruckend aus. Grob, roh und vor allem jüdisch. Am Baum, welcher neben dem Weg der Lichtung am nächsten war, befand sich eine *Mesusa*. Oder zumindest befand sich dort eine Nachbildung jener kleinen Schriftrolle mit den Worten der Tora, die an den Hauseingängen aller jüdischen Häuser angebracht sind, ebenfalls in Übergröße. Hier hatten sich Eisenbachs Leute weniger Mühe gegeben, fand Nagy. Bei näherem Hinsehen war sichtbar, dass es sich um eine bemalte Flasche handelte, deren Hals durch einen Zweig verdeckt wurde. Aber Trattenbach, der nun zu zittern begann, sah nicht näher oder gar mit klarem Verstand hin. Der Zweck war erreicht. Trattenbach hatte Angst und konnte die Situation nicht mehr vernünftig einordnen.

Trattenbach wurde auf einen bequemen und noblen Ledersessel gesetzt, der von Eisenbergs Leuten ebenso aufgestellt worden war wie auch ein kleiner Tisch mit verschiedenen Folterwerkzeugen. Dieser offensichtliche Bruch in der Ausstattung des Ortes war bewusst gewählt, um Trattenbach noch mehr zu verwirren. Sowohl Nagy als auch Eisenberg und dessen Leute setzten sich alle eine Kippa auf, um den jüdischen Eindruck noch weiter zu verstärken.

Trattenbach hatte Angst. Er gab eine jämmerliche Figur ab. Dieser Gesichtsausdruck, der seine Panik offen zeigte. Seine Körperhaltung, seine ganze Ausstrahlung. Nichts erinnerte mehr an die Respekt heischende Erscheinung des Herrn Sektionschefs.

Nagy ließ die Kulisse, die für Trattenbach aufgebaut war, wirken und leitete dann zum eigentlichen Grund ihres Zusammenseins über: »Herr Sektionschef. Ich möchte Sie bitten, ihren Hut aufzubehalten. Sie befinden sich hier auf heiligen, jüdischen Boden. Wie Sie sicher inzwischen ahnen, ist die Situation nicht so, wie Sie sich das vor Kurzem dachten. Herr Eisenberg und ich haben einige Fragen an Sie.« Trattenbach riss die Augen auf: »Der Chirurg!«

Nagy hakte gleich nach: »Ach ja, Sie kennen ihn ja. Seine Organisation sollte ja von einem ihrer Spione unterwandert werden. Ich durfte diesen Herrn kennenlernen. Zumindest Teile von ihm.«

Nagy hatte mit Eisenberg zu dessen Missfallen vereinbart, Trattenbach nichts anzutun.

Er wollte Trattenbach keine Möglichkeit geben, irgendwelche offiziellen Schritte zu setzen und die Polizei in Spiel zu bringen. Wenn es nichts gab außer einem eingeschlagenen Fenster, das Trattenbachs Aussage stützen konnte, glaubte man dem Sektionschef mit Sicherheit nicht. Es gab kaum jemanden, der eine Befragung durch den Chirurgen überlebte. Zumindest niemanden, der nachher alle seine vorher vorhandenen Körperteile vorweisen konnte.

Trattenbach sang wie ein *Lercherl*. Es gab tatsächlich eine Gesellschaft, die sich *Deutsche Bruderschaft* nannte und alle deutschen, judenfeindlichen und arischen Gemeinschaften unter einer Führung vereinen wollte. Dazu zählten die Hakenkreuzler, der *Deutsche Klub* und die *Bärenhöhle*. Wobei Nagy etwas namens *Bärenhöhle* nichts sagte. Bei *Bärenhöhle* fragte Nagy nach und erfuhr, dass es eine geheime Verbindung an der Universität gab, die jüdischen Wissenschaftern Steine in den Weg legte, wenn es etwa um die Habilitation oder eine Professur ging. Es sollte die Macht auf allen Ebenen übernommen werden, erst bei diesen Verbindungen, später im Staat. Danach sollte eine großdeutsche Vereinigung angestrebt werden, in der alle wichtigen Stellen von dieser Bruderschaft besetzt werden. Trattenbach war in dieser *Deutschen Bruderschaft* recht hoch in der Hierarchie. Allerdings wusste er nicht, wer eigentlich ganz oben die Fäden zog.

Von Mitzi wusste er nur, dass er sie zwei oder dreimal in der Herrengasse gesehen hatte und sie nicht zu Eisenbergs Mädchen gehörte. Irgendwann war der Anruf gekommen, dass er die entsprechenden Schreiben zu verfassen hätte, die Nagy vertraut waren. Trattenbach nannte Kontaktpersonen, Orte und einige Namen. Ein Name, der immer wieder vorkam, war Max. Es war jener Max, der damals in der Herrengasse nicht dabei war. Dieser Max war offenbar eine große Nummer, dem alle mit Respekt begegneten. Trotzdem wusste niemand genau, wo in der Hierarchie er stand. Er selbst wich entsprechenden Fragen aus. Doch jeder wusste, wenn es innerhalb der Bruderschaft Probleme gab, dann sollte man sich an Max wenden. Diese waren dann innerhalb kürzester Zeit gelöst. Oder aber Max wusste Bescheid und erklärte genau, warum dieses oder jenes gar kein Problem darstellte oder jetzt nicht gelöst werden konnte. Jeder wusste, dass Max weit oben in der Organisation war, auch wenn dieser das nie bestätigt hatte oder seine Position zu erkennen gab. Trattenbach hatte Max schon des Öfteren im Café Sacher gesehen, wo dieser ab und zu zu Mittag aß. Ob Max eine Art Sprachrohr für die wirkliche Spitze der Verbindung war, aus wie vielen Personen dieses Führungsgremium bestand oder ob Max diese Spitze sogar selbst darstellte, wusste Trattenbach nicht.

Es war für Nagy seltsam, zu sehen, dass Trattenbach genauso obrigkeitshörig war, wie er. Wenn Trattenbach von Max sprach, nahm er eine unterwürfige Haltung ein und seine Stimme senkte sich.

War dieser Staat noch so von der Monarchie und diesem Gedankengut, diesen Wertvorstellungen und der damit zusammenhängenden Weltsicht verseucht? War das etwa ein Überbleibsel davon? Viele Generationen, denen beigebracht wurde, dass die Position, die ein Mensch in der Gesellschaft einnahm, von Gott vorgegeben und daher nicht abänderbar war. Die gelernt hatten, dass es diese drei Klassen gab, bei denen der Adel ganz oben stand. Generationen für die es normal war, dass Menschen durch ihre Geburt Rechte hatten, die andere nicht hatten. Die es für selbstverständlich hielten, dass eine Ober- und Unterordnung bestand, die nicht hinterfragt werden durfte und dass Kompetenz, Können, Wissen oder Leistung hier nur zweitrangig waren.

All das war tief verankert. Es war unglaublich schwer, sich darüber hinwegzusetzen. Das spürte er jetzt im Gespräch mit dem Sektionschef, der ihm das gleiche Verhalten spiegelte, als er von diesem Max sprach.

Nagy riss sich zusammen und fragte weiter: »Welche Rolle spielt dieser Anschu?«

Trattenbach lachte auf: »Meister Anschu, dieser Trottel. Der soll den Mitgliedern eine Art spirituellen Unterbau und eine religiöse Rechtfertigung geben. Außerdem soll er die Leute unterhalten. Seine Taschenspielertricks sind eher peinlich als beeindruckend. Der ist nur eine Schachfigur in dem ganzen Spiel und wird hin- und hergeschoben, wie es gerade von der Bruderschaft gebraucht wird. Diese Treffen in der Herrengasse dienen zur Vernetzung der Mitglieder. Viele kommen unregelmäßig.

Zwei oder dreimal sind Mitglieder abgesprungen. Die haben sich dann seltsamerweise recht rasch umgebracht. Seither traut sich keiner mehr, die Bruderschaft zu verlassen. Die meisten sind oft in der Herrengasse dabei. Wer dabei ist, will irgendwann mal an die Spitze gelangen. Das funktioniert nur, indem man sich sehen lässt und engagiert. Damit kann jedes Mitglied seine Loyalität und Verbundenheit mit der Bruderschaft zeigen. Max etwa, hat nur einmal gefehlt.« Nagy überlegte. Das musste dann offenbar das eine Mal gewesen sein, als er dieses Treffen beobachtete. War das ein Zufall? War dieser Max nur Werkzeug und arbeitete die Spitze der Bruderschaft im Verborgenen?

»Worauf hat denn die *Deutsche Bruderschaft* inzwischen überall Einfluss?«, war Nagys nächste Frage. Trattenbach wirkte stolz und seine Augen begannen zu leuchten: »Es ist leichter, aufzuzählen, worauf sie keinen Einfluss hat. Wir stehen zwar am Anfang, aber wir haben bereits sämtliche Ministerien unterwandert. Es sind insgesamt neun Sektionschefs dabei, Minister noch keiner. Aber das kommt sicher noch. Dann natürlich die Universitäten über die *Bärenhöhle*. Das Fußvolk sowieso. Also die *Hakenkreuzler* meine ich. Die sind zwar ahnungslos, aber brauchbare Soldaten, wenn es darum geht, gegen diesen Staat in den Krieg zu ziehen. Da gibt es inzwischen bei deren Führern viele unserer Brüder. Das ist auf Schiene. Wir haben vor etwa zwei Monaten begonnen die Unterwelt zu unterwandern.

Unsere Bruderschaft hat zwar viel Geld zur Verfügung aber wir brauchen mehr um an die Macht zu kommen und diese dann zu halten. Ideologie ist schön. Aber ein Mitglied, das regelmäßig Geld erhält, ist motiviert und außerdem abhängig.«

Nagy fragte nach: »Herr Sektionschef, was ist denn Ihre Motivation, mitzumachen?« Trattenbach zuckte die Schultern: »Die Trattenbachs waren einst eine einflussreiche, wichtige Familie mit Kontakten zum Hof. Mein Name brachte mich an die Stelle, an der ich jetzt bin. Ganz weit oben im Ministerium. Man hat uns die Basis entzogen und den Adel abgeschafft. Wir können es doch nicht zulassen, dass dieser Einfluss, der uns zusteht, jetzt von Leuten übernommen wird, die dazu nicht geschaffen sind. Denen die Erziehung und Schulbildung fehlt. Das Land geht den Bach runter, wenn wir nichts unternehmen. Wir müssen die Macht wieder an uns reißen, die uns zusteht aber genommen wurde. Nicht nur für uns, sondern für dieses Reich oder das, was davon nach dem Friedensvertrag übrig blieb.« Trattenbach hob die Hände mit den Handflächen nach oben, als wollte er etwas herzeigen, ließ sie aber gleich wieder fallen: »Dieser verdammte Krieg war ein Fehler. Die Monarchie hätte noch Jahrhunderte andauern können. Diese von Gott geschaffene Ordnung kaputt zu machen, zu zerstören, hätte nie passieren dürfen. Das ist zu unserem Schaden. Dadurch werden die Juden stärker, die Sozialisten stärker, die Kommunisten stärker und die Slawen stärker.

Sie alle kommen jetzt aus ihren Löchern und wollen mitbestimmen und Macht über uns haben. Alle von ihnen wollen ein Stück des Kuchens, den wir gebacken haben, der uns gehört. Das können wir nicht zulassen.«

Eisenberg reichte es offenbar: »Hast du alle Informationen, die du haben willst? Darf ich noch ein wenig mit ihm plaudern?« Dabei strich der Chirurg fast zärtlich über das Werkzeug, das dort am Tischchen lag. Seine Stimme war ganz sanft und leise.

Nagy schüttelte den Kopf: »Die Antworten reichen uns. Wir werden den Herrn Sektionschef unversehrt zurückschicken. Heute zumindest. Und er wird bei der Bruderschaft nicht über uns reden. Falls doch, darfst du das nächste Gespräch leiten. Ideen, wie wir ihn wieder als unseren Gast begrüßen können, habe ich genug. Für heute reicht es.«

Nagy bat Trattenbach aufzustehen und verabschiedete sich in aller Höflichkeit. Er tat sich immer noch schwer, seinen Respekt vor Trattenbach zu verbergen. Eisenberg hatte da weniger Problem und prustete los, vor lachen: »Schaut mal, der hohe Herr hat uns auf den Sessel *gebrunzt*.«. Dabei zeigte er auf Trattenbach. Nagy musste grinsen, als er merkte, dass Trattenbachs Hose nass war. Trattenbach war anzusehen, dass er noch nie so gedemütigt worden war. Er stand mit nasser Hose wie ein Schulbub zwischen den Männern und musste sich auslachen lassen.

Nagy zeigte ihm die Richtung, in die er zu gehen hatte, um wieder nach Hause zu kommen.

Es war Trattenbach anzusehen, dass er damit kämpfte zu bitten, gefahren zu werden, weil er Angst hatte, in diesem Zustand gesehen zu werden. Andererseits war er erleichtert darüber, dieses Zusammentreffen ohne Verletzungen und lebend überstanden zu haben und sich jetzt entfernen zu dürfen.

Kapitel 18

Nagy schlief hervorragend, er ging am Morgen seine gesammelten Notizen nochmals durch und ergänzte sie mit den Ergebnissen der vergangenen Tage. Er war guter Dinge. Das Gespräch mit dem Sektionschef hatte einige schöne, neue Ansatzpunkte hervorgebracht. Es war herrlich zu sehen, welche Angst er mit seiner kleinen Inszenierung in Trattenbach hervorgerufen hatte. Sogar Eisenberg hatte er beeindruckt. Nagy schlug eine neue Seite in seinem Notizbuch auf. Er unterteilte sie mit einem vertikalen Strich und schrieb die positiven und negativen Aspekte der Situation auf.

Er war vorerst in Sicherheit und hatte eine Unterkunft – gut. Er war mit Essen versorgt – gut. Eisenberg war ein starker und mächtiger Verbündeter – gut. Es gab Ermittlungsansätze und sie steckten nicht fest – gut. Die nächsten Schritte waren logisch und mit realen Erfolgsaussichten – gut.

Er wurde immer noch wegen Mordes und Brandstiftung gesucht – sehr schlecht.

Nagy klappte das Notizbuch zu. Hätte er Trattenbach dazu bringen sollen, einen entsprechenden Befehl zu geben? Dann müsste er Trattenbach seine Identität preisgeben. Er konnte nicht abschätzen, was besser gewesen wäre. In der einen Variante hätte Trattenbach die Fahndung einstellen lassen, dafür hätte er diese Bruderschaft verstärkt am Hals. Die wüssten dann ja, dass er aktiv und nicht untergetaucht wäre. Bei der gewählten Spielart war zwar vermutlich die Bruderschaft im Unklaren, auch wenn man da nie so sicher sein durfte. Aber die Polizei hatte es auf seinen Arsch abgesehen.

Es war eine Wahl wie zwischen Pest und Cholera. Er hoffte, sich richtig entschieden zu haben.

Die von Eisenberg zur Verfügung gestellte Hure hatte es inzwischen aufgegeben, ihn verführen zu wollen. Wahrscheinlich hielt sie ihn für impotent. Aber das war ihm relativ egal. Er musste grinsen, wenn er daran dachte, dass sie wie ein altes Ehepaar zusammen lebten. Sie wusch seine Wäsche und kochte. Er war mit seinen eigenen Dingen beschäftigt. Miteinander reden fand kaum statt und im Bett spielte sich auch nichts ab.

Wie wurde er diesen Vorwurf und diese Ermittlungen wieder los. Er konnte nichts dazu machen, außer diese ganze Scheiße aufzuklären und die Verantwortlichen vor den Vorhang zu holen.

Er brauchte etwas Luft. Leider war sein Bartwuchs nicht besonders ausgeprägt. Aber es fiele sicher nicht auf, wenn er eine Runde durch den Naschmarkt ging. Er wollte auf andere Gedanken kommen und sein Hirn auslüften.

Dann konnten die Ideen wieder verstärkt fließen. Wenn er seine Umgebung nicht bald wechselte, kreisten seine Ideen für seine Inszenierungen weiterhin im Kopf umher und änderten nie die Richtung. Ein kleiner Spaziergang ab und zu war wichtig, um die Kreativität anzuregen. Und Kreativität war wichtig, um die richtigen Einfälle zu bekommen, mit denen die Deutsche Bruderschaft besiegt werden konnte.

Er hatte sich von diesem Mädchen, dessen Name er bis jetzt nicht wusste, den Kopf kahl rasieren lassen. Damit wollte er sicherstellen, nicht erkannt zu werden. Das sollte reichen. Er trat in den Innenhof, niemand zu sehen. Die Wachen waren offenbar abgezogen worden. Der Spaziergang zum Naschmarkt tat ihm gut. Die Sonne zeigte sich jetzt im Mai bereits kraftvoll und wärmte. Er genoss jeden einzelnen Schritt im Freien. Sein Körper hatte ihn in den letzten Tagen nur selten mit Schmerzen gequält. Dadurch konnte er den Spaziergang an der Sonne noch mehr genießen. Auch wenn seit diesem Brandanschlag und dem Mord nur wenige Tage vergangen waren, so kam ihm die Zeit endlos vor. Er war zwar ein Misanthrop, trotzdem hasste er es, sich verstecken zu müssen. Er hatte den Markt erreicht und schlenderte zwischen den Ständen hindurch. Die Lebensmittel waren in der letzten Woche schon wieder mehr als doppelt so teuer geworden. Er war froh, durch Eisenberg versorgt zu werden. Zugang zu seinem Geld hatte er keinen mehr. Die Post hatte keine Anschrift von ihm, daher konnte die monatliche Versehrtenrente nicht gebracht werden.

Spargel! Der Stand mit dem Spargel zog ihn magisch an. Erinnerungen an seine Kindheit tauchten auf. Als es in der Spargelsaison ein Spargelessen mit seinem Vater gegeben hatte, der dieses Gemüse genauso liebte wie er. Die Platte mit dem Spargel stand auf dem Tisch und der Vater teilte aus. Danach wurde noch ein wenig holländische Sauce drübergegossen. Das Gesicht seines Vaters verlor dabei an Härte. Er lächelte sogar. Als Kind hungerte er nach dem Anblick eines weichen, liebevollen, lächelnden Papas, der seine Spargelstangen genussvoll aß. So viel Geld hatte er noch eingesteckt, um sich einen Bund dieses Gemüses kaufen zu können. Die Hur zu Hause wird diese Köstlichkeit für ihn zubereiten. Dieser letzte Gedanke machte ihn nachdenklich. War das jetzt tatsächlich sein Zuhause? Diese Wohnung, die ihm von dem größten Verbrecher Wiens überlassen wurde, bezeichnete er als sein Zuhause. Weit war es gekommen. Außerdem musste er unbedingt dieses Mädchen nach ihrem Namen fragen. Sie war so bemüht, ihm jeden Wunsch von den Augen abzulesen, behandelte ihn so zuvorkommend und mit Respekt, dass es ihm unangebracht und respektlos erschien, sie in seinen Gedanken weiterhin lediglich als ›die Hur‹ zu bezeichnen. Auch wenn sie eine solche war und selbst mit dieser Bezeichnung wahrscheinlich kein Problem hätte.

»Herr Nagy?« Die Frage ließ Nagy aufblicken. Ein Mann, der seine rechte Hand in seinem Rock hatte und ihn fragend ansah, stand etwa zehn Meter von ihm entfernt. In der linken Hand hielt er ein Foto.

Da er es so hielt, dass Nagy es nicht sehen konnte, wusste er nicht mit Sicherheit, was darauf abgebildet war. Aber er hätte seinen rechten Hoden darauf verwettet, dass es ein Bild von ihm war. Nagy hoffe, dass der Markt gut genug besucht war, um in der Menge unterzutauchen. Nagy drehte sich am Absatz herum und versuchte so rasch wie möglich zu verschwinden. Durch diese rasche Bewegung machte sich sein Granatsplitter schmerzhaft bemerkbar. Der plötzliche Schmerz nahm ihm die Luft. Er musste weg. Und zwar schnell.

So gut es ging, bewegte er sich durch die Menschen am Markt. Es wäre hilfreich, zu wissen, ob dieser Unbekannte alleine wäre. Nagy hatte Angst.

Der Unbekannte kam immer näher. Die Marktbesucher, durch die Nagy sich durchdrängte, rempelten ihn schmerzhaft an. Plötzlich spürte er einen Stich im Rücken. Dann noch einen. Dann wurde er an den Händen weggezerrt und es wurde ruhig. Sehr ruhig und finster.

Das Schweben, das er fühlte, war wunderschön. Eine Hand streichelte über sein Gesicht. Keine Schmerzen mehr. Dazu dieses unendlich schöne Schweben. Danach hatte er sich gesehnt. Jetzt war es endlich da. Zärtlichkeit. Ewigkeit. Und dieses Schweben.

»Ludwig!« »Wer zum Teufel ist Ludwig, du Idiot?«, hörte er Eisenbergs Stimme. Als er die Augen öffnete, wusch ihm die Hur den Schweiß von der Stirn und ein Arzt war anwesend, der von Eisenberg in diesem Moment Geld entgegen nahm.

Der Arzt erklärte dem Chirurgen, dass die Schmerzmittel, die er Nagy verabreichte, sehr stark wären und Halluzinationen hervorrufen könnten. Eisenberg war fuchsteufelswild. Er hielt Nagy die Faust vor das Gesicht: »Dir sollen alle Zähne ausfallen. Bis auf einen. Damit du Zahnschmerzen haben kannst. Du hättest sterben können. Ich hab dir misstraut und deswegen Bewacher auf dich angesetzt, nachdem du nach meinem Geschmack viel zu viele Einzelheiten weißt. Wenn der nicht gewesen wäre, wärst du jetzt tot.«

Nagy versuchte sein komplettes Bewusstsein zu erlangen um die Situation zu verstehen oder beeinflussen zu können. Aber die Schmerzmittel waren zu stark. Eisenberg setzte fort: »Du hast zwei Messerstiche in den Rücken bekommen und viel Blut verloren. Meine Leute mussten dieses Mitglied der Bruderschaft töten. Die suchen dich. Es war knapp. Der Arzt hat mich einen Batzen Geld gekostet. Du wirst Wochen brauchen, bis du wieder aufstehen kannst.«

Eisenberg stand auf und holte sich einen Cognac aus der *Kredenz*: »Leider bin ich auf dich angewiesen. Du verstehst die Zusammenhänge. Ohne dich bin ich aufgeschmissen. Mein Werkzeug ist zu grob. Das hast du mir eindrucksvoll gezeigt mit Trattenbach. Warum bist du so blöd und gehst auf den Naschmarkt? Jetzt können wir nichts machen und müssen warten bis du wieder auf die Beine kommst. Ich brauch dich. Kratz mir gefälligst nicht ab!«

Nagy hatte durch die Medikamente keine Schmerzen. Die Situation, in die er sich selbst und Eisenberg mit dem Ausflug gebracht hatte, wurde ihm aber trotz seines Zustandes bewusst. Es war ihm nicht möglich, klar zu denken und zu analysieren. Es blieb ihm nichts anders übrig als einfach zu schlafen.

Als er nach dem tiefen und traumlosen Schlaf aufwachte, war die Hur am Fensterputzen und saubermachen. »Wie heißt du eigentlich?«, fragte er. Sie lachte auf: »Das ist das Erste, das dir einfällt? Ich bin Dorina. Wie geht es dir?«. Sofort unterbrach sie ihre Arbeit und kam zu ihm. Nagy versuchte, sich zu bewegen, aber die Schmerzen waren zu groß. Dorina wies ihn gleich darauf hin, dass der Arzt ihm verboten hatte, sich zu viel zu bewegen oder vom Bett aufzustehen. Die Wunden könnten wieder anfangen zu bluten.

»Wie lange habe ich geschlafen?«, wollte Nagy wissen. Dorina kam an sein Bett und sah ihn sorgenvoll an: »Du hast zwei Tage durchgeschlafen. Ich war mir nicht sicher, ob du überlebst. Ach, übrigens, solltest du aufs Klo müssen, hab ich dir eine Bettpfanne besorgt. Du stehst nicht auf. Zu gefährlich.«

Nagy hatte bisher viel in seinem Leben über sich ergehen lassen und durchmachen müssen. Aber so gedemütigt wie jetzt, als er erfuhr, dass ihm Dorina eine Bettpfanne unter den Hintern schieben und den Inhalt anschließend entsorgen wollte, hatte er sich noch nie gefühlt. Das ging ihm tief.

»Ich muss mit Eisenberg sprechen. Dringend!« Dorina hob tadelnd den Finger: »Dringend ist jetzt erst mal, dass es dir wieder gut geht. Eisenberg kommt am Abend. Hier nimm die Medizin und schlaf weiter. Brauchst du vorher die Bettpfanne?«

Die Medizin ließ ihn schlafen. Als er aufwachte, saß Dorina an seinem Bett und las ein Buch: »Bist du hungrig?«, fragte sie, als sie bemerkte, dass er aufgewacht war. Er versuchte ein Grinsen, das aber ein gründlich misslang und einer Grimasse glich: »Wie ein Wolf. Wo sind meine Notizen?«

Dorina hatte eine Hühnersuppe gemacht. Während er im Bett die Suppe löffelte, sah er seine Notizen durch. Sein Gehirn lief auf Hochtouren. Es schien ihm fast, als hätte ihm dieser Vorfall, der ihm fast das Leben gekostet hatte, andere Blickwinkel auf die Situation und die sich bietenden Optionen möglich gemacht. Er schrieb seitenweise sein Notizbuch voll, bis endlich Eisenberg kam.

Es war Eisenberg anzusehen, dass dieser immer noch wütend war. Eisenberg begrüßte ihn mit einem Fluch: »Eine scheene Frau sollst kriegen, die immer *schnackseln* will. Und impotent sollst werden.« Da musste sogar Nagy grinsen: »Salomon, wenigstens weißt du jetzt, dass ich mit dieser Bruderschaft keine gemeinsame Sache mache und du kannst mir vertrauen. Übrigens: Danke.«

Die Gesichtszüge des Chirurgen entspannten sich und wurden milder: »Nárcisz, was machen wir jetzt? Wie geht es weiter? Ich hab das Gerücht verbreiten lassen, du wärst tot und man hätte dich als Leiche in der Donau entsorgt.

Jetzt ist eine zeitlang Ruhe. Du kannst nicht aufstehen. Wir müssen aber trotzdem etwas unternehmen. Ich kann nicht zusehen, wie wir überrannt werden.«

Nagy nickte: »Bisher haben die das Tempo vorgegeben. Sie haben agiert und du konntest nur reagieren. Und das das zu spät, weil du nicht wusstest, dass es diese Leute überhaupt gibt und was sie vorhaben. Auch am Naschmarkt. Sie wollten einen Mord begehen und du hast es verhindern lassen durch deine Leute. Sie sind in der besseren Position. Es geht jetzt in erster Linie darum, nicht nur nachzuhecheln und zu warten, was sie als Nächstes tun, um dann gegenzusteuern. Wir müssen sie dazu bringen, Angst zu haben vor uns statt umgekehrt. Wir brauchen eine jüdische Weltverschwörung.«

Eisenberg lachte kurz auf: »Du bist gut. Wo sollen wir diese Verschwörung hernehmen? Sowas wird uns zwar dauernd nachgesagt, aber das gibt es nicht. Ich bin als Verbrecher bekannt. Wie soll ich sowas auf die Beine stellen? Es braucht da nicht nur ein paar Wiener *Pücher*, sondern viel mehr Leute und viel mehr Geld als ich zur Verfügung habe. Diese Leute muss man noch dazu an den richtigen Stellen haben.«

Nagy widersprach: »Diese Arieridioten wollen an eine jüdische Weltverschwörung glauben. Die sind überzeugt davon, dass es eine solche gibt. Wir brauchen keine echte Weltverschwörung. Wir müssen sie nur davon überzeugen, dass sie Recht haben. Wir müssen Leute überzeugen, die sowieso überzeugt sind.

Ich habe dazu einiges aufgeschrieben, was ich brauche. Besorg mir drei vertrauensvolle Leute und alles, was auf dieser Liste steht.«

Eisenberg warf einen Blick darauf: »*Protokolle der Weisen von Zion*? Was willst du denn mit diesem antisemitischen Schmarrn? Das steht doch seit drei oder vier Jahren fest, dass das eine Fälschung ist. Ich hätte da intelligentere Sachen für dich, wenn du was lesen willst. Schreibmaschine? Das ist machbar. Der Rest auch.«

Wenig später wurde alles angeliefert. Dorina half ihm unter Vorwürfen und Geschimpfe dabei, aus dem Bett zum Schreibtisch zu kommen. Kopfschüttelnd stand sie vor ihm: »Die Wunden werden aufplatzen. Du wirst verbluten. Herr Eisenberg wird mir dann die Schuld geben. Du musst im Bett bleiben!« Nagy lächelte sie an: »Ja, Mama. Und jetzt bring mir bitte noch was von dem Schmerzmittel.«

Dann machte er sich an die Arbeit.

Kapitel 19

Trattenbach war ausgesprochen vorsichtig. Da er das Suchen und Umbringen Nagys veranlasste, hatte er Angst vor einer erneuten Entführung. Er hatte Nagy von der Beschreibungen her erkannt, die ihm von Max gegeben wurden. Gott sei Dank war der Anschlag auf Nagy gelungen, auch wenn sie einen ihrer besten Männer dabei verloren hatten.

Mehrere Aufpasser der Bruderschaft waren unauffällig um die Villa herum postiert. Trattenbach war in Gefahr. Diese jüdische Gruppe, die den brennenden Davidsstern in seinem Garten gemacht hatte, hatte nur ihn als Ansatzpunkt. Sonst war die Bruderschaft immer noch im Verborgenen und nicht greifbar. Trattenbach machte sich jedoch keine Illusionen darüber, dass er für die Bruderschaft so wichtig wäre, dass sie ihn nicht opferten. Aber da diese Juden über ihn an die Bruderschaft gelangen konnten, wusste er, dass keine Mühen gescheut wurden, um ihn zu schützen. Untertauchen konnte er nicht. Das wäre zu auffällig gewesen.

Und mit den paar Judenschweinen würden sie doch fertig werden. Als Arier waren sie denen doch haushoch überlegen.

Ein Stein mit einem Zettel flog unvermittelt durch das offene Fenster in den Salon. Das war so verabredet. Er löste den Zettel vom Stein und las ihn. Die Villa wurde, so wurde es ihm mitgeteilt, von zwei Juden beobachtet. Trattenbach dachte sofort wieder an diese furchtbare Nacht zurück. An die Angst, die er verspürt hatte. An die Demütigung, die er empfunden hatte. An seine nasse Hose, mit der er durch halb Wien gehen hatte müssen. Jede Nacht schreckte er mit Todesangst aus dem Schlaf. Sofort zog er sich in seinen Keller zurück, der mit Hilfe der Bruderschaft zu einer Festung gemacht wurde. Den konnte niemand aufbrechen. Und falls doch, gab es einen Gang, der auf ein Nachbargrundstück führte. Da saß er. Zitternd. Eingesperrt. Angsterfüllt. Und eine gefühlte Ewigkeit.

Irgendwann ertönte an der Tür das vereinbarte Klopfmuster. Er wusste, er war wieder in Sicherheit.

Die vier Männer, die vor seiner Tür warteten, wirkten grobschlächtig und waren wohl keine Musterbeispiele deutscher, arischer Intelligenz. Aber sie waren effektiv, wenn es darum ging, zuzuschlagen oder Gewalt einzusetzen. Unter normalen Umständen hätte Trattenbach diese Männer nie ins Haus gelassen.

Seine Villa, in der normalerweise elegante Empfänge und Besuche hochgestellter Herrschaften stattfanden, hätte sich für ihn wie beschmutzt angefühlt. Jetzt war er aber froh, dass sie da waren.

»Was war los? Was ist geschehen?«, fragte Trattenbach und es gelang ihm nur schwer, seine Angst und Aufregung zu verbergen. Der größte der vier begann zu schildern: »Uns sind zwei Juden mit Hüten und *Bejkeles* aufgefallen. Die sind ums Haus geschlichen. Wir sahen dann, dass sie zu einem Wagen gingen um von dort etwas zu holen. Als sie uns bemerkten, griffen sie in den Wagen und nahmen von dort eine Stielhandgranate. Wir gingen sofort in Deckung, als die Granate auf uns geworfen wurde. Die Granate war aber ein Blindgänger und zündete nicht. Die beiden Männer, die vermutlich hebräisch miteinander sprachen, stiegen ins Auto. Dieses sprang nicht an. Wir liefen zu dem Auto, um diese beiden zu schnappen. Da fuhr ein anderes Fahrzeug auf uns zu. Es hupte laut und wir mussten auf die Seite springen. Die beiden Männer ließen ihr Auto, das nicht ansprang, stehen und flüchteten gemeinsam mit dem anderen Wagen.«

»Haben sie irgendwas zurückgelassen in dem Wagen?«, fragte Trattenbach. »Ja, Herr Sektionschef.«, lautete die Antwort. Sie führten Trattenbach zu dem Fahrzeug und öffneten den Kofferraum. Dort befanden sich zehn Stielhandgranaten und ein Päckchen mit Unterlagen. Es war eingewickelt in teures Büttenpapier, welches mit einem vergoldeten Davidsstern verziert war.

In diesem Päckchen befanden sich ein Exemplar der *Protokolle der Weisen* von Zion und diverse Handlungsanweisungen vom Weltrabbiner Abraham. Das Exemplar der Protokolle der Weisen von Zion war mit verschiedensten Notizen versehen. Es wurde aufgelistet, wann genau welche der dort angeführten Maßnahmen durchgeführt werden sollten. Ebenso gab es genaue Hinweise auf bestimmte Besprechungen, die bereits stattgefunden hatten. Den Notizen nach fanden diese Sitzungen auf der ganzen Welt statt. Es war Paris genauso angeführt wie New York oder Rom. Der Hinweis auf namentlich erwähnte Kardinäle ließ zu befürchten, dass sogar der Vatikan verjudet und unterwandert war. Sogar der engste Vertraute des Papstes stand unter dem Einfluss der Juden.

Diese Unterlagen ließen vermuten, dass es ein Weltrabbinat gab, das kurz davor stand die Weltherrschaft zu übernehmen. Diese ganzen Dokumente gaben preis, wo und wie das geschehen sollte.

Trattenbach merkte die Erregung in sich aufsteigen. Er hatte diese Beweise gefunden. Er hielt sie in der Hand. Das würde ihn in der Hierarchie der Bruderschaft sofort ganz weit nach oben katapultieren. Vor einigen Jahren hatten es die Juden geschafft, diese Protokolle als Fälschung zu diskreditieren. Er hielt den Beweis in den Händen, dass die Protokolle der Weisen von Zion stimmen. Alles, was die Bruderschaft, die Hakenkreuzler, diese neue deutsche Partei NSDAP erzählten, stimmte also. Mit diesen Unterlagen konnten sie es beweisen.

Sie konnten die Welt wachrütteln. Er hielt hier eine wahre Bombe in der Hand. Eine Bombe, welche die Bedeutung und Wichtigkeit der Bruderschaft auch Leuten begreiflich machen konnte, die bisher daran gezweifelt hatten. Also gut, die Leute mussten ja zweifeln, da diese Bruderschaft im Untergrund und geheim agierte. Aber diese Unterlagen müssten die Umkehr der öffentlichen Meinung bringen.

Er, Trattenbach, war der Auslöser eines Umschwungs. Er war der Held, der diese Verschwörung, von der sie immer gesprochen hatte, nun aufgedeckte.

Achtsam strich er über diesen vergoldeten Davidsstern, der auf dem teuren Büttenpapier eingearbeitet worden war. Er musste dieses wertvolle Fundstück sofort an die richtige Stelle bringen. Er musste es selbst machen und durfte niemand anderen damit beauftragen. Niemand sonst sollte seinen Ruhm ernten. Er hatte sich in Gefahr begeben, um an dieses Päckchen zu gelangen. Und nur er hatte den Ruhm verdient.

Zwei der Männer beauftragte er damit, seine Villa zu bewachen. Die zwei anderen schickte er zu seinem Auto. Er war vorsichtig geworden und die beiden sollten kontrollieren, ob der Wagen zu starten war. Er konnte sich an die Angst gut erinnern, die in ihm aufgestiegen war, als er damals vergebens versuchte, seinen Mercedes zu starten.

Er trat dieser Bruderschaft aus drei Gründen bei. Einerseits weil er an die Vorherrschaft der arischen Rasse glaubte. Andererseits gefiel ihm diese Gemeinschaft, die er dort verspürte.

Außerdem sah er darin eine verlockende Möglichkeit, die Macht, die seine Familie vor dem Ende der Monarchie hatte, wiederherstellen zu können.

Er selbst ging zum Telefon und rief eine Nummer an, die er noch nie angerufen hatte. Als ihm diese Nummer genannt wurde, wurde Trattenbach darauf hingewiesen, diese nur in ganz wichtigen Ausnahmesituationen zu wählen. Das Gegenüber meldete sich, ohne sich vorzustellen, einfach mit einem Hallo. Auch darauf hatte man ihn hingewiesen. Er nannte sein geheimes Codewort Hugin und sein Gesprächspartner antwortete mit dem passenden Codewort Munin. Jetzt konnte er offen reden. Er teilte mit, sofort ein Treffen mit dem Leiter der Bruderschaft zu wollen, da ihm wichtige, ja sogar ausgesprochen wichtige Unterlagen in die Hand gefallen waren. Diese Schriften wären Beweise für die jüdische Weltverschwörung. Er konnte sie nur persönlich der höchsten Instanz der Bruderschaft übermitteln. Am Telefon herrschte Stille. Danach wurde ein Rückruf in wenigen Minuten angekündigt.

Zehn Minuten später war Trattenbach unterwegs. Sein Leibwächter saß auf der Rückbank und beobachtet den Verkehr genau um sicher zu gehen, dass sie nicht verfolgt wurden. Der Weg führte sie mit vielen Umwegen zum Hotel Krantz-Ambassador am Neuen Markt. Es war eines der luxuriösesten Hotels, das Wien zu bieten hatte. Sogar Trattenbach war beeindruckt.

Hier waren Luitpolt, Prinzregent von Bayern, Wilhelm, Erbprinz von Hohenzollern und Mark Twain und viele andere wichtige Leute abgestiegen.

Er betrat die Lobby und ging, wie angewiesen, ohne sich anzumelden, zum Aufzug. Er ließ sich in den letzten Stock zur Präsidentensuite bringen.

Nicht mal eine halbe Stunde später verließ er wie ein geprügelter Hund und mit hochrotem Kopf das Hotel und ließ sich wieder nach Hause fahren.

Das Treffen verlief nicht so, wie er sich das vorgestellt hatte. Es war Max gewesen, den er getroffen hatte. Soweit hatte er es vorher vermutet. Max war in der Präsidentensuite ausgesprochen souverän aufgetreten und hatte sich benommen, als wäre er dort zu Hause. Er bediente sich mit einer Selbstverständlichkeit aus der Bar und war mit den Gegebenheiten der Suite offenbar vertraut. Max hörte sich Trattenbachs Geschichte wortlos an, setzte sich in einen der großen Ledersessel und begann zu lesen und zu blättern. Nach nicht einmal zehn Minuten klappte er das Konvolut zu und warf es Trattenbach vor die Füße. »Was willst du mit diesem Schwachsinn?«, begann Max das Gespräch. »Bist du tatsächlich so blöd, um nicht zu merken, dass das gefälscht ist? Das passt hinten und vorne nicht zusammen. Glaubst du, jüdische Verschwörer in Paris und Rom sind so freundlich, ihre Schriften nicht auf Häbräisch zu verfassen, das die Juden auf der ganzen Welt verstehen können, sondern auf Deutsch zu schreiben? Warum sollten sie das tun?

Sogar die angeblich amerikanische Ausgabe des Protokolls der Weisen von Zion ist hier in deutscher Sprache verfasst und wurde in New York mit deutschen Anmerkungen versehen. Das erscheint dir logisch und wichtig? Das kannst du zum Einheizen verwenden. Wegen dieses Schmarrns willst eine Unterredung und nimmst eine Entdeckung in Kauf? Sonst noch was, das du mir mitteilen willst?«

Trattenbach sah während der Fahrt Max, der ihm in dieser Suite erklärte, was für ein Depp er war, vor seinem geistigen Auge. Seine Karriere in der Bruderschaft konnte er sich somit aufzeichnen. Das war's jetzt. Er wollte wenigstens draufkommen, welcher Sinn hinter dem Ganzen steckte. Ob ihm diese Unterlagen absichtlich in die Hände gespielt worden waren? Aber warum? Verfolgt wurde er bei der Fahrt mit Sicherheit nicht. Das wäre aufgefallen. Dass es darum ging, jemand zu Max zu führen, konnte er somit ausschließen.

Trattenbach versuchte, sich zu beruhigen und sich klar zu werden, in welchem Spiel er sich befinden und wer ihn zu welchem Zweck benutzen könnte.

Eine Möglichkeit war, dass jemand die Juden schlecht machen wollte, indem er gefälschte Beweise produzierte, um damit Aktionen gegen die Juden zu rechtfertigen. Das könnten dann etwa Hakenkreuzler gewesen sein. Die Juden, die ihn überwachten, hatten diese Unterlagen irgendwo gefunden und dann im Fahrzeug vergessen. Als das Auto nicht ansprang, hatte er diese Schriften dann in die Hand bekommen.

Leider hatte er ihre Bedeutung falsch eingeschätzt. Gut, Fehler können jedem passieren. Das wird Max schon einsehen, wenn er sich wieder beruhigt hat.

Was er auch für möglich hielt, war, dass man ihm diese Unterlagen in die Hände gespielt hatte, damit er sich blamierte. Dann musste es jemand aus der Bruderschaft sein, der es auf ihn abgesehen hatte. Irgendjemand, der ihm seinen internen Status streitig machen wollte. Diesen Verdacht musste er Max beim nächsten Treffen unbedingt mitteilen.

Als er nach Hause kam, wurde ihm mitgeteilt, dass das Auto, in welchem sie die Handgranaten und die Unterlagen gefunden hatten, verschwunden war. Während die Bewacher die Umgebung beobachteten, war plötzlich die Alarmanlage der Villa von deren Rückseite zu hören gewesen. Eine laute Sirene, die sich offenbar auf der Rückseite der Villa befand. Sie begaben sich sofort dorthin. Aber es war nichts, absolut nichts vorzufinden. Als sie zurückkamen, war das Auto weg.

Trattenbach war außer sich vor Wut. Diese Idioten. Die Villa hatte keine Alarmanlage. Sie waren auf eine Finte hereingefallen. Es war schwer gutes Personal zu bekommen.

Kapitel 20

Nagy aß die von Dorina gekochte Hühnersuppe. Die Suppe war gehaltvoll und ergab fast einen Sterz mit den vielen *Karotten*, Erbsen und Suppennudeln. Nagy verstand nicht, was er in den Leuten immer wieder auslöste. Anna, Dorina und viele andere, denen er begegnete, hatten offenbar einen Narren an ihm gefressen. Dabei hasste er die Menschen doch und konnte gar nicht mit ihnen umgehen.

Eisenberg saß auf seinem Bett und schilderte den Ablauf der Aktion, die von Nagy geplant worden war. Dieses Theater mit den beiden Juden, die Heinz und Peter hießen und noch nie eine Synagoge von innen gesehen hatten, hatte seine ganze Organisation erheitert und könnte in den nächsten Wochen für mehr als genug Gesprächsstoff sorgen. Eisenbergs Postler hatte ganze Arbeit geleistet und den Anschluss Trattenbachs abgehört.

Eisenberg hatte offenbar Achtung vor Nagy und seiner Fähigkeit, Leute mit den richtigen Maßnahmen zu manipulieren und deren anschließendes Verhalten vorherzusehen.

Durch den Mordanschlag auf Nagy hatte er inzwischen Gott sei Dank genug Vertrauen in ihn, um nicht mehr darüber nachzudenken, wie Nagy ihn damals im Café Anzengruber überzeugt hatte.

Nagy grinste: »Das klingt gut, dieses Schauspiel, das ihr da abgezogen habt. Es wurde alles durchdacht, bis hin zur manipulierten Handgranate, welche die Zeit verschaffte, um zu beweisen, dass das Auto nicht funktioniert. Was war jetzt im Hotel?«

Eisenberg erzählte etwas deprimiert: »Wir sind einige Minuten vor Trattenbach beim Krantz-Ambassador gewesen. Ein gewaltiger, eindrucksvoller Kasten ist das. Trattenbach kam und fuhr wie vereinbart in den letzten Stock. Wir wollten das Hotel betreten, wurden allerdings sofort vom Hotelpersonal aus dem Haus gewiesen.« Eisenberg hatte Bedenken, dass diese gefährliche Aktion ganz umsonst gemacht worden war. Seine Leute hatten danach das Hotel für eine Stunde überwacht, aber nichts Auffälliges gesehen.

Nagy konnte sich vorstellen, warum Eisenbergs Leute abgewiesen worden waren. Es war ihnen auf 100 Meter anzusehen, dass sie Stritzis waren. Wenn am Laaerberg eine Produktion über die Wiener Unterwelt gemacht worden wäre, wären das die idealen Statisten dafür. Die Maskenbildner und Kostümbildner hätten nicht viel Arbeit mit ihnen gehabt. Statt Sodom und Gomorra, die Legende von Sünde und Strafe könnte es heißen: Wiener Verbrecher, die Legende von Sünde und Strafe.

»Was grinst du so blöd?«, fuhr Eisenberg ihn an. »Das ist nicht lustig. War schon wieder eine sinnlose Aktion.« »Ach nichts«, antwortete Nagy und hatte vor seinem geistigen Auge Lucy Doraine als Dorina und Walter Slezak als Eisenberg vor sich. Eigentlich schade, dass für die Kinos solche Themen nicht interessant waren.

Es war verständlich, dass sie aus dem Haus geworfen wurden. Es war Zeit, sich selbst wieder einzuschalten und sich zu recherchieren.

»Salomon, ich brauch mein Gwand. Ich mach das. Bringt mich zum Hotel.« Eisenberg schüttelte den Kopf: »Nárcisz, du bist zu schwach. Der Arzt gesagte, dass du mindestens drei oder vier Wochen Bettruhe nötig hast. Die Stichverletzung ist zu gefährlich und die Wunden können jederzeit aufgehen. Du kannst verbluten. Sag uns, was wir machen sollen. Aber bleib um Gottes willen im Bett.« Nagy schüttelte den Kopf. »Gar nichts könnt ihr machen. Ich muss eine polizeiliche Kontrolle durchführen. Du hast niemanden, der das kann. Keiner deiner Leute weiß, wie er sich auszudrücken hat, dass ihm das abgenommen wird. Und jetzt hilf mir gefälligst beim Aufstehen.«

Als Nagy seit langem wieder mal aufrecht dastand, nachdem er sich mit Dorinas Hilfe angekleidet hatte, stand ihm der kalte Schweiß auf der Stirn. Er war erleichtert, als sie ihn in den Rollstuhl setzten. Krankenfahrstuhl -Westfalia stand darauf. Er wollte lieber nicht wissen, wie Eisenberg dieses Teil besorgt hatte und wer jetzt deswegen ohne Krankenhilfe auskommen musste.

Sie trugen ihn mit diesem Rollstuhl über die Treppe nach unten und brachten ihn zum Auto. Die Schmerzen waren nur schwer zu ertragen und er biss sich die Zähne zusammen, um nicht aufzuschreien. Aber er wollte das unbedingt selbst erledigen. Vor dem Ambassador-Krantz ließen sie ihn aussteigen. Er riss sich zusammen und betrat das Hotel. Der Concierge sprach ihn an und fragte ihn nach seinen Wünschen, worauf Nagy ihm kurz seine Blechdosenkokarde präsentierte: »Meier, Kriminalpolizei. Ich benötige Einsicht ins Fremdenbuch und die Hotelmeldezettel. Ich möchte wissen, welche Personen bei Ihnen gestern polizeilich gemeldet waren. Routinekontrolle.«

Der Concierge bat ihn ins Büro. Offenbar wollte er die Gäste nicht durch die Anwesenheit der Polizei beunruhigen. Nagy hatte sich entsprechend vorbereitet. Er hatte in seiner Dienstzeit des Öfteren solche Kontrollen durchgeführt, allerdings in Häusern mit deutlich schlechteren Ruf. Er wusste, dass die Eintragungen oft falsch waren oder unleserlich. Hier war das anders. Das Hotel war stolz auf seine Gäste. Alle Eintragungen waren in gut leserlicher Schrift und vollständig. Nun ja, fast vollständig. »Wer war gestern in der Präsidentensuite gemeldet?«, fragte Nagy. Der Concierge antwortete: »Niemand. Die steht die meiste Zeit leer. Meiner Meinung nach könnte sich das Hotel diese Suite sparen. Eine Nacht kostet mehr als unsereiner im Monat verdient. Das ist mehr Prestige als Geschäftsmodell.

Als Hotel unseres Standes müssen wir so eine Suite anbieten, damit die Leute darüber reden. Wie Sie hier in den Unterlagen sehen, war sie zum letzten Mal vor drei Wochen belegt.«

Nagy zweifelte an den Worten des Concierge nicht. Er blätterte noch ein wenig in den Unterlagen und spielte den Kriminalbeamten, dem aufgetragen worden ist, Hotels zu kontrollieren, und der beeindruckt von der noblen Welt war, die sich ihm bot. »Ein tolles Hotel. Ich habe so etwas noch nie vorher gesehen«, bemerkte er. Der Concierge nickte: »Ja, das glaube ich gerne. Wir haben nur die höchsten Gäste. Unser Chef ist derzeit sogar seit einer Woche in Paris um Werbung für das Ambassador zu machen.« Nagy hätte gerne noch weiter gefragt und versucht, die Suite zu sehen, als er bemerkte, dass es am Rücken warm herunter lief. Die Wunde war aufgegangen. Er musste so schnell wie möglich raus. Er verabschiedete sich und verließ, so rasch er konnte das Hotel. An der Ecke Plankengasse und Neuer Markt wurde er von Eisenberg und seinen Leuten erwartet. Er erreichte gerade noch das Fahrzeug, als er zusammenbrach und es ihm schwarz vor Augen wurde.

»Die Kosten für deinen Arzt kommen mir langsam teuer«, waren die ersten Worte, die er hörte, als er wieder aufwachte. Eisenberg war bei ihm und kam gleich zur Sache: »Was hast du herausgefunden? Wer ist der große Strippenzieher bei dieser Bruderschaft?«

Nagy fühlte sich müde. Müde und ausgelaugt. So lange schon versuchte er, den Fall aufzuklären.

Jeder Hinweis führte ins Nichts, jede Spur löste sich auf wie ein *Schaß*. Langsam gingen ihm die Ideen aus. Er beschloss, auf Eisenbergs Frage nicht zu antworten und weiterzuschlafen. Sie waren in einer Sackgasse. Er war schwer verletzt. Er hatte keine Ideen, wie sie zum Ziel kommen könnten. Und wenn sich Nagy bei der Lösungsfindung nutzlos erweisen sollte, liefe er Gefahr, dass sich Eisenberg wieder an den Gefängnisaufenthalt erinnern würde, den er Nagy zu verdanken hatte. Er hatte alle Optionen überlegt und abgewogen, alle Varianten durchgespielt. Diese Bruderschaft war ihm offenbar überlegen. Sie waren ihm immer einen Schritt voraus. Er gab innerlich auf, wollte nur schlafen. Vielleicht entsorgte ihn Eisenberg in der Donau. Dies wäre ein idealer Moment dafür. Er könnte aber auch einfach so hier verbluten. Das waren verlockende Möglichkeiten. Vor allem waren es schmerzlose Möglichkeiten. Er hatte versagt. Die Polizei war immer noch auf der Suche nach ihm und die Bruderschaft war ihm überlegen. Erst mal einfach schlafen.

Er ignorierte die Frage Eisenbergs. Legte den Kopf auf die Seite und schlief weiter.

Er träumte von einem gesichtslosen Mann im Anzug, der von zwei Raben und zwei Wölfen begleitet wurde. Er stand vor ihnen und sie lachten ihn aus. Der Mann beugte sich zu einem der Wölfe: »Na Freki, meinst du auch, das dass ein Versager ist?« Der Wolf nickte: »Ja, Odin, definitiv ist er das. Definitiv.«

Der Wolf kam ihm im Traum bekannt vor. Im Traum suchte er sein Notizbuch und fand es nicht. Er konnte nicht nachsehen, woher er den Wolf kannte. Diese verzweifelte Suche ließ die Fünf noch mehr über ihn lachen. Alle zeigten auf ihn und riefen abwechselnd: »Versager, Versager!«

Als er aufwachte, war es Nacht. Er fühlte seine Schmerzen. Dorina saß neben ihm und las in ihrem Buch. Als sie merkte, dass er stöhnte, legte sie es weg: »Brauchst du irgendetwas? Hast du Hunger oder Durst? Oder benötigst du die Bettpfanne?« Sie wischte ihm mit einem Tuch den kalten Schweiß von der Stirn. »Lief wohl nicht so besonders, hab ich Recht?«, fragte sie ihn besorgt. Sie merkte, dass er von den Geschehnissen der letzten Tage gebrochen war. Sie fühlte seine Mutlosigkeit.

»Dorina, ich weiß nicht mehr weiter. Ich habe alles versucht. Ich habe versagt. Ich will nicht mehr. Wieviel Schmerztabletten sind noch in der Packung? Haben wir nur die eine Packung?« Dorina wurde wütend. »Nein!«, rief sie. »Nein! Das kommt nicht in Frage. Du wirst dich nicht *hamdrahn*. Das würde alles kaputt machen, woran ich glaube. Das kannst du mir nicht antun. Weißt du eigentlich, wie viel Respekt ich vor dir habe? Es gibt keinen Mann, vor dem ich so viel Achtung habe, wie vor dir, meinen Vater und meinen Großvater miteingeschlossen. Du hast mit deinen Geschichten sogar Herrn Eisenberg hereingelegt. Ja, schau nicht so blöd. Natürlich ist mir das aufgefallen. Ich habe die medizinischen Gutachten in deinem Notizbuch gesehen.

Das sind Fälschungen!« Sie ereiferte sich immer mehr und redete sich in Rage. Dabei stand sie auf und stampfte auf. »Du bist der einzige Mann, der sich nicht von mir hat verführen lassen, weil er mich als Mensch respektiert und nicht als Loch sieht mit ein bisschen Frau herum. Du hast allein mit deinem Hirnschmalz so viel erreicht, trotz aller Umstände. Du warst mutig genug, Eisenberg um Hilfe zu bitten, obwohl du weißt, dass er dich hasst und obwohl du weißt, was er mit Leuten, die er hasst, macht. Jetzt willst du aufgeben, weil du auf dem geraden Weg nicht vorwärts kommst? Dann geh verdammt nochmal von der *Maschekseiten*!«

Sie kam mit ihrem hübschen Gesicht ganz nah zu seinem und fuchtelte mit ihrem Zeigefinger vor seiner Nase herum: »Ich habe dir nicht geholfen, damit die *Pompfinebera* eine Arbeit haben! Was denkst du eigentlich, wer du bist, dass du mir das antun kannst? Du wirst jetzt gesund oder zumindest so gesund, dass du diese Leute aufmischen kannst. Und dann gehst du da raus und reißt denen den Arsch auf.« Beim letzten Satz nahm sie den Finger aus seinem Gesicht und zeigte durchs Fenster nach draußen.

Nagy tat sich furchtbar leid. Er hatte auf der ganzen Linie versagt. Seinetwegen war Marek gestorben. Er hatte versagt, weil er immer noch von der Polizei gesucht wurde. Er hatte versagt, weil er massenhaft Hinweise bekam, aber nicht imstande war, diese richtig zu deuten oder einzusetzen.

Und jetzt hatte er auch noch versagt, weil er Dorina enttäuscht hatte oder in Kürze enttäuschen musste. Er wollte nur mehr sterben.

Sein Zustand erwies sich als gnädig und er fiel in einen tiefen Schlaf. Er träumte wieder von diesem Odin im Anzug und seinen Wölfen. Der Wolf namens Freki schlich um ihn herum und lachte dabei. Danach ging Freki zu Odin zurück und legte sich zu dessen Füßen. Dabei beobachtete er Nagy mit einem spöttischen Gesichtsausdruck. Nagy war verzweifelt. Er hasste es, zu verlieren. Irgendetwas war da rund um dem Wolf Freki. Es irritierte ihn. Da war Bewegung. Er konnte nicht erkennen, was das genau war. Plötzlich wurde Nagy ganz ruhig und hielt im Traum sein Notizbuch in der Hand. Jetzt, wo er diese Verzweiflung, die Angst vor dem Versagen abgelegt hatte, konnte er sehen, was da rund um den Wolf herum war. Es waren Ratten. Wie elektrisiert blätterte er in seinen Notizen, um den entscheidenden Hinweis zu suchen. Währenddessen wurde Odin mitsamt seinen Viechern immer kleiner. Dabei riefen alle panisch: »Nein! Nein, das darf nicht sein!« Er selbst wuchs in seinem Traum und überragte diesen Odin deutlich. Das Kräfteverhältnis hatte sich plötzlich verschoben.

Nagy merkte zwar, dass es ein Traum war, offenbar ein Wunschtraum. Er war jedoch nicht fähig aufzuwachen und schlief weiter.

Als er erwachte, saß Dorina neben ihm. »Dorina, wie bist du draufgekommen, dass diese Gutachten vom Amtsarzt gefälscht sind?« Dorina kicherte.

Sie sah ihn an und meinte: »Jetzt kennen wir uns einige Tage und wissen doch nichts voneinander. Ich war nicht immer eine Hur. Eigentlich bin ich es erst seit einem Monat. Ich habe in einem Verlag gearbeitet und musste dort Lektorat und Korrektorat machen. Wir hatten den Schwerpunkt auf Belletristik: schwülstige Liebesromane und seichte Heimatromane. Der Bruder meines Chefs war Arzt und deswegen hatten wir auch ein medizinisches Fachbuch über Anatomie zu verlegen. Der Kerl hat hoffentlich besser behandelt als geschrieben. Ein furchtbarer Stil, sag ich dir. Aber da musste ich mich mit dem Thema beschäftigen. Und übrigens, nein.« Nagy sah sie irritiert an: »Nein? Was meinst damit?« »Das, mein Lieber«, sagte sie und sah ihn verschmitzt an, »wäre die Antwort auf deine nächste Frage gewesen. Nein, ich habe Herrn Eisenstein nichts davon erzählt. Erstens hat er mich nicht gefragt, zweitens wollte ich schauen, wie sich das weiter entwickelt und drittens gefällt mir deine Art, an die Dinge heranzugehen. Ich mag kreative Leute. Ach ja, verrückte Geschichte.« Nagy sah sie fragend an: »Die Antwort auf deine nächste Frage, warum ich jetzt eine Hur bin. Die Menschen brauchen Wohnungen, Essen, etwas zum Heizen. Bücher sind nicht mehr gefragt. Schon gar nicht diese Art von Literatur. Der Verlag ging pleite. Ich habe eine gute, sogar sehr gute Ausbildung. Mit der fange ich aber in diesen Zeiten nichts an. Die ist komplett unnötig. Ich habe lange gesucht. Mein Geld wurde immer knapper. Ich musste Schulden machen, um zu überleben.

Dann habe ich als Tänzerin angefangen und Eisenberg hat mich überredet als Hur zu arbeiten. Da könnte ich mehr verdienen. Ich hatte einige Freier, die aber alle mit mir nicht zufrieden waren. Warum auch immer. Dann kamst du und Eisenberg war froh, mich hier einsetzen zu können. Als Hur bin ich eine ziemliche Niete. Bei dir gefiel es mir aber von Anfang an. Hab schon viel von dir gelernt.«

»Wann kommt Eisenberg?«, wollte Nagy wissen. Dorina zuckte mit den Schultern: »Das weiß ich nicht. Heute. Morgen oder übermorgen. Ich soll ihm Bescheid sagen, wann du aufgewacht bist. Dann ist er sofort da. Aber er will Antworten von dir. Er will Ideen. Er will wissen, was du im Hotel herausgefunden hast, Er will wissen, wie wir weitermachen. Also wirst du jetzt etwas vorbereiten. Wenn du soweit bist, sagst du es mir, dann bemerke ich, dass du erwacht bist und hole ihn. Eisenberg hast du beeindruckt. Aber dieser Eindruck kann sich rasch abnützen, wenn du keine Ergebnisse lieferst. Dann bist du für ihn unnötig. Das, und die Konsequenzen daraus, will ich nicht. Deshalb hast du jetzt Zeit, um dir was zu überlegen. Kann ich dir dabei helfen?«

Kapitel 21

Nagy war aufgeregt. Er hatte seinen Traum reflektiert und in seinen Notizen gestöbert. Er hatte wieder eine Idee, wie es weiter gehen könnte. Seitenweise kritzelte er sein Notizbuch voll. Entwickelte Strategien, verwarf sie, entwickelte neue, kehrte zu einer verworfenen Idee wieder zurück, änderte sie ab.

»Es ist schön, zu sehen, welche Freude es dir wieder bereitet, deine Pläne auszuarbeiten«, bemerkte Dorina, als sie ihm etwas zu essen brachte. Er hörte gar nicht, was sie sagte, weil er so vertieft darin war, irgendwelche Verbindungen zwischen den Beteiligten aufzuzeichnen. Erst Minuten später sah er sie kurz verwirrt an, zeigte auf seinen Teller und sagte: »Danke.« Danach schrieb er einfach weiter, ohne sich um sein Essen zu kümmern, das langsam kalt wurde.

Er hatte über Stunden durchgearbeitet und merkte erst jetzt, dass seine Verletzungen ihm noch zu schaffen machten. Er wies Dorina an, ihn jetzt schlafen zu lassen. Sobald er erwachte, könne sie Eisenberg holen. Dorina deckte ihn fast zärtlich zu, er schlief sofort ein.

Im Traum stand Marek bei ihm. Marek zeigte ihm wortlos das Foto Mitzis, auf dem sie auf dem Sessel aufgestützt stand und in die Kamera lachte. Nagy versank in dieses Foto. Er spürte beim Betrachten des Fotos diese ganzen Emotionen, den ganzen Schmerz, den diese unsägliche Bruderschaft verursacht hatte. Spürte über dieses Foto die Gefahr, die von dieser Bruderschaft ausging. In dem Augenblick war er Marek dankbar, dass er ihn in diese Sache hineinzog, auch wenn er dadurch bereits alles verloren hatte – seine Wohnung, sein Einkommen, seinen Ruf. Er fühlte durch dieses Foto, wie verzweigt und verästelt diese Bruderschaft in der gesamten Gesellschaft war. Das machte ihm Angst. Aber es stärkte ebenso seinen Willen, unbedingt etwas dagegen zu unternehmen. Er umarmte seinen gestorbenen Freund und der Traum verschwand. Als er aufwachte, war es dunkel. Dorina saß neben ihm am Stuhl und schlief. Er betrachtete sie lange. Sie war eine bildhübsche Frau. Dazu noch eine sehr starke und kluge Frau. Für einen Mann musste es eine harte Aufgabe sein, mit ihr eine Ehe zu führen. Sie lies sich mit Sicherheit nichts sagen, keine Vorschriften machen, wollte mitbestimmen. Nagy musste grinsen und war in dem Augenblick froh, mit Frauen nichts anfangen zu können. Obwohl er zugeben musste, dass Dorina sicher eine Frau war, in die er sich verlieben könnte, wenn er Männer nicht erotischer und attraktiver fände. Nagy wollte sie nicht wecken. Er musste sich sowieso erholen und auf ein paar Stunden kam es nicht an. Sie konnte Eisenberg auch am Morgen holen.

In der Früh weckte ihn Dorina mit dem Duft von Kaffee. Sie hatte Frühstück vorbereitet. Aus dem geöffneten Fenster kam frische Luft und Sonnenschein. Ein wundervoller Tag. »Und? Kann ich Herrn Eisenberg holen?«, fragte sie. »Klar«, antwortete Nagy, »ich bin wild darauf, diesen Herrenmenschen zu zeigen, wo sie wirklich stehen mit ihrer Intelligenz und wohin sie sich ihre Arierscheiße stecken können. Heimlich haucht an blumigen Fenstern Duft von Weihrauch, Teer und Flieder. Silbern flimmern müde Lider durch die Blumen an den Fenstern. Ich habe jetzt echt Hunger.«

Kurz darauf saß Eisenberg neben ihm. Nagy erklärte ihm kurz, dass er zwar im Hotel nichts herausgefunden hatte, aber dafür wieder andere Ideen hatte, wie sie zum Ziel gelangen könnten. Eisenbergs Miene verfinsterte sich. »Weißt du überhaupt, was das für ein Aufwand war, das alles zu inszenieren? In welche Gefahr sich meine Männer begeben haben für dich? Das war alles umsonst? Wer sagt, dass deine jetzige Idee funktioniert?«

»Salomon!«, versuchte Nagy Eisenberg zu beruhigen. »Es hat nicht das gebracht, was wir uns erhofften. Aber nur weil eine Aktion nicht das brachte, was wir erhofften, heißt das nicht, dass wir deswegen aufgeben werden. Oder willst du, dass du übernommen wirst?«

Eisenberg überlegte kurz: »Also gut, lass hören, welche Ideen du hast. Dann entscheide ich.«

»Wieviele Drechsler gibt es im *Ratzenstadl*?« Eisenberg war kurz verwirrt: »Wieso brauchst einen Drechsler? Der Ratzenstadl ist zwar gleich daneben und soweit ich weiß, gibt es dort zwei Drechsler aber ich hab einen Verwandten auf der *Mazzesinsel*, der arbeitet sicher besser und preisgünstiger.« Nagy überging die Werbung für Eisenbergs Verwandtschaft: »Ich will Informationen über die beiden Drechsler im Ratzenstadl.« Eisenberg kratzte sich am Kopf: »Also den einen kenne ich nicht. Der andere ist ein guter Kunde von mir. Wenn seine Frau einmal im Monat ihr Treffen mit irgendwelchen Schnepfen hat und mit denen gemeinsam stickt, kommt er zu mir und genießt es, ein junges Mädchen besteigen zu können, statt seiner vertrockneten Alten. Je jünger, desto besser. Und dabei muss sie ihm immer erklären, was für ein toller Hengst er nicht ist. Der kann es sich leisten. Sein Vermieter verlangt keine Miete, dafür darf irgendein Verwandter des Vermieters bei ihm lernen. Lehrgeld bekommt er noch zusätzlich. Der ist zwar kaum in der Werkstatt, aber das ist dem Karl, also dem Drechsler, auch wurscht. Er spart sich eine Menge Geld dadurch. Das bringt er dann zu mir, einmal im Monat. So haben wir beide was davon.«

Nagy freute sich: »Das dürfte ein Volltreffer gewesen sein. Ich muss alles wissen über den Vermieter. Ich wette, der heißt mit Vornamen Max oder Maximilian. Ich brauche auch Details über seinen Lehrling. Kannst du mir das besorgen? Wenn du nicht weiterkannst, ist das kein Problem. Dann lasse ich meine Beziehungen bei der Polizei spielen.«

Nagys Hinweis auf seine Beziehungen bei der Polizei hatten eher den Sinn Eisenbergs Ehrgefühl zu wecken.

Der Chirurg hasste es, das Gefühl zu haben, keine oder zu wenig Informationen zu bekommen, die seine Kunden und die Gegend betrafen, in der er zu Hause war und wo er seine Mädchen auf den Strich schickte. Dessen war sich Nagy bewusst. Dieser konnte inzwischen nichts Anderes machen, als zu Kräften zu kommen. Dorina tat ihr Bestes dazu, um ihn wieder auf die Beine zu bringen. Ihre Rindssuppe, die sie für ihn gekocht hatte, war intensiv und wärmend. Er musste gestehen, Dorina tat ihm gut. Nach wenigen Stunden kam einer der Männer Eisenbergs mit einer Menge Unterlagen zu ihnen. Eisenberg lies ausrichten, er käme am Abend vorbei, um alles Nötige zu besprechen.

Gespannt begutachtete Nagy Eisenbergs Rechercheergebnisse. Schon nach einigen Minuten war ihm klar, das war der Durchbruch in den Ermittlungen. Er machte sich Vorwürfe, warum er nicht früher dieser Spur nachgegangen war.

Das Haus, in dem sich der Drechsler befand, war im Besitz von Maximilian Heidendorff, einem ehemaligen Grafen und Industriellen. Dieser war ein enger Freund der Familie Krantz, der das Hotel Ambassador gehört. Der Name des Lehrlings, den Heidendorff bei dem Drechsler untergebracht hatte, war, wie Nagy es vermutete, Richard Weberknecht. Unklar blieb lediglich, in welcher Beziehung dieser zu Heidendorff stand und weswegen Heidendorff Wert darauf legte, dass Weberknecht dort den Drechsler spielte. Wie in Erfahrung gebracht werden konnte, war Weberknecht nur ausgesprochen selten in der Werkstatt.

Die Zigarettenspitzen hatte Weberknecht dort gekauft und nicht selbst gemacht. Mitzi hatte er nie dorthin mitgenommen. Also warum dieses Theater? Welchen Zweck verfolgten sie damit? Und welche Position hatte er in diesem Spiel?

Nagy schlug eine neue Seite in seinem Notizbuch auf und begann einen Plan zu entwerfen. Er skizzierte einen Angler, der eine Angel in einen Teich hielt. Über den Angler schrieb er seinen Namen. Über den Fisch den von Heidendorff. Jetzt brauchte er nur die Angel, den Haken und vor allem einen Köder. Was könnten sie dafür nehmen? Dorina sah die Zeichnung, als sie ihm Tee brachte. Sie blickte diese Skizze lange an. Was könnte Heidendorff so stark wollen, dass er seine Vorsicht außer Acht lässt und anbeißt. »Wie alt ist Heidendorff? Ist er verheiratet? Wie schaut es mit seiner Familie aus?« Nagy sah kurz nach: »Er ist 58. Keine Frau, keine Kinder.« »Schwuchtel?«, fragte Dorina. »Steht nichts davon im Akt. Verzeih, in den Unterlagen, mein ich«, antwortete Nagy und zuckte mit den Schultern. Er schüttelte den Kopf: »Mir fehlt der Hebelpunkt. Womit ködert man einen Mann, der alles hat? Heidendorff ist ein Mann, der unglaublich reich ist, eine Unzahl an Firmen besitzt, über Personal verfügt, mehrere Autos fährt, der gesund ist und – übertrieben gesagt – nach der Weltherrschaft greifen will. Was könnte ich ihm als Köder bieten?« Dorina zuckte mit den Schultern, was wohl ausdrücken sollte, dass sie auch keine Ahnung habe.

Am Abend kam Eisenberg. Nagy wollte mit ihm über das weitere Vorgehen sprechen. Heidendorff schien noch unangreifbar, aber den Richard könnten sie sicher ködern. Dazu waren noch mehr Informationen über Richard notwendig. Was ihn bewegte, was ihn begeisterte, welche Geldschwierigkeiten, welche Liebschaften er hatte, was er den ganzen Tag so machte und einiges mehr, war alles in Erfahrung zu bringen.

Eisenberg kratzte sich am Kopf: »Ich könnte Richards Mutter fragen. Die alte Weberknecht besitzt ein Zinshaus in *Margareten*, in dem sie auch wohnt.« »Was weißt du über sie?«, fragte ihn Nagy. Der Chirurg überlegte kurz: »Sie muss mal eine wunderschöne Frau gewesen sein. Ihren Richard hat sie bekommen, als sie zwanzig war. Der war ein uneheliches Kind. Sie war irgendwo als Dienstmädchen angestellt. Das Übliche eben. Wenn ein Dienstmädchen hübsch ist, muss sie herhalten. Sobald der Bauch sichtbar wird, verliert sie ihre Stelle, wird aus dem Haus geworfen und hat ihr Leben verspielt. Die alte Weberknecht erzählt, dass sie damals im Lotto gewonnen und sie sich mit dem Gewinn ein Haus gekauft hätte. Sie hatte also noch Glück im Unglück. Den Vater ihres Kindes gab sie nie bekannt. Ich werde sie mal fragen, was ihr Richard so macht, den lieben, langen Tag.«

Nagy und Dorina blickten einander mit großen Augen an. Frau Weberknecht war der Haken, der Köder und die Angel in einem. »Nein«, sagte Nagy, »ich werde das machen.

Wir brauchen mehr Informationen, als sie bereitwillig erzählen wird. Da bin ich besser geeignet. Ich werde wieder den Kriminalbeamten spielen.«

Dorina meldete sich zu Wort. Es war das erste Mal, dass Nagy sie in Gegenwart Eisenbergs reden hörte: »Klar machst du das. Aber erst rufen wir den Pfarrer an. Der soll mal Kontakt mit seinem Chef aufnehmen und Jesus vorbeischicken für eine Heilung. Wenn der nicht frei ist, dann alternativ gleich mit der letzten Ölung vorbei kommen. Magst wieder zusammenbrechen und geflickt werden? Ich werde das mit der Weberknecht machen. Und ich habe da auch eine Idee dafür.«

Eisenberg blickte Dorina böse an, packte sie am Kleid und rieb auf. Dorina hatte in seine Augen für ihre Frechheit, so mit Nagy zu reden eine Abreibung verdient. Nagy hielt ihn zurück. »Lass nur, Salomon. Sie hat recht. Wir brauchen alle Informationen, die wir bekommen können über die alte Weberknecht. Dorina und ich werden das ausarbeiten.«

Eisenberg gefiel es offenbar gar nicht, wie sich diese Situation entwickelte. Dass Nagy zu seiner Hur hielt und diese jetzt aufmüpfig wurde. Grummelnd verließ er die Wohnung.

Als Eisenberg gegangen war, besprach er sich kurz mit Dorina. Ihre Idee war nicht schlecht. Sie ginge als Dienstmädchen vom Land auf Empfehlung Eisenbergs zur alten Weberknecht. Sie fragte dann nach einem Zimmer und ob Frau Weberknecht vielleicht jemanden wüsste, der ihr eine Stelle geben könnte.

Dabei könnte sie ihr Detailwissen über die Weberknecht nützen, um bei ihr Erinnerungen an sich selbst in jungen Jahren hervorzurufen. Verschiedene Details einzubauen war wichtig. Damit wollte sie Sympathie erzeugen und die Weberknecht in ein Gespräch verwickeln. Sie ahnten beide, wer Richards Vater war und dass sie das Geld nicht mit Lottospielen gewonnen hatte.

Nagy war zufrieden mit dem Plan: »Hilf mir auf. Ich will zur Schreibmaschine.« Dorina schüttelte den Kopf: »Aber sonst ist alles in Ordnung bei dir? Du bleibst gefälligst liegen und diktierst mir, was du geschrieben haben willst. Schon vergessen, dass ich nicht immer eine Hur war?«

Sie verfassten zwei Empfehlungsschreiben. Dorina war dann über eine Stunde unterwegs und besorgte ein *Dienstboten-Dienstbuch*. Als Nagy sie fragend anblickte, sagte sie nur: »Sag kein Wort. Ich bin nicht stolz darauf, wie ich dazu gekommen bin. Reden wir nicht darüber.« Nagy radierte mit einer Rasierklinge Einträge aus, schrieb andere Einträge darüber. Es sah fast aus, als wäre es echt.

Dorina war somit gut vorbereitet für den nächsten Vormittag.

Kapitel 22

Dorina sah aus, wie aus dem Bilderbuch. Sie verkörperte das Dienstmädchenklischee perfekt. Die Haare zusammengeknotet, ein hochgeschlossenes langes, altmodisches Kleid und einen Koffer in der Hand, läutete sie an der Wohnung der alten Weberknecht.

Als die Weberknecht öffnete, sah Dorina eine Frau vor sich, die ihr in Statur und Größe nicht unähnlich war. Auf dem linken Wangenknochen befand sich ein Leberfleck. Ein hoher Haaransatz, die grauen Haare nach hinten gebunden aber immer noch mit guter Figur und fraulicher Ausstrahlung stand Weberknecht vor ihr.

»Frau Weberknecht? Ich bin Helene.« Dorina machte einen schüchternen Knicks. »Ich bin gerade aus Wiener Neustadt gekommen, um hier in Wien zu arbeiten. Ich suche ein Zimmer und eine Stelle als Dienstmädchen. Herr Eisenberg wollte, dass ich, für ihn, …dass ich,… also er hat mich wieder weggeschickt und gemeint, vielleicht können Sie mir weiterhelfen.« Dabei blickte Dorina zu Boden und schaffte es sogar, ein wenig zu erröten.

»Komm doch rein, Helene. Mal sehen, ob ich etwas für dich habe. Zimmer ist keines frei. Aber vielleicht fällt mir etwas ein.«

Dorina betrat die luxuriös eingerichteten Räume und sah sich um: »Sie haben eine wunderschöne Wohnung, Frau Weberknecht. Brauchen Sie nicht vielleicht für sich selbst ein Zimmermädchen? Ich habe zwei Empfehlungsschreiben und sehr gute Einträge im Dienstbuch. Sie sind so eine tolle Frau. Es würde mir viel Freude machen, für Sie zu arbeiten.« Dabei wies Dorina ihr Dienstbuch und ihre Empfehlungsschreiben vor, die Weberknecht jedoch nicht beachtete. Das war Dorina durchaus recht. So ganz traute sie der Überzeugungskraft der Fälschungen doch nicht. Weberknecht lachte auf. »Nein, brauche ich nicht. Ich mache mir alles selber. Ich war doch auch mal Dienstbotin.« Dorina starrte sie mit großen Augen an: »Sie waren mal Dienstmädchen? Wirklich? Da hat es das Leben offenbar sehr gut mit Ihnen gemeint, gnädige Frau.«

Dorinas Blick fiel auf das Bücherregal. Einige dieser Werke kannte sie und hatte sie selbst lektoriert. Dorina klatschte vor Begeisterung in die Hände: »Wir lesen die gleichen Bücher. Das hier ist mein Lieblingsbuch.« Dabei zeigte sie auf eines der dort liegenden Schmonzetten. »Dieses Mädchen hatte auch Glück im Leben. Erst war sie von der Kutsche angefahren worden, dann verliebte sich der Fabrikbesitzer, der darin saß in sie. Sie heirateten und dieser bezahlte für ihre kranke Mutter.« Dorina musste sich sehr anstrengen um diese Begeisterung ernsthaft rüberzubringen und nicht laut loszulachen wegen dieses lächerlichen Machwerks. Dorina zeigte auf ein weiteres Buch, ihres Verlages. »Das hier hat mich ein wenig traurig gemacht. Wie der alte Butler diese junge Köchin behandelt hat, war nicht nett. Das hat sie nicht verdient. Aber dann kam der junge Herr in die Küche und hat sich in das Mädchen verliebt. Am Ende musste der Butler dann nett sein, als sie seine Herrin war und alles wurde gut.« Dorina empfand diese Literatur als Zeitverschwendung und hätte keine einzige Stunde dafür investiert. Aber ihr gespieltes Interesse an dieser Frauenliteratur schien zu wirken. »Du liest auch, Helene? Setz dich, ich mache uns Tee und dann überlegen wir uns, wo ich dich unterbringen kann.«

Die beiden Frauen saßen stundenlang zusammen. Weberknecht erzählte, sie hätte eine Art Lottosechser gemacht, dass es einmal eine große Liebe gab, aber seine Familie aufgrund der Standesunterschiede dagegen war. Dann zeigte sie Dorina alte Fotos von sich selbst in jungen Jahren und in Dienstbotenkleidung.

Sie tauschten Keksrezepte, plauderten über Liebesromane und die alte Weberknecht erzählte immer mehr über sich und ihr Leben.

Stunden später kam sie zu Nagy zurück, um zu berichten. »Mein Gott, siehst du seriös aus, Dorina«, zog Nagy sie auf. Dorina machte einen Knicks, schlug die Augen nieder und sagte schüchtern: »Ich bin die Helene, haben Sie vielleicht eine Stelle für mich?«. Dann grinste sie Nagy an. »Also erzähl mal, was hast du herausgefunden?«, kam Nagy zur Sache.

Dorina ließ sich in einen Sessel fallen: »Der Koffer ist sauschwer und ungut zu schleppen, den ganzen Weg. Du hättest ruhig weniger reinpacken können.« Nagy ignorierte den Einwand. »Was noch?«. Dorina nickte: »Ich habe ein Empfehlungsschreiben von ihr und drei Adressen, wo ich mich als Dienstmädchen bewerben kann. Wennst mich also schlecht behandelst, such ich mir einen anderen Dienstherrn.« »Dorina!«, sagte Nagy mit gespielter Strenge und hob tadelnd den Zeigefinger. Dorina meinte trocken: »Ach ja, noch was. Volltreffer! Volltreffer auf der ganzen Linie.«

Nagy wurde ungeduldig: »Geht es vielleicht ein bisserl genauer?«

Dorina holte etwas weiter aus: »Die Weberknecht hat weder etwas von ihrem Sohn noch ihren ehemaligen Dienstherrn verraten. Aber sie hat mir alte Fotos gezeigt. Da war ihr Dienstbuch dabei. Und als sie auf den Gang Wasser für den Tee holen ging, hab ich kurz reingeschaut. Volltreffer. Wir hatten recht. Es scheint der Name Heidendorff auf und ein sehr, sehr gutes Zeugnis. Also wenn ich das, was sie nicht oder nur zwischen den Zeilen erzählte, zusammenfasse, dann war sie bei Heidendorff im Dienst. Er hat sie offenbar wirklich geliebt. Sonst hätte er ihr nicht, nachdem er sie schwängerte, mit einem Zinshaus beschenkt und kümmerte sich jetzt nicht so um Richard.

Als Lektorin kenne ich das aus der Theorie. Wenn eine Liebe an ihrem Höhepunkt durch das Schicksal unterbrochen wird. Dann bleibt diese Liebe bestehen. Auf diesem hohen Niveau. Für das ganze Leben.« Nagy nickte.

Das kannte er aus eigener Erfahrung. Dorina setzte fort: »Wie bei Romeo und Julia. Niemand kann sich vorstellen, wie diese Beziehung ausgesehen hätte, wären sie nicht gestorben. Romeo hätte einen Bierbauch und Julia lästerte ständig, wenn er mit seinen Freunden zu viel trank. So bleibt diese Liebe auf immer bestehen. Vielleicht ist das der Grund, warum Heidendorff nie geheiratet hat. Vielleicht haben wir da einen Ansatzpunkt.«

Nagy nickte nachdenklich: »Jetzt brauchen wir nur mehr eine Idee, wie wir das ausnützen können.«

Dorina grinste ihn an: »Hab mir schon Gedanken gemacht. Von der Figur und der Größe her, bin ich der alten Weberknecht recht ähnlich. Ich brauche nur die gleiche Frisur und ein Kleid, das ihn an damals erinnert. Ihre Art, sich zu bewegen, habe ich studiert. Dazu hatte ich einige Stunden Zeit. War nicht so schwer, das kann ich imitieren. Wir setzen ihm eine junge Kopie seiner alten Liebe vor die Nase. Was hältst du davon?«

Nagy nickte: »Das könnte gehen. Aber da bräuchten wir ein Kleid, das bei ihm diese Erinnerung hochholt, und wir brauchen die genaue Frisur, die sie damals trug. Das haben wir nicht.«

Dorina griff in ihren Ausschnitt und förderte ein altes Foto zutage. Die Weberknecht war darauf zu sehen in jungen Jahren mit dem handschriftlichen Vermerk:

Du bist so schön! Ich liebe dich. Max.

Nagy hätte Dorina am liebsten abgebusselt. Die Frau war Gold wert. Damit konnte man arbeiten.

Er hoffte nur, dass Dorina recht hatte und Heidendorff immer noch in Weberknecht verliebt war. Einen weiteren Schlag ins Wasser konnte er sich vor Eisenberg nicht leisten. Irgendwann würde es ausgesprochen ungesund für ihn werden und medizinisch relevante Konsequenzen haben, wenn er wieder Misserfolge lieferte. Was ihm immer noch nicht klar war, war die Rolle von Richard. Dass sich der *Graf* um seinen unehelichen Sohn kümmern wollte, konnte doch nicht der einzige Grund sein, ihn zum Drechsler zu schicken. Heidendorff hätte andere Möglichkeiten gehabt, ihn in einer seiner Firmen unterbringen. Das wäre niemanden aufgefallen. Schon allein wegen des anderen Namens. Aber ihn in eine Firma als Lehrling zu stecken, sein Lehrgeld zu zahlen und noch dazu auf die Miete zu verzichten scheint nur eine gute Idee, wenn er dort tatsächlich etwas lernen könnte. Das war nicht der Fall. Richard kam und ging, wie er wollte, und hatte kein Interesse an diesem Beruf. Warum machte der *Graf* das? Welche Rolle spielte Richard? Wusste Richard Bescheid über die Ambitionen seines Vaters oder war er gar ein Teil davon? Fragen über Fragen, die es zu klären galt und die sie keineswegs aus den Augen lassen durften.

Bevor Nagy den Plan ausarbeiten konnte, musste er aber Gewissheit haben: »Dorina, hast du eine Ahnung davon, worauf du dich hier einlässt? Das sind skrupellose Menschen, die auch vor Mord nicht zurückschrecken. Wenn du das hier alles machst, bist du in Gefahr.«

Dorina winkte ab: »Ach was. Da mach ich wenigstens etwas Sinnvolleres mit meinem Leben, als irgendwelchen geilen alten Böcken mein bestes Teil zur Benutzung hinzuhalten. Wenn ich bei unserem Projekt draufgehe, weiß ich wenigstens aus welchem Grund. Wenn ich an der Syphilis krepierte, könnte ich den Sinn dahinter nicht verstehen. Also, worauf warten wir? Legen wir los! Ich habe schon eine Liste zu schreiben begonnen, was wir alles brauchen. Ich warte noch auf deine Anweisungen.«

Nagy spürte, dass dies nicht so dahergesagt war und sie sich tatsächlich Gedanken gemacht hatte. Dorina war vieles aber sicher nicht oberflächlich. Ihr war die Gefahr, in die sie sich begab, bewusst und sie gäbe nicht im erstbesten Moment auf oder fiele um. Die Frau gefiel ihm immer mehr.

Dorina setzte sich wieder an die Schreibmaschine und Nagy diktierte. Sie schaute ihm dann genau zu, als er diese Schreiben im Bett finalisierte. Sie wurde von Nagy instruiert und übte den ganzen Abend vor dem Spiegel die Bewegungsmuster der alten Weberknecht. Sie achtete darauf, die Stimmlage und Betonung der Wörter gut hinzubekommen und die Lieblingswörter der Weberknecht zu benutzen. Nagy bemerkte, dass Dorina sich zu einer anderen Person veränderte, konnte aber nicht verbessern oder Tipps geben, da er die Weberknecht nicht kannte. Das machte ihn unrund. Er hasste es, wenn er ein Projekt plante und es Bereiche gab, in denen er nichts zum Gelingen beitragen und nicht kontrollieren konnte.

Dieses Projekt war nun auch eines, in welchem er alles den Anderen überlassen musste. Sein Perfektionismus rebellierte. Aber er wusste, dass er nichts tun konnte. Er ahnte, dass er in Dorina eine kongeniale Partnerin an der Seite hatte, bei der er die Kontrolle abgeben konnte, auch wenn es ihm sehr schwerfiel.

Sie übten mit verteilten Rollen. Nagy stellte die Fragen, Dorina gab die Antworten. Mehrmals wurde ihnen klar, dass ihnen Unterlagen oder Zeugnisse fehlten. Diese wurden dann auf der alten Schreibmaschine angefertigt.

Irgendwann tauschten sie die Rollen und Dorina stellte in der Figur des Grafen die Fragen und Nagy musste antworten. Sie wollten sichergehen, in ihren Vorbereitungen nichts übersehen oder vergessen zu haben.

Kurz nach Mitternacht konnten sie dann beide nicht mehr. Sie waren fix und fertig und hundemüde. Sie hatten alles vorbereitet. Der Friseur war gebucht, der Schneider war an der Arbeit, Dorina war instruiert, die Unterlagen waren auf dem Tisch und es konnte endlich losgehen.

Kapitel 23

»Herr *Graf,* da ist ein Fräulein. Sie möchte Sie unbedingt sprechen und lässt sich nicht abweisen«. Heidendorff zog an seiner Zigarre und runzelte die Stirn. Der Unmut über diese Behelligung war ihm anzusehen. Er hatte diese Sekretärin in seinem Vorzimmer sitzen, damit sie ihm genau solche Störungen vom Hals hielt.

»Warum erledigen Sie das nicht? Wofür bezahle ich Sie eigentlich?« Die Angestellte blickte zu Boden und machte einen verlegenen Knicks: »Ich versuche es seit 20 Minuten. Sie ist ausgesprochen hartnäckig.« Nun ja, ehrlicher wäre gewesen: »Weil sie mir mehr Geldscheine in die Hand gedrückt hat, als ich hier bei Ihnen im Monat verdiene«, aber es war nicht der Moment, um die Wahrheit zu sagen.

Missmutig legte der *Graf* seine Unterlagen zur Seite: »Ich zeige Ihnen, wie man das erledigt. Mehr als zwei Minuten brauche ich nicht. Höflichkeitsfloskeln eingeschlossen. Schicken Sie das Fräulein rein.«

In Gedanken versunken blickte er auf die Glut seiner Zigarre. Als er aufblickte, stand Dorina vor ihm.

Diese Pose des Fotos hatte sie lange vor dem Spiegel geübt, bis sie so zufällig und spontan aussah, wie jetzt. Dieses Lächeln und die Neigung des Kopfes waren perfekt einstudiert und wirkten absolut natürlich. Der Leberfleck auf der Wange sah aus wie echt.

Heidendorff war sprachlos. Er brauchte mehrere Sekunden, bis er sich einigermaßen fangen konnte. Dorina triumphierte innerlich. Die harte Arbeit und Vorbereitung hatte sich ausgezahlt. Sie durfte in der ganzen Aufregung nur nicht ihre Rolle und die Einzelheiten ihres Lebenslaufes vergessen.

Heidendorff stand mit roten Wangen und aufgerissenen Augen auf: »Mein... mein Fräulein, was darf ich für Sie tun? Weshalb sind Sie hier? Nehmen Sie doch bitte Platz.« Dabei stand er aus seinem Schreibtischsessel auf und rückte ihr den Sessel gegenüber seines Schreibtisches zurecht. Als Dorina seinen Gesichtsausdruck sah, als er ihr Parfum roch, wusste sie, dass es eine gute Wahl war, das Gleiche gewählt zu haben, wie jenes, das sie bei der alten Weberknecht stehen gesehen hatte. Sie war sich nicht sicher, ob diese das Parfum bereits in ihrer Jugend verwendete, was aber beim Gehalt eines Dienstmädchens unwahrscheinlich war. Aber es war möglich, dass es ein Geschenk des Grafen gewesen war und er somit den Geruch kannte. Welche Vermutung auch immer zutraf, war egal. Sie merkte, dass es eine Wirkung hatte. Das zählte.

Dorina setzte sich elegant und kopierte den Blick von unten herauf mit dem schief gehaltenen Kopf, den sie bei der Weberknecht gesehen hatte. Heidendorff versank in ihren Augen. Nach einigen Sekunden, die wie eine Ewigkeit wirkten, hatte er sich soweit gefangen, dass er sich bewusst wurde, dass seine Sekretärin immer noch in der Tür stand. Mit einer wedelnden Handbewegung wies er sie an: »Sie können die Tür schließen. Ich brauche sie nicht.« Kopfschüttelnd verschwand die junge Frau.

Dorina machte sich Vorwürfe. Sie hoffte, dass der *Graf* seine Bedienstete nicht vor die Tür setzte und gegen sie austauschte. Es war schwer in diesen Zeiten, eine Anstellung zu finden. Das wusste sie aus eigener Erfahrung.

Heidendorff setzte sich an die Kante seines Schreibtisches und war offensichtlich in ihrem Anblick gefangen. Jetzt musste sie noch die Stimme hinbekommen. Die Weberknecht redete mehr von der Kehle heraus. »Ich bin Isabella Weber«, begann sie das Gespräch. Ihren ungarischen Namen Dorina Balog wollte sie nicht benutzen. Sie und Nagy waren sich nicht sicher, wie eng Heidendorff das mit dem Ariertum wirklich sah. Weber klang gut und erinnerte ebenfalls an Weberknecht. Deswegen hatten sie diesen Namen bewusst gewählt.

An der Reaktion des Grafen erkannte sie, dass sie offenbar auch die Stimme gut hingebracht hatte. Die Klangfarbe und die Art, bestimmte Wörter zu betonen, dürften passen. Gut, die Arbeit in der Nacht hatte sich also ausgezahlt.

Sie lächelte ihn an: »Ich suche eine Arbeit als Privatsekretärin. Ihnen fällt am Abend ein, nach dem Theater mit Freunden zu Hause bei einem Buffet zu feiern? Ich organisiere Ihnen das Buffet und wenn sie wollen auch die Musiker. Sie sind auf Geschäftsreise in London und wollen wissen, wo der beste Schneider für sie ist und brauchen innerhalb einer Stunde einen Termin bei ihm? Ich erledige das für Sie. Sie brauchen Karten für eine ausverkaufte Oper? Ich besorge Ihnen welche.«

»Das können Sie?«, fragte Heidendorff. Eine absolut dümmliche Frage aber Heidendorff war zu keinem klaren Gedanken mehr fähig.

»Natürlich, Herr *Graf*. Ich denke, ich habe bewiesen, dass ich mich durchsetzen kann. Ihre Sekretärin, die übrigens wirklich alles gab, um mich loszubekommen, kann ein Lied davon singen. Sie hat sogar behauptet, Sie wären gar nicht im Haus. Jetzt sitze ich hier. Und Sie hören mir zu.«

Dorina schenkte ihm ein Lächeln und legte den Kopf schief, wie sie es die halbe Nacht vor dem Spiegel geübt hatte: »Ich habe Zeugnisse, wenn Sie sich überzeugen wollen, Herr *Graf*?«

Der *Graf* blätterte die Urkunden durch, ohne sie wirklich zu lesen.

»Haben Sie eine Familie? Irgendwelche Verpflichtungen? Könnten Sie bei mir in einer Dienstbotenwohnung wohnen? Wann können Sie beginnen?«

Als sie eine halbe Stunde später aus dem Haus der Industrie am Schwarzenberplatz trat, hatte sie ihren Dienstvertrag in der Tasche und war zufrieden. Dieses Schauspiel war ganz schön anstrengend und ermüdend.

Endlich in der Wohnung angekommen, ließ sie sich auf den Sessel fallen. »Und wie war's?«, wollte Nagy wissen. »Ganz gut«, war ihre Antwort. »Dorina«, drohte Nagy, »bitte bring mich nicht zum Wahnsinn. Ich bekomme deinetwegen noch einen Herzinfarkt. Also schildere!«

»Es ist voll eingeschlagen. Du wirst auf mich verzichten müssen. Ich bin nun Privatsekretärin. So wie er auf mich steht, werde ich ihn vielleicht heiraten und Chefin eines Großunternehmens sein. Wenn das mit dieser Bruderschaft klappt, Herrin der Welt.« Beim letzten Satz war sie aufgestanden und trug ihn mit gespielter Theatralik und großen Gesten vor. Nagy musste lachen: »So etwas wie dich hab ich noch nie erlebt. Du bist wirklich genial. Und das, obwohl du eine Frau bist.« Dorina sah ihn böse an, verzichtete aber auf eine bissige Erwiderung, auch wenn ihr dazu einiges auf der Zunge lag.

»Wann geht es los?«, wollte Nagy wissen. Nachdem Dorina einen Blick auf die Wanduhr geworfen hatte, antwortete sie: »In etwa einer Stunde ist meine kleine Dienstwohnung fertig. Ich werde am Graben, im Grabenhof, wohnen. Der *Graf* hat dort zwei Etagen gemietet.« »In diesem riesigen Kasten von diesem Architekten Otto Wagner?«, fragte Nagy. Dorina zuckte mit den Schultern: »Großer Kasten stimmt.

Aber wer der Architekt ist, weiß ich doch nicht. Ich kenne mich mit Liebesgeschichten aus aber nicht mit Architektur.«

Dorina packte ihre Sachen zusammen: »Ich habe ein eigenes Telefon, da ich für ihn organisieren muss. Sogar einen ganzen Anschluss, nicht nur ein *Vierteltelefon*. Sobald du auch ein Telefon hast, hinterlasse mir die Nummer im Abfall auf der öffentlichen Toilette am Graben. Da am Graben der Strich eh gerade floriert, fällt es nicht auf, wenn sie von einer der Huren Herrn Eisenbergs hinterlegt wird. Ich hoffe, dass ich dieses Theater nicht zu lange spielen muss. Wenn das auffliegt, bin ich tot.«

Sie wandte sich zum Gehen. Mit der Hand auf der Türklinke drehte sie sich nochmals zu Nagy um und fragte sorgenvoll: »Nárcisz, was wird jetzt aus dir? Wer versorgt dich und kocht für dich?«

Nagy hätte sie am liebsten zum Abschied gedrückt: »Dorina, ich will das in zwei oder spätestens drei Tagen erledigt wissen, egal ob mit oder ohne Telefon. Wir kommunizieren vorerst über *Kassiber* auf der Toilette. Wir ziehen diese ganze Sache so rasch wie möglich durch. Es macht mich fertig, wenn du dich dieser Gefahr aussetzt, und ich will das alles so schnell wie möglich beendet haben. Die zwei, drei Tage schaffe ich allein. Pass auf dich auf.«

Bevor sich Dorina auf den Weg machte, unterrichtete sie den Chirurgen von den neuesten Entwicklungen. Dieser besuchte Nagy kurz darauf. Eisenberg war aufgeregt. Endlich ging etwas weiter.

Der Feind wurde greifbarer. Als Nagy ihn auf den Telefonanschluss ansprach, lachte Eisenberg auf: »Den gibt es doch hier schon längst. Das Telefon ist dort drüben im Kasten und braucht nur angesteckt zu werden. Alle meine Fluchtwohnungen haben einen Telefonanschluss. Wenn ich in einer dieser Wohnungen untertauchen soll, muss ich mit meinen Leuten in Kontakt bleiben können.«

Auch in Dorinas Dienstwohnung war bereits bei ihrem Einzug ein Schreibtisch mit Telefon vorhanden. Ihre erste Aufgabe, die sie erwartete, war einen Blumenstrauß in gewaltiger Größe zu organisieren. Diesen überreichte ihr dann der *Graf* als Begrüßungsgeschenk.

Am Abend bekam sie die Information, dass es am nächsten Tag ein kleines Konzert im Haus der Industrie gäbe, an dem Heidendorff gemeinsam mit Dorina teilnehmen wollte.

Nagy, der die Sache so rasch wie möglich zu Ende bringen wollte, machte sich sofort an die Planung. Die Idee, einen Investor aus Amerika zu spielen verwarf er recht rasch, da er kein Englisch sprach und nicht wusste, ob Heidendorff dieser Sprache mächtig war. Es wäre ausgesprochen peinlich gewesen, wenn der *Graf* ihn auf Englisch angesprochen und er dann kein Wort verstanden hätte. Aber Nagy hatte in seiner Jugend aus Spaß mal Schweizerdeutsch probiert. Das war im Gymnasium. Sie hatten eine Aufführung des Wilhelm Tell. In der Inszenierung sprach er schweizerdeutsch. Oder zumindest das, was er dafür hielt. »Durch diese hohle Gasse muss er kommen, es führt kein andrer Weg nach Küssnacht!«, auf

Schweizerdeutsch brachte ihm einen Lachanfall und einen gewaltigen Applaus des Publikums ein – ebenso die Prügelstrafe durch den Professor am nächsten Tag. Aber das war es wert. Noch Jahre nach der Schulzeit wurde er bei Klassentreffen darauf angesprochen. Er durfte nach dieser denkwürdigen Aufführung allerdings bei keiner Schultheateraufführung mehr aktiv teilnehmen.

Seine Entscheidung war klar. Er war jetzt Urs Schläpfer aus dem schönen Schweizer Dorf Obermumpf. Seine Familie stammte ursprünglich aus Appenzell und er hatte im Aargau ein Schwermetallunternehmen aufgebaut. Er wollte eine Unterredung mit Heidendorff wegen einer Zusammenarbeit und Expansion. Dabei sollte der *Graf* in der Schweiz und er in Österreich Fuß fassen. Es ging um viel Geld. Sehr viel Geld. Und um Einfluss. Und um Expansion. Und um Macht. Darauf musste Heidendorff einfach anspringen.

Dorina erklärte Heidendorffs Sekretärin, dass sie nach dem Konzert ein Treffen mit einem gewissen Herrn Urs Schläpfer aus der Schweiz in Heidendorffs Büro vereinbart hatte und sie diesen Termin im Kalender reservieren sollte. Heidendorff war angetan von ihrem Engagement und interessierte sich gar nicht für die Einzelheiten. Das Einzige, das er wissen wollte, war, ob sie nach diesem Treffen den Abend mit ihm ausklingen lassen wollte. Dorina sagte natürlich zu.

Die Vorbereitungen liefen. Unterlagen und Visitkarten wurden erstellt. Eisenberg übte brav Grüezi zu sagen und die entsprechenden Requisiten wurden besorgt.

Pünktlich am Abend waren Eisenberg und Nagy unterwegs, um nach dem Konzert den Grafen zu treffen. Sie hatten sich vorbereitet, wussten aber, dass sie wahrscheinlich improvisieren mussten. Die möglichen Varianten waren besprochen. Jetzt hing alles davon ab, wie Heidendorff reagierte.

Nagy übergab Eisenberg seine Notizbücher mit dem Auftrag, diese an Herrn Rittmeister Norbert Huber übergeben zu lassen, falls etwas schief gehen sollte. In diesen Büchern war alles vermerkt, was dieser wissen musste, um selbst den Fall abschließen zu können.

Als das Konzert fast zu Ende war, betrat ein großer, grobschlächtiger Mann in der Kleidung eines Butlers das Haus der Industrie. Er schob einen Rollstuhl, in dem ein Mann mit Anzug und Nelke am Revers saß, der einen Hut trug. Nachdem sie am Eingang erwähnten, sie hätten eine Besprechung mit dem Herrn *Graf* von Heidendorff, wurden sie hineingelassen. Mit dem *Paternoster* fuhren sie in den zweiten Stock, in dem sich das Büro des Grafen befand. Nagy wies Eisenberg mit gewisser Erheiterung auf die angebrachte Vorschrift hin, sie hätten die Handgriffe mit mäßig gebeugten Armen zu ergreifen und den Paternoster mit aufrechter Körperhaltung zu betreten. Diese in österreichischem Amtsdeutsch verfasste Anleitung brachte Eisenberg zum Grinsen.

Im Büro des Grafen wurden sie von Dorina erwartet. Sie nahmen im Büro des Grafen Platz und warteten auf den Grafen, der vorher noch ein kurzes Gespräch zu führen hatte.

Kapitel 24

Zwei Stunden vorher führte der *Graf* seine neue Privatsekretärin in den Festsaal des Hauses der Industrie. Sie ging bei ihm am Arm eingehängt und er erklärte ihr charmant die Geschichte des Hauses und das Bild Kaiser Franz Josephs. Dabei erzählte er, wie er durch seine Geschäfte mit Waffen und Munition während des Weltkrieges zu seinem Reichtum kam.

Dorina hörte zu, ließ sich von ihm unterhalten und lachte an den richtigen Stellen bei seinen Scherzen. Sie musste zugeben, dass dieser Mann Ausstrahlung und Charme besaß, auch wenn ihr das nicht passte und es leichter für sie gewesen wäre, wenn er sich als Ekel erwiesen hätte. Sie wusste aber, dass sein liebenswürdiges Auftreten an ihrer kleinen, gut vorbereiten Rolle lag, die sie für ihn spielte.

Es gab einen Konzertabend mit der Musik Lehars, der auch Ehrengast war. Dorina stellte fest, dass sie sich an ein derartiges Dasein gewöhnen könnte. Aber nur, sofern es nicht auf eine Lüge aufgebaut wäre, bei der man ständig Angst um sein Leben haben musste.

Bei der Arie ›Lippen schweigen‹ fasste der *Graf* nach ihrer Hand. Sie ließ es geschehen und lächelte ihn an. Er versank in ihren Augen mit seinem Blick und einem Gesichtsausdruck, der seine Glückseligkeit zeigte. Während bei ihr Erinnerungen an all die Schmonzetten auftauchten, die sie damals zu lektorieren hatte, wurde er an seine alte Liebe erinnert.

Im Anschluss an die musikalischen Darbietungen gab es ein Buffet. Der *Graf* stellte seine Begleiterin einigen wichtigen Leuten vor. Heidendorff freute sich sichtlich, mit ihr diesen Abend verbringen zu können. Er stellte sie auch Lehar vor, mit dem er einige Worte wechselte. Dabei stellte der *Graf* sein Wissen über Musik zur Schau und war stolz darauf, als seine Begleiterin sich beeindruckt zeigte.

»Herr *Graf*, vielen Dank für die Einladung zu diesem wunderbaren Abend«, begann Dorina das Gespräch, »aber Sie hätten mit doch nichts vom Buffet bringen müssen. Ich bin Ihre Angestellte. Sie sollten mich zum Buffet schicken, damit ich Ihnen etwas bringe.« Sie nahm einen Schluck vom Champagner und aß von den *Austern Rockefeller*, welche er ihr reichte. Er lächelte sie an: »Gehen wir ein wenig auf die Seite. Eigentlich dienen solche Abende nicht der Musik, sondern um Kontakte zu schließen und Geschäfte anzubahnen. Aber ich habe jetzt kein Interesse am Geldverdienen. Ich habe diesen Abend mit Ihnen unglaublich genossen.« Dorina legte elegant ihre Hand auf seinen Unterarm. »Herr *Graf*, ich habe für Sie noch eine Besprechung organisiert. Ein reicher schweizer Geschäftsmann, der nur heute in Wien ist.

Er will sie unbedingt kennenlernen. Sie könnten mit seiner Hilfe in die Schweiz expandieren. Es wäre wichtig.«

Heidendorff verzog unwillig den Mund: »Eigentlich wollte ich den Abend mit Ihnen im Sacher ausklingen lassen. Wir haben zwar noch eine kleine Störung vorher. Aber jetzt kommt auch noch dieser Schweizer. Ich möchte auch irgendwann mal Feierabend machen und mich nur um Sie kümmern dürfen.« Dorina wusste nichts von einer Störung und sah ihn fragend an. Er sagte aber nur: »Eine Überraschung für Sie. Ich möchte Ihnen jemanden vorstellen. Darf ich Ihnen noch etwas von dem *Waldorf-Salat* bringen?«

Obwohl der Abend kurzweilig war und sie viel lachte, war sie angespannt. Sie durfte ihre Rolle nicht vergessen, die sie zu spielen hatte und der Hinweis auf diese Person, der sie vorgestellt werden sollte, machte sie unrund. Irgendwann sah sie einen gut gekleideten Mann, der Heidendorff vom anderen Ende des Buffets zuwinkte. Dieser winkte zurück und deutete nach oben. Offenbar war dies der Hinweis, sie sähen einander im Büro. Sie kannte den Herrn nicht. Gott sei Dank. Das war ihre größte Angst bei dieser Aktion, dass sie irgendjemand treffen könnte, der sie aus ihrer kurzen Karriere als Hure kannte. Sie hoffte, dass diese Schauspielerei bald vorbei wäre. Hoffentlich konnte Nagy diese Angelegenheit heute Abend beenden.

Der *Graf* wurde geschäftlich: »Ist dieser Schweizer schon da?

Bitte veranlassen Sie, dass im Sacher in etwa fünfundvierzig Minuten ein Separee auf meinen Namen reserviert ist. Länger als fünfundzwanzig bis dreißig Minuten werden wir nicht für die Besprechung brauchen. Mein Fahrer soll in einer halben Stunde vor dem Haus bereitstehen. In fünf Minuten komme ich ins Büro.«

Dorina lächelte ihn an: »Sehr gerne. Länger brauche ich nicht um ihre Wünsche zu erfüllen.« Dabei hob sie ihr Kleid an und machte einen formvollendeten Knicks.

Kapitel 25

Dorina ließ die beiden Gäste aus der Schweiz in das Büro eintreten, nickte ihnen zu und zeigte mit einem Daumen nach oben, dass alles in Ordnung wäre und wie gewünscht verlief.

Sie bereitete Champagnergläser vor und schnitt eine der Zigarren des Grafen an, um sie ihm anzuzünden und anschließend zu geben, sobald er kam. Sie wollte eine angenehme Atmosphäre schaffen.

Kurz darauf kam der *Graf*, blickte sie liebevoll an und bedankte sich für ihre Vorbereitungen. Er nahm hinter seinem Schreibtisch Platz und beobachtete Dorina, wie sie die Zigarre sorgsam für ihn entzündete. Danach richtete er sein Wort an Nagy: »Also, Herr Schläpfer, was kann ich für Sie tun?« Nagy sah ihn an und sagte: »Die Frage ist doch eher, was wir füreinander tun können.« Dorina musste sich beherrschen, um nicht loszuprusten, als sie hörte, wie Nagy schweizerdeutsch imitierte. Nagy legte eine Geschäftsidee auf den Tisch mit Unterlagen und allem was dazu gehört. Diese schien tatsächlich nicht schlecht zu sein. Heidendorff wirkte jedenfalls interessiert.

Plötzlich klopfte es an der Tür, die, ohne eine Antwort abzuwarten, geöffnet wurde. Heidendorff freute sich: »Richard, mein Sohn. Ich habe gerade eine Besprechung und muss dir danach jemanden vorstellen.« Richard unterbrach seine Bewegung und blieb wie eingefroren stehen. Er starrte auf Dorina, deren Ähnlichkeit mit seiner Mutter auch für ihn verblüffend zu sein schien.

In Eisenberg kam Bewegung. Er griff in seine Hosentasche, um seinen Schlagring zu hervor zu holen und zum Einsatz zu bringen. Richard war schneller. Er zog eine Pistole aus seinem Hosenbund und schrie: »Eine Falle Herr Vater, eine Falle!«

Eisenbergs Bewegung erstarrte. Er stand lauernd da mit dem Schlagring in seiner rechten Hand und den Blick auf die Pistole Richards gerichtet. Endlich reagierte der *Graf*, öffnete seine Schreibtischschublade und zog eine Luger mit Golddekor hervor. »Was geht hier vor?«, fragte er komplett verwirrt. »Richard, wer sind diese Leute?« Man sah ihm an, dass er seine Pistole eher brauchte, um sich festzuhalten, als dass er sie benützen wollte. Ebenso war zu vermuten, dass er gar keine Ahnung davon hatte, was gerade geschah.

Weberknecht brauchte auch kurz, um die Situation einordnen zu können. Nagy hatte seinen schweizer Dialekt abgelegt. »Servus Richard. Schön, dich wieder zu sehen. Wie geht es dir?« Der *Graf* war endgültig verwirrt ob seines fehlenden Akzents und sah Nagy entgeistert an. Richard hatte sich schnell gefangen.

Er tauchte einen Finger in den Champagner und wischte damit den Leberfleck Dorinas weg. »Theaterschminke. Herr Vater, Sie wurden definitiv verarscht. Das ist Nagy. Der nach Maria Neuer, alias Maria Nowotny, gesucht hatte. Ich nehme an, bei dem Herrn wird es sich um den Zuhälter handeln, diesen, ...wie hieß er gleich?« Eisenberg sagte leise: »Eisenberg.« Es klang wie eine Drohung.

»Richard, was machen wir mit denen? Wieso sind sie hier? Was wissen sie alles?« Nagy versuchte, aus der Situation heraus einen neuen Plan zu entwickeln. »Wir wissen alles«, erklärte er. »Du Richard, hast Mitzi umgebracht und den Abschiedsbrief an ihren Vater geschrieben. Wenn man ein Lieblingswort hat, wie du das Wort definitiv, dann sollte es vielleicht nicht in einen fingierten Abschiedsbrief vorkommen. Sie, Herr Heidendorff, sind mit der wirtschaftlichen Macht nicht zufrieden. Sie wollen alle Ariervereinigungen, die es gibt, übernehmen und die Unterwelt und die Prostitution noch dazu. Offenbar reichen Ihnen all die Macht und der Reichtum nicht.«

Heidendorff hatte seine Fassung wieder gefunden und wirkte wieder so souverän wie zehn Minuten vorher. Er war wieder ganz Mann von Welt und Geschäftsmann. »Ja, die Mitzi«, sagte er fast etwas nachdenklich. »Sie kam auf alles drauf und wollte Geld. Viel Geld. Zumindest das, was sie für viel Geld hielt. Ich kann mich nicht erpressen lassen.« Richard schaltete sich ein: »Dieses blöde *Rotzmensch* hielt sich für etwas Besseres. Sie war ein ausgesprochen adrettes Püppchen.

Aber nicht mehr als das für mich. Sie hat gedacht, sie spielt sich mit mir, dabei war es umgekehrt. Wir hatten viel Spaß miteinander. Diese Zusammentreffen im Asgard waren nicht nur dazu da, die Gemeinschaft zu stärken und gemeinsam Pläne zu schmieden. Genauso wichtig waren die Huren, die wir versteigern ließen. Da ging es nicht um die paar Kronen bei der Versteigerung. Die haben wir den Mädchen sogar teilweise überlassen, wenn sie ihre Arbeit gut machten. Es ging darum, was sie den Herren dabei alles an Geheimnissen entlocken konnten. Wir brauchen eine starke Gemeinschaft. Wenn jemand damit droht, auszusteigen oder die Sache auffliegen zu lassen, ist es immer gut, etwas über die Leute zu wissen. Das ist der Grund, warum wir den Strich übernehmen wollen. Geld haben wir genug. Ich selbst durfte bei diesen Asgard-Treffen leider nie dabei sein.« Richard lachte auf: »Bei zwei Mitgliedern funktionierte es. Als sie aussteigen wollten, haben wir sie mit ihren Geheimnissen und dunklen Seiten konfrontiert und gedroht, diese zu veröffentlichen. Sie haben sich daraufhin umgebracht. Wir sind jetzt dabei, selbst in den Mädchenhandel einzusteigen. Wir wollen Mädchen aus der Türkei importieren. Wunderschön und exotisch.«

Der *Graf* nickte: »Ja, meinen Richard brauchte ich für die untere Gesellschaftsschicht. Unsere Soldaten. Die Hakenkreuzler.« Nagy sagte nachdenklich: »Deswegen die Lehre beim Drechsler. Damit er einen von ihnen vorspielen kann und akzeptiert wird. Wegener durchschaute dieses Schauspiel.«

Richard stimmte zu: »Stimmt genau. Zumindest war er kurz davor. Wir mussten ihn daher loswerden. Da kam dieses tschechische Urvieh Marek genau richtig. Ich habe ihn am Weg in die Stiftgasse aufgestachelt und dachte, der wird das erledigen. Leider war Wegener schneller. Da musste ich dann ein wenig nachhelfen.«

»Mein Kompliment, Herr Nagy!«, sagte der *Graf* mit einer angedeuteten Verneigung, »Sie waren ein würdiger Gegner. Richard, durchsuch sie!« »Ja, Herr Vater.« Richard förderte Nagys Mercator und ein weiteres Messer bei Eisenberg zu Tage, die er gemeinsam mit dem Schlagring am Schreibtisch deponierte. Zum Missfallen seines Vaters nahm er sich bei der Durchsuchung Dorinas besonders viel Zeit und war bei ihr besonders genau. »Herr Vater, haben wir hier ein Seil zur Verfügung? Ich möchte unsere Gäste gerne fesseln. Sicher ist sicher.« Der *Graf* zeigte auf die Vorhänge. »Nimm die Vorhangschnüre! Die sind zwar etwas dick, aber es müsste gehen.«

Während Richard mit den Vorhangschnüren hantierte, fragte Nagy: »Was ich nicht verstehe, Richard, ist, warum du uns zur Nationalbank geschickt hast. Warum hast du da deine Leute verraten?« Richard zuckte mit den Schultern: »Ich hatte euch unterschätzt. Ich hätte nie gedacht, dass ihr es schaffen könntet, hineinzukommen. Ich hatte mir vorgestellt, dass ihr euch vor dem Haus die Beine in den Bauch stündet und keine Chance bekämt, die Bank zu betreten.

Dabei hättet ihr gemerkt, dass sich im Haus etwas tut und wäret aufgrund dessen zwei oder drei Wochen mit ergebnislosen Recherchen beschäftigt gewesen. Ich hätte dadurch euer Vertrauen erlangen, euch lenken und beeinflussen können. Ich dachte, bis ihr da überhaupt irgendwas herausbekommt, werden Wochen vergangen sein. Chapeau, für diese Aktion. Ich habe euch wirklich unterschätzt. Es lief dann alles aus dem Ruder und ich musste dann korrigierend eingreifen.« Nagy nickte: »Ja, die Aktion mit Marek und den Handgranaten.«

»Herr Vater, was machen wir mit dem Trio? Wir müssen sie definitiv erledigen.«

Es war für Dorina, dem Chirurgen und Nagy in gleichen Stücken skurril, wie die beiden versuchten, einen Plan zu entwickeln, wo und wie die Ermordung stattfinden sollte. Das Unbehagen war dem Grafen anzusehen. Offenbar hatte er es bis jetzt nicht so mit Blut und Toten gehabt.

Es dauerte endlos, bis sie eine Lösung fanden. Richard erklärte seine Idee: »Herr Vater, ich mache Ihnen folgenden Vorschlag: Nagy werfen wir über den Balkon des Festsaales in den Saal. Es müssten in etwa vier Meter Fall sein. Wenn wir ihn auf die Sessel werfen, die für das Konzert aufgestellt worden sind, sollte dies genügen, damit er sich das Kreuz bricht und endlich stirbt. Er hinterlässt einen Abschiedsbrief. Darin steht, dass er den Juden und dieses Mädchen beim *Hochstrahlbrunnen* ermordet hatte. Wir deuten darin irgendeine Eifersuchtsgeschichte an.«

Heidendorff wiegte den Kopf: »Der *Hochstrahlbrunnen* ist zwar nicht weit entfernt, aber man sieht ihn von allen Seiten. Keine gute Idee.« »Überlegen Sie doch mal, Herr Vater!«, begann Richard. »Wir haben nicht weit zu gehen. Wir müssen den Chauffeur nicht dazu bringen, sie irgendwohin zu transportieren, wo weniger los ist. Daher brauchen wir den Fahrer nicht als Mitwisser. Um diese Tageszeit ist da draußen schon niemand mehr unterwegs. Bevor ich mit den beiden rausgehe, setzen Sie sich ins Auto und Ihr Chauffeur soll gleich hier bei der Prinz Eugen-Straße einen Unfall bauen. Sie steigen aus und schreien ihren Fahrer an, was er für ein Trottel sei. Damit ziehen Sie die Aufmerksamkeit auf sich. Ich habe die Waffe, kann diese beiden allein in Schach halten. Den Knall dämpfe ich mit meiner Jacke. Niemand wird auf mich achten. Nach drei oder vier Minuten ist alles vorbei.«

Der Graf nickte: »Richard, es ist riskant. Sehr riskant. Der Fahrer wird sich zwar wundern, aber dem erzähle ich irgendwas von einer Wette und drücke ihm entsprechend viel Geld in die Hand. Dann stellt er keine Fragen. Aber es ist unglaublich riskant. Das kann schief gehen.« Richard hob die Arme und ließ sie wieder fallen: »Haben Sie eine bessere Idee, Herr Vater?« Dem Grafen, der solche Situationen nicht gewohnt war, war anzusehen, wie ihn diese Situation überforderte. Er könnte sich jetzt wahrscheinlich nicht einmal zwischen Tee oder Kaffee entscheiden. Richard beruhigte ihn: »Gefährlich wird es erst, wenn ich die beiden hier beseitigen muss. Nagy ist schwer verletzt im Rollstuhl. Den könnte ein Kind

238

umbringen. Der macht keine Schwierigkeiten. Wenn tatsächlich etwas schief geht, dann schieß ich die beiden eben einfach so nieder. Dann müssen Sie nur den Abschiedsbrief Nagys verschwinden lassen. Ich werde Sie dann nicht erwähnen, sollte ich erwischt werden. Dann war das alles meine Idee. Sie werden mich schon aus dem Gefängnis holen, wenn etwas schief geht.«

Das überzeugte den Grafen offenbar. Nagy murmelte: »Der Mörder lächelt bleich im Wein, die Kranken Todesgrausen packt.« Während ihn alle verständnislos und fragend ansahen, begann Richard schallend zu lachen: »Du mit deinen ständigen Zitaten. Das hab ich noch nie erlebt, dass jemand so konsequent Georg Trakl rezitiert, zu allen passenden und unpassenden Gelegenheiten. Magst leicht jetzt Selbstmord durch Erhängen begehen, wie dein großes Vorbild? Wäre eine Variante. Nur leider wäre es schwer erklärbar, warum das mit den Vorhangschnüren aus diesem Büro passiert.« »*Si tacuisses, philosophus mansisses*«, antwortete Nagy böse, »Trakl starb an einer Überdosis Kokain.«

Wie eine gewaltige Welle brach die Erinnerung an den Krieg erneut über ihn herein. Der Geruch, der Lärm, die Todesangst. Er fand sich neben Ludwig im Schützengraben wieder und die Kugeln flogen über sie beide hinweg. Es war schön, diesen geliebten Menschen neben sich zu spüren. »Alle Straßen münden in schwarze Verwesung«, gab Nagy von sich. Ludwig legte seinen Arm um ihn: »Du Nárcisz, was mir aufgefallen ist. Du zitierst dauernd Trakl.

Ich habe dich gar nicht so depressiv und mit so viel Todessehnsucht erlebt. Trakl passt doch nicht zu dir.« Nagy sah ihn an: »Du kennst einen andere Nárcisz als den Nárcisz, der ich normalerweise bin. Wenn du da bist, bin ich glücklich. Dann lebe ich. Glaub mir, Trakl passt wunderbar zu mir.« Ludwig sah ihm tief in die Augen: »Wenn dieser ganze Wahnsinn hier vorbei ist, dann gehen wir irgendwohin, wo wir gemeinsam leben und so sein dürfen wie wir sind. Ich werde dir zeigen, wie schön und lebenswert und wertvoll das Leben sein kann. Das Leben füreinander und miteinander. Jeden einzelnen verdammten Tag werden wir genießen. Dafür werde ich sorgen. Dafür werden wir leben.« Nagy sah ihm liebevoll in die Augen: »Helle Instrumente singen durch der Gärten Blätterrahmen.« Dann mussten sie beide lachen. Wenn sie allein gewesen wären, hätten sie einander geküsst, umarmt und nie mehr losgelassen. Und doch wussten sie, dass ein Zusammenleben unmöglich wäre. Auch wenn es diesen Krieg in ihren Vorstellungen eines Tages nicht mehr gegeben hätte. Ihre Liebe wurde im Strafgesetzbuch als Unzucht wider die Natur bezeichnet. Den Paragraphen 129 des Strafgesetzbuches, demnach die gleiche-schlechtliche Unzucht und die Unzucht mit Tieren unter Strafe gestellt waren, kannte Nagy sehr gut. Er selbst hatte deswegen schon mehrere Leute festgenommen.

Wie aus weiter Ferne drang die aufgeregte Stimme des Grafen durch diese Decke aus Emotionen, die ihn einhüllte. »Was ist mit ihm? Was passiert jetzt?« »Keine Aufregung, Herr Vater!«, antwortete Richard.

»Das ist ein Kriegszitterer. Der hat immer noch Angst vor dem Krieg. Dabei sollte er eher Angst haben vor dem, was jetzt gleich passieren wird.«

Nagy riss sich zusammen. Er musste klar denken können. Vielleicht gab es eine Möglichkeit, zumindest Dorina zu retten. Sie war ihm ans Herz gewachsen. Er mochte diese kluge junge Frau und empfand fast väterliche Gefühle für sie.

Es entstand eine endlose, ermüdende Diskussion zwischen dem Grafen und dessen Sohn, wen sie denn nun mit diesen beiden Vorhangschnüren fesseln wollten. Nagy war schon versucht, sich für eine Gesprächsmoderation anzubieten, hatte es dann aber doch unterlassen.

Während Richard Eisenberg die Hände fesselte, holte der Graf ein Stück Papier aus seinem Schreibtisch und legte es mit einem Bleistift vor Nagy hin. Dann begann er Nagy den Abschiedsbrief zu diktieren. Richard mischte sich ein, weil der Brief mit jedem Satz unlogischer und verrückter wurde. Nun diktierten sie zu zweit. Nagy schrieb grinsend das, was beide sagten. Die beiden Männer widersprachen einander ständig und ließen ihm seine Sätze wieder durchstreichen, um ihm danach einen noch viel größeren Schwachsinn zu diktieren. Beim anschließenden Durchlesen war dieser unlogische Unsinn, den sie diktiert hatten, auch für sie offensichtlich. Der Brief wurde zerrissen und das Diktat der beiden begann von neuem – mit noch mehr Unsinn. Nachdem der sechste Abschiedsbrief zerrissen in den Papierkorb wanderte, meinte Richard: »Herr Vater, so wird das nichts. Lassen Sie bitte mich diktieren.«

Der siebente Abschiedsbrief war zwar kein Meisterstück der Weltliteratur, entsprach dann aber in etwa den Vorstellungen von Vater und Sohn.

»Nun aber schnell. Ich weiß nicht genau, wann die Hausbesorger kommen, um den Saal fertig zu machen«, drängte der Graf zur Eile.

Durch die menschenleeren prachtvollen Gänge gingen sie zum Balkon des Festsaales. Nagy waren die Unterarme an die Armlehnen des Rollstuhles gebunden, der vom Grafen geschoben wurde. Eisenberg wurden seine Hände auf den Rücken gefesselt.

Kapitel 26

Der Saal wirkte aufgrund der Leere auch vom Balkon aus noch mächtiger und beeindruckender als vor wenigen Stunden während des Festes. Nagy musste feststellen, dass dies ein prachtvoller Ort wäre, um zu sterben. Während der Graf mit seinem Sohn um die Einzelheiten stritt, dabei aber stets ihre Gefangenen im Auge behielten, versuchte sich Nagy etwas vorzubeugen. Er konnte Ludwigs Messer unter seinem Hemd spüren. Er erinnerte sich an seine erste Personendurchsuchung als junger Polizeibeamter. Er hatte, nachdem er ein Messer gefunden hatte, aufgehört zu suchen. Als er seinen Festgenommenen im Gefängnis ablieferte und der KAS ihn aufforderte, die Taschen zu leeren, legte dieser dann ein Messer, einen Schlagring und eine kleine, ungeladene Pistole im Kaliber 6,35 Millimeter auf den Tisch. Der Anschiss, den er dann für seine Pfuscherei kassierte, war gewaltig und verdient. Nagy hatte damals mit seiner Unaufmerksamkeit nicht nur sein Leben, sondern auch das seiner Kollegen in Gefahr gebracht. Die hatten sich darauf verlassen, dass der Festgenommene gut durchsucht und daher unbewaffnet gewesen wäre.

Richard hatte den gleichen Fehler bei ihm gemacht. Er hatte zwar sein altes Mercator gefunden aber nicht jenes von Richard, das er um den Hals trug. Nagys Hemd war bei der Durchsuchung aus der Hose gerutscht. Er könnte darunter greifen und es schaffen, Zugriff auf das Messer zu bekommen. Dorina beobachte ihn aus den Augenwinkeln und merkte offenbar, was er vorhatte. Da sie ihn pflegte, wusste sie von dem Messer, das er ständig um den Hals trug. Auch wenn er ihr die Geschichte dahinter nie erzählt hatte. Er merkte, dass sie leicht lächelte.

Nagy überlegte fieberhaft. Der Graf und Richard müssten irgendwie abgelenkt werden. Trotz ihrer Diskussion über die Einzelheiten ließen sie sie nicht aus den Augen. So könnte er nicht unbemerkt an das Messer kommen. Wie lange bräuchte er? Der Spagat, den er von Anna erhalten hatte, war inzwischen abgenutzt und weich. Er ließe sich vermutlich leicht durchreißen. Dann hätte er mit dem aufgeklappten Messer genug Zeit, um diese Schnur, mit der er gefesselt war, durchzuschneiden. Die Zeit, die er unbeobachtet sein sollte, schätzte er auf etwa eine Minute. Vielleicht achtzig Sekunden. Er wünschte sich, sich mit Dorina telepathisch verständigen zu können. Diese blickte immer wieder zu ihm herüber. Richard könnte er mit dem Messer erledigen. Da er schwach war, schnell sein musste und wegen seiner Kriegsverletzung am Ellbogen, zielte er auf die Schlagader in der Leiste oder am Oberschenkel. Da musste er die Hand nicht so hoch heben. Richard würde schnell tot sein. Bei solch einer Verletzung verblutet man rasch.

Fehlt dann nur der Graf. Vielleicht könnte er den Grafen samt seiner Pistole und sich selbst über die Brüstung des Balkons ziehen. Der Graf und er brächen sich vermutlich die Wirbelsäule. Die schweren Sessel im Saal waren mit Stangen zu Reihen befestigt. Es waren schwere, massive und repräsentative Teile. Sie würden nicht umfallen und die Lehnen mit den hölzernen Verzierungen wären hervorragend für sein Vorhaben geeignet. Sie wären gleich tot. Du fühlst dein Herz verrückt vor Wonne, sich still zu einer Tat bereiten. Das dachte er sich mit dem Bild Ludwigs vor Augen. Gleich mein Geliebter, gleich bin ich bei dir.

Dorina ahnte, dass er etwas vorhatte und blickte immer wieder unauffällig zu ihm. Er zeigte mit den Augen auf sie und Eisenberg und dann in die Ecke des Balkons. Dort, wo unterhalb die Bühne aufgebaut war. Stünden die beiden dort, hätten sie den Grafen und Richard in ihrer Mitte und diese könnten nicht nach beiden Seiten hin gleich aufmerksam sein. Dann spreizte er die Finger ab. Nach jeweils sechs oder sieben Sekunden klappte er einen Finger nach dem anderen wieder ein. Er hoffte, dass sie verstand, was er wollte. Sie müsste dann nur lange genug ein Ablenkungsmanöver starten und er hoffte, dass ihr in der Todesangst, in der sie sich befinden musste, irgendetwas Effektives einfiel. Der Graf und sein Sohn hatten Angst vor Eisenberg aber nicht vor ihm. Das hatte Richard artikuliert. Die Aufmerksamkeit ginge dann eher in Richtung Dorina, die nicht gefesselt war, und in Richtung Eisenberg, der zwar gefesselt, aber auch gefesselt immer noch weit gefährlicher schien als ein unbewaffneter Mann im Rollstuhl.

Es war einen Versuch wert.

Wenn sie die Zeichen nicht verstand, war die Chance zehn vielleicht 20 Prozent. Wenn sie sie verstand, schätzte er die Chance auf etwa 60 Prozent. Wenn er nichts unternahm, bewertete er die Chance mit knapp über 0 Prozent. Er wollte diese Frau retten. Mit seinem Leben hatte er schon vor Jahren abgeschlossen. Jetzt hätte es wenigstens einen Sinn gehabt, wenn er sterben und dadurch sein Leben geben könnte, um das von Dorina zu retten. Für ihn liefen alle Chancenberechnungen aufs Gleiche hinaus: eine 100-prozentige Todeswahrscheinlichkeit.

Dorina nickte unmerklich. Dann nahm sie Eisenberg am Arm und bewegte sich langsam kleine Schritte zurück in jene Ecke, in der der Balkon endete. Der Chirurg verstand zwar nicht, was vor sich ging, ahnte aber, dass etwas käme und ging ebenfalls mit Dorina in die von ihr gewünschte Richtung. Der Graf und dessen Sohn sahen sie irritiert an. Sie waren alarmiert und ihre Körper versteiften sich in der Erwartung irgendeiner Aktion, irgendeines Fluchtversuches oder Angriffes. Allerdings erschien das Verhalten Dorinas unlogisch. Für einen Angriff müssten sie näher kommen und ein Fluchtversuch hätte eher eine Bewegung hin zu eine der Türen aber nicht in diese Ecke erwarten lassen. Ihre Augen gingen zwischen ihren Gefangenen hin und her, um keine Kleinigkeit zu übersehen.

Dorina, die offensichtlich komplett die Nerven verlor, schrie die Männer laut an: »Ich will nicht sterben. Nehmt mich, aber lasst mich dann gehen!« Dabei riss sie ihre Bluse auf, dass die Knöpfe in alle Richtungen flogen. Anschließend folgte das Unterkleid, das Sekunden später ebenfalls in Fetzen am Körper hing. Dabei schrie sie wie von Sinnen und erklärte ständig, alles tun zu wollen, was sie wünschten, wenn sie nur leben dürfte. Ihre Brüste schwangen dabei hin und her. Sie raufte die Haare wie eine Verrückte, was ihre Brüste noch mehr in Bewegung versetzte.

Es funktionierte. Die Männer starrten entgeistert auf die halbnackte Dorina, deren Verhalten sie nun überhaupt nicht mehr einordnen konnten. Nagy war mit einem Schlag uninteressant. Er schaffte es, das Messer unter dem Hemd aufzuklappen. Das Klicken, als es einrastete, ging im Schauspiel der schreienden Dorina unter. Er dankte Ludwig in Gedanken für dessen Sorgfalt bei der Pflege und den Schliff des Messers. Er hatte ihm immer voller Bewunderung zugesehen, wie er das Messer so scharf brachte, dass er sich damit die Haare vom Unterarm rasieren hätte können. Dieses Messer war alles, was ihm von Ludwig geblieben war. Es war für ihn kein Gebrauchsgegenstand, sondern hatte die Wertigkeit einer Reliquie. Daher hatte Nagy es nie verwendet, sondern immer nur eingeölt, damit es nicht rostete. Daher hatte es auch nach so viel Jahren noch Ludwigs Schliff.

Nagy war schneller, als er gedacht hatte. Nach einer halben Minute war er frei.

Er wusste, dass er auf die Schmerzen keine Rücksicht zu nehmen brauchte. Er hatte nicht mal mehr eine Minute zu leben. Daher waren die Schmerzen egal. So rasch es ihm möglich war, stürzte er auf Richard zu. Als Richard ihn aus den Augenwinkeln kommen sah und sich zu ihm drehte, war es bereits zu spät. Das Messer landete genau dort im Bein, wohin Nagy gezielt hatte. Weberknecht schrie vor Schmerzen auf und drückte sofort beide Hände auf die blutende Wunde. Nagy wusste, gleich wäre Richard tot. Dann klammerte sich Nagy mit beiden Armen um den Grafen, welcher versuchte, sich zu wehren. Das gute Leben als Industrieller machte sich aber bemerkbar. Der Graf, der sich von seinen Bediensteten sogar die Schuhe zubinden ließ, war untrainiert und unbeweglich.

Als er mit der Hand an die Brüstung schlug, ließ er vor Schmerz die Pistole fallen.

Der Graf wollte sich aus dem Griff entwinden. Aber Nagy kämpfte mit dem Mut der Verzweiflung. Verzweiflung verspürte auch der Graf, als Nagy ihn über die Brüstung drängte. Nagy biss die Zähne zusammen. Seine Schmerzen waren fast nicht auszuhalten. Er wusste jedoch, dass diese gleich vorbei wären. Für immer. Der Graf wollte sich an der Brüstung des Balkons festhalten. Aber er war chancenlos. Nagy setzte sein ganzes Gewicht ein, um Heidendorff über die Brüstung mit sich in den Tod zu ziehen. Die beiden Männer fielen. Nagy hörte das Knacken und Brechen der Knochen Heidendorffs. Wie erwartet, war Heidendorff mit seinem Rücken auf die Rückenlehnen der Sessel gefallen.

248

Nagy war auf ihm gelandet. Das hatte seinen Fall abgemildert. Nagy spürte die Wärme des Blutes, das aus seinen wieder aufgegangenen Wunden lief.

Er blickte kurz in die toten Augen des Grafen. Er hatte genügend Tote gesehen, um zu wissen, dass sein Vorhaben funktioniert hatte. Der Blutverlust machte Nagy zu schaffen und er wurde müde. Er legte seinen Kopf auf die Brust des Grafen und wartete auf den Tod. Er wusste, dass bei ihm ebenfalls einige Knochen gebrochen waren. Er wusste, dass er seinen Wickerl bald sehen könne.

Er hörte einen lang anhaltenden Schmerzenschrei, der ihn hinderte, die Augen zu schließen und einfach einzuschlafen und zu sterben. Er sah den Blick Kaiser Franz-Josephs auf sich ruhen, der überlebensgroß und väterlich von dem Gemälde mild auf ihn herabschaute und lächelte. Dann wurde es dunkel und er wurde in einen Tunnel gezogen. Tiefer und tiefer. Es war endlich vorbei.

Kapitel 27

Nagy war glücklich. Er fühlte keinen Schmerz. Jetzt nicht mehr. Er sah ein Gesicht vor sich, das mit grellem Licht umhüllt war.

»Ludwig! Wir sind endlich zusammen.« »Scheiße«, kam die Antwort, »wer ist Ludwig? Ich bin es, der Norbert.«

Das Gesicht bewegte sich auf die Seite und Nagy starrte geblendet auf die helle Lampe in seinem Spitalzimmer. Norbert setzte sich zu ihm: »Nárcisz, du stehst unter dem Einfluss von Schmerzmitteln. Verstehst du mich?«

»Was ist geschehen?«, fragte Nagy. »Also«, antwortete Norbert, »dass du gemeinsam mit dem Grafen vom Balkon gefallen bist, weißt du noch?« Nachdem Nagy genickt hatte, setzte der Rittmeister fort: »Du hast den Weberknecht am Bein verletzt. Überaus geschickt von dir, den Stich so zu setzen, dass es nur eine kleine Fleischwunde ist. Keine inneren Organe, wichtigen Gefäße. Es war die ungefährlichste Stichverletzung, die ich in meiner gesamten Polizeikarriere sah. Aber dadurch konnte er dann überwältigt werden.

An deiner Notwehrreaktion kann kein Richter was aussetzen und kein Anwalt eine Notwehrüberschreitung konstruieren. Dann bist du im Gerangel blöderweise gemeinsam mit Heidendorff vom Balkon gefallen. Dabei brach sich der Heidendorff das Rückgrad und zog sich schwere innere Verletzungen zu. Er war gleich tot. Du hattest Glück im Unglück, dass dir nicht mehr passierte.

Der Hausmeister hat dich gefunden, weil Weberknecht so geschrien hat. Sonst hätte es Stunden gedauert. Als er kam, lag Weberknecht mit herunter gezogener Hose am Bauch und Eisenberg stand mit seiner rechten Ferse auf dessen Hoden. Dabei hatte er das linke Bein angehoben, hielt sich an der Wand fest und bewegte die Ferse drehend hin und her. Weberknecht fehlen außerdem alle vier Schneidezähne.

Der Hausmeister verständigte sofort die Polizei. Zu fünft gelang es ihnen, Eisenberg dazu zu überreden, sich vom Gemächt Weberknechts wegzubewegen. Allerdings erst nachdem Eisenberg durch den Einsatz der Schlagstöcke verschiedene Prellungen erlitten hatte. Weberknecht war zu diesem Zeitpunkt bereits ohnmächtig vor Schmerzen. Nun ja, die Reste des Gehänges wurden dann von der Putzfrau aufgewischt.«

Huber lachte auf: »Die Putzfrau fluchte wie ein Bierkutscher, als sie die Sauerei sah, sag ich dir.« Dann wurde er wieder ernst: »Diese Deppen haben den Fehler gemacht, Fräulein Balog vergewaltigen zu wollen, anstatt euch gleich umzulegen.

Ich habe ja von vielen Vergewaltigern gehört, dass ihre Opfer es so wollten und freiwillig mitgemacht haben. Aber die Ausrede von Richard, Fräulein Balog hätte sich selbst und ohne Anlass die Kleider zerrissen bis sie komplett entblößt dastand, zählt zu dem Lächerlichsten, das mir je aufgetischt wurde.

Wir haben den Abschiedsbrief gefunden, die verschiedenen anderen Versionen des Abschiedsbriefes, die zerrissen im Papierkorb im Büro lagen. Wir haben alle Beweise und Aussagen, die wir brauchen. Jetzt musst du nur mehr gesund werden.«

Nagy wirkte wie ein Häufchen Elend und war nicht dazu aufgelegt, irgendetwas zu sagen. Huber setzte fort: »Ich durfte Richard vernehmen. Er hat gesungen wie ein Lercherl. Wir haben durch seine Aussage die beiden Hakenkreuzler festgenommen, welche die Handgranaten in deine Wohnung warfen. Haben auch schon gestanden. Ich dachte, dass in Weberknechts Zustand die Stimme höher werde. War ganz überrascht, dass das nicht stimmt. Er sprach total normal, soweit dies ohne Schneidezähne möglich gewesen war. Nur beim Gehen hat er ein wenig Schwierigkeiten. Aber ich schweife ab.« Huber bediente sich bei Nagys Wasserkaraffe, die neben dem Bett stand, schenkte sich ein Glas davon ein und trank einige Schlucke. »Ach ja, mit besonderem Vergnügen durfte ich den Trattenbach im Vernehmungszimmer begrüßen. Erinnerst du dich? Fünf Minuten hatte ich geschätzt, dass ich bräuchte. Es waren nicht mal drei, bis er *gespieben* hat.«

Huber lehnte sich zurück und legte seine Beine übereinander: »Übrigens war ich jetzt des Öfteren zu Gast beim Hainisch.« Nagy legte den Kopf schief, zog die Augenbrauen zusammen: »Dem Präsidenten?« »Jawohl, dem Präsidenten der Republik Österreich. Er und unser Innenminister kennen einander von irgendeinem Herrenclub. Ich musste den beiden erklären, was ich von deinen Ermittlungen wusste. Sie haben deine Notizbücher gelesen und Tränen gelacht über deine Methoden. Du hast sie mit deiner ganz geheimen Geheimpolizei«, dabei zeichnete Huber mit den Fingern Anführungszeichen in die Luft, »auf eine Idee gebracht. Sie haben mir beide bestätigt, dass ihre Mitarbeiter an einem braunen Ring um den Hals zu erkennen wären. An diese Positionen kommt man nämlich nicht, ohne vielen Leuten in den Arsch gekrochen zu sein. Wenn ein Ratschlag gegeben werden soll, dann versuchen die Mitarbeiter abzuschätzen, welche Antwort gehört werden will. Diese wird dann gegeben. Diese Republik ist immer noch in Gefahr. Der Richter, dem der Fall nach der Geschäftsordnung zugeteilt wurde, wurde bedroht. Er hatte dann Angst um das Leben seiner Kinder und wollte den Fall abgeben. Offenbar hat irgendjemand Interesse daran, dass die für sie passenden Richter über Weberknecht urteilen.

Der Präsident hat jetzt eingegriffen. Weberknechts Richter heißt mit Vornamen Israel. Sein zuständiger Staatsanwalt David. Es ist noch nicht vorbei.

Deswegen arbeiten der Präsident und der Innenminister daran, ein Sonderbudget für deine ganz geheime Geheimpolizei zu erstellen. Sie haben anklingen lassen, dass sie dich dafür haben wollen.« Huber legte seine Hand auf Nagys Unterarm: »Wenn die das durchsetzen und es irgendwann einmal so etwas geben sollte, möchte ich dich bitten, dass du an mich denkst. Ich würde gerne unter deinem Befehl arbeiten.«

Huber zeigte auf Nagys Nachttisch. Dort lag in einer Nierenschale ein etwa daumengroßes hässliches Teil: »Das ist dein Granatsplitter. Da sie dich sowieso zusammenflicken mussten, haben sie das bei der Gelegenheit auch gleich rausholen können. Das ist schon ganz verkapselt. Kannst es dir überlegen, ob du es als Andenken haben willst oder ob es das Spital entsorgen soll.«

Huber stand auf: »Ich lasse dich jetzt weiterschlafen. Erhol dich und ruh dich aus. Ich setze dir eine Wache ans Bett. Weberknecht hat wilde Drohungen gegen dich ausgestoßen. Immerhin hast seinen Vater umgebracht, auch wenn es ein Unfall war. Soll ich dir noch was bringen?«

Nagy nickte: »Ja bitte. Sag der Balog, sie soll mir das Anatomiebuch vorbei bringen, von dem sie gesprochen hat. Ich muss mein Wissen dringend auf Vordermann bringen.«

Huber kratzte sich am Kinn: »Anatomiebuch? Egal, mach ich. Sonst noch was?«

»Ja«, sagte Nagy, »dem Weberknecht richtest bitte aus, ich hätte gesagt, seine Drohungen gegen mich wären eine hodenlose Gemeinheit.« Huber brüllte los vor Lachen und verließ das Krankenzimmer.

Ende

Ritzi-Mitzi

Erst kam das Lied, dann die Geschichte. Dieses Lied, welches 1923 mit dem Text von Eddi Cantor veröffentlicht wurde, gefiel mir vom ersten Hören an. Meine Kalligraphin Frau Mag. Pöll konnte mir dann mit dem Text weiterhelfen und hat mir diesen übersetzt, da dieser Slang für mich unverständlich war. Das Ritz war damals das nobelste Hotel, das New York zu bieten hatte. Der Begriff *ritzy* hatte daher die Bedeutung von nobel und fein. Die Ritzi-Mitzi, der dieses Lied gefällt, die aber kein Englisch spricht, um es verstehen können, hatte sich bald in mir festgesetzt. Irgendwann kam die Geschichte dazu. Ich möchte den Leserinnen und Lesern den Text des Liedes nicht vorenthalten.

verse I

Mitzi was ritzy and so polite
she used to put on the swell
but when her sweetheart would call each night
you´d hear him startin´ to yell and tell her

chorus

Mitzi, what makes you ritz me so?
Mitzi, you know it hit´s me so
Mitzi, I´m on the frizzy,
kiss me and say you love me just a little bitsy!

verse II

Mitzi, turn all the lights down low,
I crave your company.
Why should we be formal?
Let´s get back to normal!
Ritzi Mitzi don`t riz me.

Strophe I

Mitzi tat schrecklich nobel und sehr höflich.

Sie hat dauernd die große Dame gespielt.

Doch wenn ihr Liebster sie nachts anruft,

Hört man, wie er anfängt zu schreien und zu ihr sagt:

Refrain

Mitzi, quäl mich nicht mit dem Nobel tun!

Mitzi, du weißt wie mich das stört.

Mitzi, ich bin schon ganz nervös.

Küss mich und sag, dass Du mich ein kleines bisschen liebst!

Strophe II

Mitzi, dreh die Lampen klein!

Ich sehne mich nach deiner Nähe.

Was soll das formelle Getue?

Sind wir doch wieder normal!

Ritzi-Mitzi, quäl mich doch nicht so.

verse III

Mitzi, why not come down to earth
When I know your pedigree?
You`re right name was Sally
Down in Hogen Valley.
Ritzi Mitzi don`t ritz me.

verse IV

Why talk about your family,
When I know your pedegree.
Your brother is a plumber,
Your father's even dumber.
Mitzi Mitzi, don't ritz me!

chorus II

Mitzi, you shouldn't ritz me so,
Mitzi, I knew you long ago!
When you was so ambitious
You worked and made a buck the week massaging dishes.

Change your disposition,
You're killing my ambition!
Mitzi Mitzi, don't ritz me!

Strophe III

Mitzi, komm wieder runter auf den Boden.

Ich kenne doch Deine Abstammung.

Du heißt ja eigentlich Sally

Und bist aus dem Hogental.

Ritzi-Mitzi quäl mich doch nicht so.

Strophe IV

Was soll das ganze Gerede über Deine Familie

wenn ich Deine Abstammung doch kenne?

Dein Bruder ist Installateur,

Dein Vater noch ungebildeter.

Ritzi-Mitzi, quäl mich doch nicht so.

Refrain II

Mitzi, du sollst mich nicht so quälen,

ich kenn dich doch schon so lange!

Auch wenn Du so bedeutend tust

Du warst Tellerwäscherin für einen Dollar die Woche.

Ändere Deine Einstellung,

Du bringst mich noch um meine Leidenschaft!

Ritzi-Mitzi, quäl mich doch nicht so!

Rezepte

In diesem Roman werden vier Gerichte erwähnt. Zwei davon sind heute eher unmodern und kaum bekannt. Die beiden anderen Speisen sind typisch für Wien und in Beiseln oder beim Heurigen immer noch zu finden.

Für Leserinnen und Leser, die Gerichte zum Buch nachkochen möchten, gibt es hier die Rezepturen.

Waldorf-Salat

Dieser Salat wurde Ende des 19. Jahrhunderts in New York City im Hotel Waldorf (später Waldorf-Astoria) entwickelt. Die Walnüsse sind erst in den 20er-Jahren als Zutat dazugekommen.

Zutaten:

1 Knollensellerie, 1 Zwiebel, 2 Äpfel, Zitronensaft, Mayonnaise, ein wenig Obers, Walnüsse, Salz

Zubereitung:

Der Sellerie wird geschält und gemeinsam mit den Äpfeln in feine Streifen gehobelt. Nüsse hacken.

Mayonnaise und Obers verrühren.

Mit Zitronensaft und Salz abschmecken. Alles vermengen und eventuell mit einigen ganzen Walnüssen garnieren; mindestens zwei Stunden ziehen lassen.

Austern Rockefeller

Die Austern Rockefeller wurden erstmals im Jahr 1889 in New Orleans im Restaurant Antoine zubereitet. Das Originalrezept nahm der Restaurantbesitzer mit ins Grab. Es sind überbackene Austern mit grüner Soße und Brotbröseln. Alle Rezepte, die heute noch zu finden sind, sind daher lediglich Interpretationen. Es gibt aber eine Laboranalyse aus dem Jahr 1989, nach der Hauptbestandteil Petersilie und nicht Spinat, wie in den meisten Rezepten, in denen versucht wurde, Austern Rockefeller nachzubauen. Bei der Analyse stellte man ebenfalls Sellerie, Charlotten, Kapern und Olivenöl fest. Mein Rezept ist daher natürlich nicht original und kann es natürlich auch gar nicht sein, sondern lediglich eine Interpretation.

Zutaten:

20 Austern, frisch, in der Schale, 225 g Spinat, 1 Bund Petersilie, 2 Esslöffel Staudensellerie, püriert, 2 Esslöffel Paprika, fein gehackt, 5 Frühlingszwiebel in feinen Ringen, frischer Thymian, 3 Sardellen, fein gehackt, 4-6 EL

Semmelbrösel, 125 ml Crème fraîche, ein wenig Obers (Schlagsahne), ein wenig Butter, Pfeffer, Tabasco, Salz

Zubereitung:

Die Austern werden geöffnet, die Austern von der Muschelschale getrennt und wieder hineingelegt. Das Austernwasser kommt in die Pfanne dazu.

Der Backofen wird auf 200 Grad vorgeheizt. In einer Pfanne wird die Butter zerlassen, danach der Spinat, die Petersilie, der Sellerie, die Frühlingszwiebel und der Paprika anbraten, bis der Spinat zusammenfällt. Das dauert etwa fünf bis sieben Minuten. Danach alle anderen Zutaten mit Ausnahme der Austern hineingeben und so viele Semmelbrösel und Obers dazugeben, bis eine sämige, etwas dickere Soße entsteht. Abgeschmeckt wird mit Tabasco, Salz und Pfeffer.

Die Austern werden in eine Form gesetzt. Eine Salzschicht darunter hilft, dass die Austern nicht umkippen. Nun verteilt man auf jeder Auster einen guten Esslöffel der Sauce. Sie werden so lange gebacken, bis die Sauce kocht.

Die Austern Rockefeller sind nicht zu verwechseln mit der berühmten Wiener Auster, welche auf Johann Nepomuk Geigers Aquarell von 1840 zu sehen ist. Sie ist Legenden zufolge die meistpraktizierte Stellung in den Bordellen und so manchen Schlafzimmern Wiens gewesen.

Wiener Reisfleisch

Das Wiener Rindfleisch ist ein Klassiker der Wiener Küche, der in vielen Beiseln in der Speisekarte zu finden ist. Ursprünglich stammt das Rezept aus dem Balkan.

Zutaten:

½ kg Schweinefleisch, vorzugsweise aus der Schulter, 300 g Langkornreis, 2 Zwiebeln, 3 Knoblauchzehen, ½ l Rindssuppe, 2 Lorbeerblätter, 2 EL Paradeismark (Tomatenmark), 1-2 EL scharfer und 3 EL edelsüßer Paprika, Kümmel, Thymian, Mayoran, Salz, Pfeffer, Öl

Zubereitung:

Die Zwiebel und das Fleisch werden in Würfel geschnitten und in einem Topf angebraten. Pfeffer, Thymian, Knoblauch dazugeben und gut umrühren. Wenn das Wasser, das beim Anrösten entstanden ist, verdampft ist, kommt das Paradeismark dazu, das gut angeröstet wird. Danach das Paprikapulver dazugeben, umrühren und mit der Suppe ablöschen. Bei schwacher Hitze wird das Fleisch nun im Topf zugedeckt gedünstet, bis es weich ist. Das dauert in etwa eine dreiviertel Stunde.

Sobald es so weit ist, wird der Reis dazugegeben. Es kommt doppelt so viel Wasser wie Reis dazu. Dies lässt sich mit einem Glas oder Becher einfach messen. Das Ganze wird abgeschmeckt und bei geringer Hitze zugedeckt fertig gekochet. Nach etwa 45 Minuten kann man probieren, ob der Reis fertig ist. Falls nötig etwas Wasser nachgießen.

Traditionell wird dann ein wenig geriebener Emmentaler darüber gestreut. Ein grüner Salat mit Wiener Marinade aus Hesperiden-Essig, Sonnenblumenöl, Zucker, Salz und Pfeffer rundet die Mahlzeit perfekt ab. Wobei erwähnt werden muss, dass der Hesperiden-Essig erst seit 1927 in Wien erzeugt wird. Nagy schüttete ihn sicher über seinen Salat – allerdings erst drei Jahre nach unserer Geschichte.

Liptauer

Es handelt sich hierbei um einen in Wien allgegenwärtigen Brotaufstrich. Der Liptauer ist auch wunderbar als Dipp für Soletti oder Gemüse-Sticks geeignet. Es gibt ihn auch fertig zubereitet zu kaufen. Bei jedem namhaften Heurigen ist der Liptauer aber hausgemacht. Die Rezepte sind unglaublich vielseitig, es gibt milde aber auch ganz scharfe Variationen.

Zutaten (Grundrezept):

250 g Topfen (Quark) mit 20 % Fett in der Trockenmasse, 100 g Butter, 1 EL Sauerrahm oder Crème fraîche

Zubereitung:

Die Zutaten werden gut miteinander verrührt. Die Butter muss so weich sein, dass sie sich auflöst und keine Stücke mehr im Topfen sichtbar sind.

Die weitere Zubereitung kommt auf die eigenen Vorlieben an. Auf alle Fälle kommen gehackter Kümmel, Paprikapulver, gehackte Zwiebel, ganz klein gehackte Paprika, Salz und Pfeffer in die Masse. Die meisten Rezepte haben auch noch ein wenig Senf dabei. Dann kann man je nach Belieben den Liptauer noch mit gehackten Kapern, Sardellen, Essiggurkerl, Kräuter, Schnittlauch, Paradeismark, Chilipulver und anderen Köstlichkeiten verfeinern.

Ursprünglich wurde statt Topfen Brimsen genommen. Brimsen ist Frischkäse aus Schafsmilch, der vorwiegend in Slowenien, Polen und Slowakei erzeugt wird und heutzutage recht schwierig zu bekommen ist.

Glossar

Amtsarzt – In Wien mussten sich Prostituierte ab 1911 zweimal in der Woche (!) einer Untersuchung durch den Amtsarzt unterziehen. Bei einer diagnostizierten Krankheit wurde die Dame ins Spital überwiesen.

Arenbergring – seit 1949 Dannebergplatz

Bärenhöhle – keine Fiktion! Die Bärenhöhle war ein Netzwerk antisemitischer Akademiker. Die Mitglieder wollten mit Absprachen verhinderten, dass jüdische Wissenschaftler habilitiert wurden oder als Professoren in Wien Fuß fassen konnten. Gegründet wurde dieses Bündnis Anfang der 20er. Sie trafen sich zu ihren Besprechungen in der sogenannten Bärenhöhle in der Hauptuniversität am Ring. Der Name entstand aufgrund der prähistorische Funde von Bärenknochen, die dort untergebracht waren.

Bassena – Dies ist eine allgemein zugängliche Wasserentnahmestelle. In den Wiener Substandardwohnungen gab es ein Wasserbecken am Gang für alle Bewohnerinnen und Bewohner eines

Stockwerks. Es war meist aus Gusseisen. Das Wort bildet sich aus dem französischen *bassin* und dem bedeutungsgleichen italienischen *bacino*.

Beisl – Kneipe

Bejkeles – Dies sind die Schläfenlocken der Juden. Das Tragen dieser speziellen Locken und des Bartes entstand aufgrund des Verses »Ihr sollt euer Haar am Haupt nicht rundherum abschneiden.« (Levitikus 19,27) im 3. Buch Mose, das auch Teil der jüdischen Tora ist.

Blitzgneisser – ist eine Person, die schnell einen Zusammenhang versteht. Dies ist jedoch meist zynisch gemeint.

Blöd sterben lassen – jemanden nichts erzählen, im Unklaren lassen

Börse – Das jetzige Palais Ferstel wurde ursprünglich als Börse gebaut. Es wurde nach dem Umzug der Börse auf den Ring als österreich-ungarische Bank und nach Untergang der Monarchie bis 1925 als Nationalbank benutzt.

brunzen – urinieren. Der Begriff geht auf das Mittelhochdeutsche *brunnetzen* zurück, was bedeutet einen Brunnen zu machen.

Bugl - rotwelsch für Leibwächter, Freund. Es beschreibt jemanden, der einem den Rücken (Bugl, Buckel) freihält.

Café Central – ja, richtig, das berühmte Cafe Central. Es befindet sich seit 1876 an derselben Stelle.

Colonia-Kübel – Das sind die in Wien gebräuchlichen Mistkübel. Der Name leitet sich vom System Colonia aus Köln ab. Es ist eine spezielle Art von Müllsammelbehältern mit Schwenkdeckel und 90 Liter Fassungsvermögen. Die Kübel wurden ab 1918 schrittweise in Wien eingeführt, 1928 war die Umstellung für die ganze Stadt beendet.

Deutsche Bruderschaft – reine Fiktion, ausschließlich für diesen Roman erfunden

Deutscher Klub – keine Fiktion! Den Deutschen Klub gab es wirklich. Er wurde 1908 in Wien gegründet und hatte eine enorme politische Bedeutung.

Dienstboten-Dienstbuch – Dieses Buch wurde polizeilich ausgestellt und enthielt die persönlichen Daten des Dienstboten. Hier wurden sämtliche Dienstverhältnisse und die Gründe einer Beendigung vermerkt. Es diente auch als Zeugnis, Dienstherren machten hier ihre Vermerke. Das Dienstbuch musste vorhanden sein und vorgelegt werden. Dienstbücher mit

270

Bemerkungen wie *faul* oder dergleichen konnten bewirken, dass keine Stelle gefunden wurde.

Donaunixenbrunnen – Dies ist ein Zierbrunnen im Palais Ferstel, entworfen von Heinrich von Ferstel, ausgeführt von Anton Dominik Ritter von Fernkorn.

Dutteln – weibliche Brust

Eierspeis – wienerisch für Rührei

Erdäpfel – Kartoffel

Flaxen - auch Flachsen. Dies sind Sehnen und Faszien, die noch im zubereiteten Fleischgericht sind und dieses dadurch hart und ungenießbar machen.

Fledermaus – Damit ist hier nicht das Fledertier gemeint, sondern ein Fleischstück, das beim Schwein oder Rind rund um das Kreuzbein liegt. Es kann zum Schmoren und zum Kurzbraten verwendet werden und wird unter anderem als Schnitzel gegessen. Ein weiterer Name dafür sind *Schalblattl* oder *Spider Steak*.

Fleischhacker, Fleischhauer – Metzger

Flitschn – Dieser Ausdruck wurde meist in der Verkleinerungsform *Flitscherl* gebraucht. Es beschreibt ein moralisch verkommenes Mädchen.

frank – rotwelsch für ehrlich. Ein *Frankist* ist demnach ein ehrlicher Mensch.

Ganze Nummer – Ganze Telefonanschlüsse wurden in den 20er-Jahren nur in den seltensten Fällen ausgegeben. Meist teilten sich zwei bis vier Haushalte einen Telefonanschluss. Jeder Haushalt hatte zwar seine eigene Nummer, es konnte jedoch nicht telefoniert werden, wenn etwa der Nachbar gerade telefonierte. Wenn die Nachbarin frisch verliebt war, konnte das Telefonat entsprechend länger dauern. Dann hämmerte man auf die Gabel um durch das Knacken in der Leitung zu signalisieren, dass es nun an der Zeit war, zu einem Ende des Gespräches zu kommen. Erst in den 80-Jahren wurden vermehrt ganze Anschlüsse vergeben.

gebrunzt – *Brunzen* meint urinieren und geht auf das mittelhochdeutsche *Brunnetzen* zurück. Es bedeutet ursprünglich einen Brunnen zu machen.

gespieben. – *Speiben* hat im Wienerischen die Bedeutung von erbrechen. In der Gaunersprache wird es auch verwendet, um eine Tat zu gestehen.

Göderl – Doppelkinn des Schweines

Graf – Natürlich wurde der Adel mit dem Adelsaufhebungsgesetz vom 3. April 1919 abgeschafft. Somit ist es niemandem mehr erlaubt, Adelstitel zu benutzen. Aber auf dem Land werden die Angehörigen der entsprechenden Familien auch heute noch – über hundert Jahre nach Abschaffung – mit Titeln angesprochen. Ich durfte es selbst erleben.

Grüner Prater – Im Gegensatz zum Wurstelprater, der der Vergnügungsbereich des Praters ist, ist der Grüne Prater ein hauptsächlich naturbelassene Aulandschaft.

Gspasslaberl – weibliche Brust

Gspritzter - (auch Spritzer) Wein mit Sodawasser. Der Sommerspritzer wird mit doppelt so viel Sodawasser als beim normalen *Spritzer* zubereitet. In Deutschland ist dieses Getränk als Weinschorle bekannt.

Habedere – ist eine Verballhornung von »Habe die Ehre!«. Ein Wiener Gruß.

Haberer – Freund, Kumpane. Das Wort stammt vom jüdischen *Chaver* (Freund).

Häfen – rotwelsch für Gefängnis

Hakenkreuzler – keine Fiktion! Die gab es tatsächlich. Ebenso gab es die Aufmärsche und gewalttätigen Zusammenstöße.

Halt den Schlapfen! – Halt den Mund!

hamdrahn – Selbstmord begehen. Das Verb wird reflexiv verwendet: *Er hot si hamdraht.*

Heast! – Hör mal!

Heroin – war Anfang des 20. Jahrhunderts von der Firma Bayer vertriebene Medizin. Da sie oral und in geringeren Dosen eingenommen wurde, gab es nicht diesen *Flash*, den Konsumierende heute erleben. Die Gefährlichkeit des Heroins wurde erst später bekannt.

Herrengasse 14 – Dort befindet sich das heutige Palais Ferstel. Das Haus wurde ursprünglich als Börse gebaut. Nach Umzug der Börse auf den Ring als österreisch-ungarische Bank und nach Untergang der Monarchie bis 1925 als Nationalbank benutzt.

Herrmannsbad – Badezimmer in der Wohnung gab es kaum. Es wurden daher verschiedenste Volksbäder gebaut. Das in der Herrmanngasse (Herrmannsbad) gab es ab 1887, es besteht heute noch. Im ersten Jahr wurden 78.000 Besucher gezählt. Das Wasserreservoir befand sich am

Dach. Wenn der Andrang zu groß wurde, tröpfelten die Duschen nur mehr. Daher der Name Tröpferlbad.

Hieb – Wiener Ausdruck für Bezirk. Wird immer mit der entsprechenden Zahl genannt: fünfter Hieb, dreizehnter Hieb, …

Hochstrahlbrunnen – befindet sich am Schwarzenbergplatz. Die Errichtung erfolgte 1873 anlässlich der Fertigstellung der ersten Wiener Hochquellwasserleitung, die uns Wiener*innen auch heute noch mit hervorragendem Quellwasser versorgt. Seit 1906 ist es ein Leuchtbrunnen, der sobald es dunkel ist, mit verschiedenen Farben angestrahlt wird. Von der Symbolik her stellt er das Jahr dar. Wien wird ja auch zuverlässig das ganze Jahr über von der Wasserleitung versorgt.

Hotel Klomser – ein Hotel, welches sich an dieser Geschichte erwähnten Stelle in der Herrengasse befand. Berühmt wurde es durch die Affäre Redl. Dieser war ein Offizier, welcher der Spionage für Russland überführt worden ist und sich in diesem Hotel erschossen hat.

Hovno, zatracenej! – tschechisch für »Scheiße, verdammt!«

Hur – Hure, Prostituierte

Im Öl sein – meint blunzenfett, fett wie ein Radierer oder total betrunken sein.

Karotte – Möhre

KAS – Abkürzung für den kaiserlicher Aufseher. In der Monarchie war es der Begriff für den Gefängniswärter. Es war aber auch bis in die 70er-Jahre des 20. Jahrhunderts in Gaunerkreisen zu hören. Auch wenn es die Monarchie nicht mehr gab, hatte sich der KAS als Wort gehalten. KAS wird übrigens gleich ausgesprochen wie das Wiener Wort für Käse.

Kassiber – rotwelsch; Kassiber war ursprünglich eine unerlaubte Nachricht eines Häftlings an einen anderen Häftling oder an einen Empfänger in der Außenwelt. Dies geschah meist, aber nicht immer, in Schriftform.

Kieberer – war ursprünglich ein rotwelscher Begriff für den Kriminalbeamten. Als solcher wurde er auch innerhalb der Polizei benutzt. Inzwischen wird im Dialekt das Wort abwertend für die Polizei als Gesamtheit oder für einzelne Polizist*innen gebräuchlich.

Kimmler – vom rotwelschen *Kimme* (Laus)

Kredenz – ist nicht zu verwechseln mit der Kredenz in der christlichen Liturgie. Die Kredenz ist in Österreich eine Anrichte mit Kästchen und einer Ablagefläche.

Das Wort wurde vom lateinischen *credere* (glauben, vertrauen) abgeleitet. Früher brauchten die Herrschenden Personal, das vorkostete. Die verkosteten Speisen, welche unbedenklich waren, wurden auf einen speziellen Tisch »kredenzt«. Inzwischen sind derartige Vorkehrungen aus der Mode gekommen. Der Begriff hat sich aber noch gehalten.

Lavur – Waschschüssel. Es ist die Verballhornung eines französischen Begriffes und wird als *Lawua* ausgesprochen, das *ua* möglichst kurz und verwaschen.

Lercherl – *Die Lerche war's.* Singt jemand bei einer Vernehmung wie eine Lerche, erweist er sich als kooperativ.

Liptauer – ist ein Brotaufstrich mit Topfen (Quark) bzw. Brimsen als Hauptzutat. Zu finden ist der Liptauer in der Slowakei und in Österreich. Benannt ist er nach der slowakischen Region Liptau.

Margareten – der fünfte Wiener Gemeindebezirk

Maschekseiten – ungewöhnlicher Weg, Rückseite oder auf andere Art und Weise. Das Wort geht zurück auf das ungarische *a másik* (der Andere).

Mazzesinsel – wurde der zweite und 20. Gemeindebezirk genannt. Auf diesem Gebiet, das von Donau und Donaukanal umgeben ist, leben viele jüdische Wiener. Mazzes beschreibt das ungesäuerte Brot, das von Juden traditionell zum Peschachfest gegessen wird.

Menagereindl – ist in Deutschland als Henkelmann bekannt. Es ist ein verschließbares Kochgeschirr, mit dem Speisen von zu Hause ins Büro oder in die Firma mitgebracht wurden und dort aufgewärmt worden sind. Die Verschlussspange diente gleichzeitig als Griff oder Stiel.

Mercator – Dieses Messer wird seit 1867 erzeugt und immer noch verkauft. Heutzutage von der Firma Otter erzeugt, gibt es das Mercator sogar noch in der ursprünglichen, also nicht rostfreien Variante aber auch rostfrei oder sogar aus Damaszener Stahl. Dieses Messer schrieb Geschichte. Es ist sehr flach, sehr stabil, demnach nicht umzubringen und auch ständiger Begleiter des Autors.

Österreich-ungarische Bank – ist das jetzige Palais Ferstel, das ursprünglich als Börse gebaut wurde (siehe auch Herrengasse 14). Nach dem Umzug der Börse auf den Ring als österreichisch-ungarische Bank und nach Untergang der Monarchie wurde es bis 1925 als Nationalbank benutzt.

Österreichische   Nationalbank   –   siehe
österreich-ungarische Bank

Paternoster – Personen-Umlaufaufzug heißen sie korrekt.
Es gibt heute nur noch ein paar wenige in Wien. Der in
unserer Geschichte ist der älteste davon und wurde 1911
mit Kaiser Franz Joseph eröffnet.

Pompfineberer – Leichenbestatter – vom französischen
pompes funèbres

Protokolle der Weisen von Zion – Die Protokolle geben
vor, von einem Treffen einer jüdischen Weltverschwörung
zu handeln und den Inhalt des Treffens wiederzugeben.
1921 entlarvte die New Yorker Times dieses Machwerk als
Fälschung. Dessen ungeachtet werden die Protokolle auch
heute noch von Nazis als Argument genutzt.

Pücher – bedeutet Gauner und Krimineller. Kommt vom
Wort Pilger. Reisende Kriminelle dürften sich als Pilger
getarnt und so versucht haben in reichen Häusern
eingelassen zu werden. Aber hier gibt es auch mehrere
Erklärungsansätze.

pudern – Geschlechtsverkehr vollziehen

Ratzenstadl – war eine damals sehr arme und desolate Gegend. Der Begriff stammt nicht von den Ratten sondern von Serben, den *Raizen* ab, die dort wohnten, ab. Heute ist es ein Teil des sechsten Bezirkes. Grenzen: Kaunitzgasse 5-35 – Proschkogasse 2-4 – linke Wienzeile 70-86 – Eggerthgasse.

Reisfleisch – alte Wiener Spezialität – Rezept siehe oben

Rotzmensch – österreichisches Schimpfwort für ein schlimmes Mädchen

Schaß – medizinisch als Flatus, im Deutschen als Furz (Flatulenz) bezeichnet.

Schlawiener – war ursprünglich ein Schimpfwort für Osteuropäer. Später wird ein Schlawiener als ein pfiffiger, betrügerischer Mensch definiert.

Schmock – dummer Mensch, abgeleitet vom jüdischen *Schmoo* (Schmutz).

schnackseln – österreichisch für kopulieren

Si tacuisses, philosophus mansisses. – *Hättest du geschwiegen, wärst du Philosoph geblieben.* Dieser Satz kommt zur Anwendung, wenn sich jemand durch dummes Geplapper als unwissend und dumm entlarvt.

Sicherheitswachebeamter – war der uniformierte, bewaffnete Polizeiwachkörper. Den Ausdruck Sicherheitswache gibt es seit 1869. Intern wurde der Sicherheitswachebeamte mit SWB abgekürzt.

Spanische Grippe – war eine Grippe-Pandemie, die zwischen 1918 und 1920 je nach Quellen zwischen 25 und 50 Millionen Todesopfer forderte.

Stritzi – Angehöriger der Halb- oder Unterwelt. Gauner

Tröpferlbad – Badezimmer in den Wohnungen gab es kaum. Es wurden daher verschiedenste Volksbäder errichtet. Jenes in der Herrmanngasse – das Herrmannsbad – gab es ab 1887 und es besteht heute noch. Im ersten Jahr wurden im Herrmannsbad 78.000 Besucher gezählt. Das Wasserreservoir befand sich am Dach. Wenn der Andrang zu groß wurde, kam aus den Duschen nur mehr *tröpferlweise* Wasser. Daher der Name Tröpferlbad.

Trottoir – Dieses Wort für Bürgersteig ist einer der vielen französischen Begriffe im Wienerischen.

überzuckert – überrissen, verstanden, kapiert

Vierteltelefon – Ganze Telefonanschlüsse wurden nur in seltenen Fällen ausgegeben. Meist teilten sich zwei bis vier Haushalte einen Telefonanschluss. Es gab zwar eine eigene Nummer, es konnte jedoch nicht telefoniert werden, wenn etwa der Nachbar gerade telefonierte. Wenn die Nachbarin frisch verliebt war, konnte das entsprechend länger dauern. Dann hämmerte man auf die Gabel um durch das Knacken in der Leitung zu signalisieren, dass es nun an der Zeit war, zum Ende zu kommen. Erst in den 80er-Jahren war damit Schluss und heute werden nur mehr ganze Anschlüsse vergeben.

Viktor Lustig – war ein begnadeter Betrüger, der zweimal in Wien festgenommen geworden war. Sein Meisterstück vollbrachte er allerdings erst 1925, also ein Jahr nach unserer Geschichte, als er den Eifelturm verkaufte.

Wappler – inkompetenter, dummer Mensch

Watschn – Ohrfeige

Danke

Es war ein langer Weg bis zu diesem Roman. Die Idee dazu gibt es schon seit einigen Jahren. Die Fertigstellung empfinde ich als Grund, einigen Leuten zu danken.

Meiner Frau danke ich, dass sie mich ständig unterstützt, gleich, mit welch verrückten Ideen ich nach Hause komme.

Ich möchte allen danken, die mich bei den Recherchen zu diesem Roman unterstützten. So etwa das Diabetesmuseum München, das ich hier beispielhaft nenne.

Frau Daniela Steiner danke ich besonders für das Lektorat und Korrektorat meines Machwerkes. Ohne sie hätte ich es nicht geschafft.